PRISON HOTEL by Jiro Asada
Copyright © 2001 by Jiro Asada

All rights reserved.
First published in Japan in 2001 by SHUEISHA, Inc., Tokyo.
Korean translation rights in Republic of Korea arranged by SHUEISHA Inc.
through THE SAKAI AGENCY and BOOKPOST AGENCY.

Korean translation rights © 2007 by Munhakdongne Publishing Corp.

이 책의 한국어판 저작권은 THE SAKAI AGENCY/BOOKPOST AGENCY를 통해
SHUEISHA Inc.와 독점계약한 (주)문학동네에 있습니다.
저작권법에 의해 한국 내에서 보호를 받는 저작물이므로
무단 전재와 무단 복제를 금합니다.

이 도서의 국립중앙도서관 출판시도서목록(CIP)은
e-CIP 홈페이지(http://www.nl.go.kr/cip.php)에서 이용하실 수 있습니다.
(CIP제어번호: CIP2007002610)

프리즌 호텔

PRISON HOTEL **❸** … 겨울 冬

아사다 지로 장편소설 — 양억관 옮김

문학동네

차례

오쿠유모토 수국 호텔 안내

〈주의 사항〉

손님 각위

一. 정보수집에 만전을 기하고 있사오나, 갑작스런 강제수색이나 돌발적인
총격전이 벌어질 경우 냉정을 잃지 말고 담당자의 지시에 따라주십시오.

一. 객실 문은 철판, 창에는 방탄유리가 설치되어 있으니 편히 쉬십시오.

一. 귀중품은 프런트에 맡겨주시면 모든 책임을 지고 보관하겠습니다.

一. 파문당한 자, 절연자, 패밀리 문장이 다른 자, 그 외 수상한 인물을 발견
할 시에는 즉시 프런트로 연락해주시기 바랍니다.

一. 로비나 복도에서 협객식 인사를 나누는 행위는 삼가주시기 바랍니다.

지배인 백

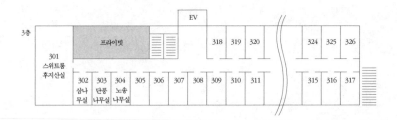

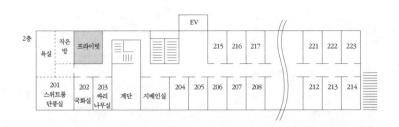

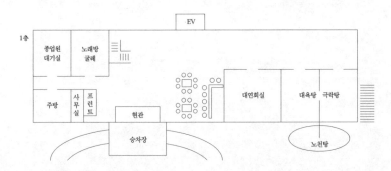

1

나는 한 달 중 일주일에서 열흘 정도를 간다 스루가다이에 있는 '야마노우에 호텔'에서 보낸다.

옛날부터 문화인의 숙소로 유명한 곳인데, 지금도 늘 소설가 두 세 사람 정도는 감금상태에서 글을 쓰고 있는 고전적인 호텔이다.

딱히 폼을 잡으려는 것도 아니고 색다른 취향 때문도 아니다. 단 지 조용히 숨어서 소설을 쓰기에 좋은 장소이기 때문에 애용하는 것이다.

도쿄 한복판에 있으면서도 무척 조용하고, 대학 도서관이나 헌책 방이 가까워 자료 찾기에는 더없이 좋은 장소이다. 규모도 아담해서 안정감이 있고, 무엇보다도 마감에 쫓겨 감금상태에 놓인 작가에게 호텔 측이 많은 배려를 해주어서 편하다. 말하자면 간수로서의 역할에 충실하다는 말이다. '문화인의 숙소'라는 전통적인 개념에 철저하다고나 할까. 예를 들면 최근에 눈치챈 사실인데, 이곳 종업원들은 손님이 감금상태에서 쓰고 있는 원고가 어느 출판사에서 청탁을 받은 것인지까지도 알고 있는 것 같다.

이쪽 업계의 정보를 파악하고 있는 건지, 아니면 일개 독자로서 추측했을 뿐인지는 잘 모르겠다. 어쨌든 내 경우는 내가 예약을 하고 자발적으로 감금된 것인데도 어찌 된 노릇인지 지금 쓰고 있는 원고를 어느 출판사에서 청탁했는지 알고 있는 눈치다.

그런 점에서는 신의 배려라고도 할 수 있을 것이다.

호텔의 낡은 창 너머로 겨울바람이 부는 밤이었다.

나는 작가 전용 책상에 앉아 『애수의 카르보나라』의 클라이맥스 부분을 쓰고 있었다.

그 작품은 『의리의 황혼』 시리즈의 대히트로 인해 조폭소설 작가라는 낙인이 찍힌 내가, 정체성 회복을 노리고 쓰기 시작한 연애소설이다.

유럽에 유학중인 여자 바이올리니스트가 옛 애인이었던 신문사 특파원과 베네치아의 산마르코 광장에서 우연히 만나, 불타는 사랑에 빠져든다는 이야기다.

원고의 반은 이미 일본웅변사의 편집자에게 넘겼다. 반이라고는 하지만 오백 매나 되는 분량이라, 저쪽에서 마음에 들건 안 들건 이미 돌이킬 수 없는 상황이다.

물론 야쿠자도 나오지 않고, 총소리도 들리지 않고, 내 주특기인 법률용어와 의학용어를 구사한 노골적인 섹스 신도 없다. 이야기는 고금의 연애소설 플롯을 충실히 따르면서 심한 갈등구조도 없이, 그저 슬프고 아름답게 진행된다.

며칠 후 담당 편집자가 호텔로 달려와서 "이제 슬슬 마피아가 나오겠죠?" 하고 묻기에 그 자리에서 어퍼컷을 날리고 백드롭을 걸어주었다.

클라이맥스 신은, 바이올리니스트와 신문기자가 해질 무렵 곤돌라에 타고, 노을에 물든 '한숨의 다리' 아래서 뜨거운 키스를 나누는 장면이다.

낡은 창으로 불어오는 겨울바람 소리를 들으면서, 나는 어느새 연인들을 싣고 가는 뱃사공으로 변신해 있었다.

전화벨이 울렸다.

나는 저주의 고함을 지르면서 원고지를 집어던지고, 벽에 열 번 정도 머리를 박고 난 다음 수화기를 들었다.

프런트맨은 도저히 욕으로 대응할 수 없는 문화인다운 목소리로 말했다.

"일본웅변사의 오기와라 님께서 오셨습니다."

나는 조용한 바리톤으로 대답했다.

"아, 그래요. 지금 내려가겠습니다. 로비에서 기다리라고 해주세요."

야마노우에 호텔의 유일한 단점이라면 유카타와 슬리퍼 차림으로는 로비에 나갈 수 없다는 것이다.

옷을 갈아입으면서 문득 생각해보았다. 오기와라, 그런 이름을 가진 편집자가 있었던가? 뭐, 신입사원이겠지. 아마 도시락을 가지고 왔을 것이다.

신의 배려로 호텔 종업원은 내가 일본웅변사에 보낼 원고를 쓰고 있다는 사실을 알고 있다. 즉, 간수의 허락을 받아 호텔에서 나를 면회할 수 있는 사람은 출판사의 편집자와 내 가족뿐이다. 가족이라고 해봤자 아오야마의 아파트에서 같이 사는 계모이자 가정부 도미에와, 가시와기의 낡은 연립주택에서 기르고 있는 애인 겸 샌드백 다무라 기요코 정도다. 도미에는 매일 아침 열시 정각에 갈아입을 빤쓰를 가지고 온다. 그러고는 수면제와 신경안정제가 몇 알이나 남았는지 살펴보고 간다. 기요코는 밤 열시 정각에 나타나 나에게 두세 방 얻어터지고 능욕을 당하고 간다.

엘리베이터 앞의 커다란 벽시계는 밤 아홉시 삼십분을 가리키고 있다. 이제 곧 기요코가 찾아올 터이니, 출판사 사람과의 귀찮은 이야기는 집어치우고 도시락만 받아 챙긴 다음 돌려보내야지.

로비에는 역시 감옥에 갇힌 소설가 몇 사람이 심각한 표정으로 커피를 마시고 있었다.

낡은 가죽소파에 스물여덟에서 아홉쯤 돼 보이는 여자 편집자가 비쩍 마른 상체를 꼿꼿하게 세우고 앉아 있었다. 어떻게 한눈에 편집자란 것을 알 수 있냐 하면, 윤기 없이 푸석푸석한 머리카락을 목덜미 뒤로 질끈 동여매고, 화장기 하나 없는 메마른 얼굴에, 우유병바닥같이 동그란 안경을 쓰고 있기 때문이다.

여자는 나를 보자 머뭇거리면서 자리에서 일어나 꾸벅 고개를 숙였다. 호텔 종업원들은 프런트 안에서 산신령 같은 미소를 띠고 있거나, 현관 양쪽에 간수처럼 떡 버티고 서 있다.

"바쁘신데 죄송합니다."

여자는 다시 고개를 숙이며 말했다. 자세히 보니 신입사원도 아닌 것 같고 도시락도 눈에 띄지 않는다. 이게 어찌 된 일이지?

멀리서 볼 때는 영 구질구질해 보였는데, 가까이서 보니 의외로 예쁘장한 미녀였다. 도대체 무슨 사연이 있어 미장원도 옷 가게도 안경점도 가지 않은 것일까?

"그런데, 무슨 일로?"

나는 기름이 번들거리는 무테 안경을 손수건으로 닦으면서 물었다.

"기도 고노스케 선생님이시죠?"

여자는 내가 권하는 대로 낡은 가죽의자에 엉덩이를 걸치고 앉아 낮고도 절박한 목소리로 말했다. 그걸 말이라고 하냐. 남자였다면 바로 목을 졸랐을 테지만 그럴 수도 없는 노릇이다. 빨리 이 여자를 쫓아내고 내일은 하루 종일 편집장에게 무언의 전화를 걸어 항의해야겠다.

"그렇소. 내가 기도이오만."

안경을 쓰자 시야가 밝게 펼쳐졌다. 여자는 사연 많은 표정으로 나를 뚫어져라 바라보고 있었다.

이 여자가 웅변사의 사원이 아니라는 사실을 눈치챈 순간, 온몸에서 소름이 돋았다. 여자는 어떤 목적을 가지고 웅변사의 편집자를 가장해 침투한 것이 분명하다.

낡은 창 밖에서 바람이 스스스 불어오고 있다.

여자는 등롱의 실루엣 안에 하얗고 푸석푸석한 얼굴을 드러낸 채나를 뚫어져라 바라보고 있다. 두꺼운 안경렌즈에 빛이 반사되어 표정을 읽기는 힘들지만, 그것은 분명 표적을 노리는 자객의 눈빛이었다.

"누, 누구야, 자네는? 이, 이름을 대란 말이야."

여자는 나를 계속 노려본 채 핸드백을 열었다.

조폭소설의 리얼리티를 유지하기 위해 실존하는 오야붕을 몇 명이나 등장시켰으니 언젠가 한번 호되게 당할 거라고 각오는 하고 있었다. 그러나 출판사를 위협하거나 아파트 유리창을 부수는 등의 과정도 없이 갑자기 여자 자객을 파견하리라고는 상상도 못했다.

그렇긴 해도, 이 유서 깊은 호텔 로비에서 아름다운 자객이 쏜 베

14

레타* 총알에 맞아 죽는다면, 이 얼마나 드라마틱한 최후란 말인가. 소설가로서의 업적이야 어떻든 숨을 거두는 모습만큼은 헤밍웨이에 못지않다. 그렇게 되면 『의리의 황혼』 시리즈는 폭발적으로 팔려나갈 테고, 여덟 권의 판권을 갖고 있는 단세이 출판사는 가라스모리에 있는 낡은 빌딩 사무실을 접고 신바시 역 앞에 멋진 신사옥을 세우게 될 것이다. 일 년 넘게 질질 끌고 있던 아홉번째 권을 완성시켜두는 건데, 하고 나는 후회했다.

그런데 여자가 핸드백에서 꺼낸 것은 베레타 권총이 아니었다. 그녀는 새파랗게 질린 얼굴로 벌벌 떨면서 한 장의 명함을 앞으로 내미는 것이었다.

"죄송합니다. 이럴 수밖에 없었습니다. 방법이 없어서요."

명함에는 '주식회사 단세이 출판 문예부 오기와라 미도리'라고 씌어 있었다.

나는 안도감도 분노도 잊고서, 그저 말문이 막힐 따름이었다.

"용서해주십시오. 『의리의 황혼』 원고를 반드시 이달 안으로 받아오라고 해서…… 그렇지만 선생님을 만날 방법도 없고, 위에서는 매일 불호령이 떨어지고, 그래서 어쩔 수 없이 이렇게……"

"……다른 출판사 이름을 팔았단 말이지."

간절히 용서를 구하는 여자의 가느다란 목을 그 자리에서 졸라버

---

* 이탈리아제 자동권총. 유럽의 대표적인 권총 중 하나.

리고 싶은 충동을 억누르면서, 나는 가능한 한 문화인 같은 태도로 그렇게 말했다.

"정말 어처구니없는 짓을 하고 말았습니다. 절대로 해서는 안 될 일입니다. 그렇지만 어쩔 수 없었습니다. 다른 방법이 없었습니다."

오기와라 미도리는 테이블 위로 머리를 숙이고, 불끈 쥔 주먹을 바르르 떨면서 울기 시작했다.

의외라고 생각할지 모르겠지만, 나는 여자의 눈물에 약하다. 도미에나 기요코는 고생과 아픔을 잘 참아내는 여자이기 때문에 손찌검도 할 수 있는 것이다. 게다가 사람들 눈도 있고 해서, 나는 그 자리에서는 그저 오기와라 미도리를 열심히 위로해줄 수밖에 없었다.

매년 봄과 가을에 한 권씩 세상에 선보여온 『의리의 황혼』 시리즈는 아홉번째 권 중반에서 좌절을 맛보고 있었다. 「PART9 — 눈보라 속의 맹세」는 오랜 징역생활을 마친 젊은이가 형무소에서 풀려나와 눈보라 치는 벌판에 홀로 서서 복수를 맹세하는 장면에서 끝나 있다. 이래서는 도저히 완결이라 할 수 없고, 독자들도 가만있을 리 없다.

거기서 좌절해버린 이유는 간단하다. 오랜 징역생활을 마친 젊은이가 복수를 맹세하는 장면이 지금까지 무려 세 번이나 등장했기 때문이다. 한번은 긴 칼을 빼들고 습격하고, 두번째는 덤프트럭으로 돌진했다. 그때마다 복수를 성공하지 못하고 다시 형무소에 들어가, 다시 석방되면서 또 복수를 다짐하고 있으니, 이번에는 뭘 어떻게 해야 할지 나도 도저히 모르겠다.

다 자업자득이다.

"알았어, 알았다니까. 다른 회사 이름을 판 건 정말 나쁜 일이지만, 자네의 열정만은 내 이해하고도 남아. 절대로 자네를 나무랄 생각은 없어. 화도 내지 않겠네."

그러자 갑자기 오기와라 미도리는 울음을 그치고, 얼굴을 번쩍 치켜들었다.

"그럼 『의리의 황혼 PART9』, 이달 말까지 부탁드리겠습니다. 와! 정말 다행이다. 저, 그때까지 선생님과 같이 있을게요. 옆방을 잡아서 차 시중도 들 거고, 식사든 뭐든 말씀만 하세요. 만일 방해만 안 된다면 한 방을 쓰는 것도 괜찮아요. 마사지든 귀 청소든 분부만 내리세요."

나는 기가 찬 나머지 얼굴이 새파랗게 질려버렸다. 오기와라 미도리는 가죽 소파 뒤에 감추어두었던 커다란 슈트케이스를 낑낑거리며 꺼냈다.

"그럼 잘 부탁드리겠습니다."

우유병 바닥같이 동그란 안경 저 너머에서, 반짝이는 눈이 횃불처럼 타오르고 있었다. 뜻을 이루기 전에는 결코 살아서 돌아가지 않겠다는 결의로 가득 차 있었다. 꽉 다문 입술 주위에는 강렬한 의지에서 나오는 자장이 형성되어 있다.

나는 그만 압도당하고 말았다.

만일 그때 커다란 벽시계에서 열시를 알리는 종이 울리고 그와 동시에 기요코가 달려오지 않았더라면, 나는 아마도 오기와라 미도리의 강렬한 의지에 휘말려들어 그녀가 시키는 대로 하는 로봇이 되고 말았을 것이다.

진퇴양난에 빠진 나에게, 기요코는 하늘에서 내려온 구원의 천사였다.

내가 기요코에게 강요한 일방적인 조약에 따라, 지각 일 분 이내는 따귀 한 대, 오 분 이내는 안면 돌려차기, 십 분 이상은 벌거벗고 욕탕에서 원산폭격을 하기로 되어 있다. 그렇기 때문에 기요코는 주오 선 차량 안에서도 달리고, 오차노미즈 역에 내려서도 달리고, 호텔로 이어지는 좁은 언덕길에서도 있는 힘을 다해 달린다.

심장병으로 자리에 누워 있는 어머니를 간호하고 헤어진 야쿠자 남편 사이에서 난 외동딸을 재우고 나서야 나올 수 있으니, 늘 시간이 촉박하다.

낡은 호텔 창가에 서서, 바람에 날리는 이파리처럼 흐느적거리며 대학 캠퍼스 담에 면한 언덕길을 뛰어오르는 기요코의 모습을 바라보노라면 무척 기분이 좋다.

있는 힘을 다해 달려오는 기요코의 모습은 너무도 아름답다. 아마 맞기 싫어서 달리는 것일 게다. 그러나 나는 애인이 기다리는 방을 향해 달리는 기요코의 모습을 보고 싶다. 일 초라도 빨리 내 가슴에 안기려고 달려오는 기요코의 모습이 보고 싶다.

삼십 분 전부터 커튼을 열어두고 애타게 기다리다가, 드디어 헐레벌떡 언덕길을 달려오는 기요코의 모습이 눈에 들어올 때, 나는 영원히 내 여자가 될 수 없는 그 여자를 어느 누구보다 사랑하고 있음을 깨닫는다.

기요코는 지나가는 남자 백이면 백 다 돌아보지 않을 수 없을 만큼 아름다운 여자다. 그러나 머리가 좀 모자란다. 믿을 수 없을 만큼 아날로그적이다. 하늘은 한 사람에게 두 가지 복을 내리지 않는다고 했던가. 기요코는 미모라는 것을 하나 얻은 대가로, 인간의 행복을 구성하는 모든 요소를 박탈당하고 만 모양이다.

이번에도 숨을 헐떡이며 현관으로 뛰어들더니, 로비 구석에 앉아 있는 내 모습을 확인했음에도 멈추지 못하고 그대로 엘리베이터에 올라타고 말았다. 잠시 후 계단을 뛰어내려오는 소리가 들리더니 숨을 헐떡이며 내게로 달려왔다.

"죄송해요, 선생님. 지각하고 말았어요."

내가 기요코를 '아날로그'라고 하는 이유도 바로 여기에 있다.

거칠게 어깨를 들썩이며 시계를 원망스럽게 올려다보며 절망적으로 탄식하는 것이다.

"아아, 일 분이나 늦고 말았네."

때가 때인 만큼 그런 건 아무래도 좋았다. 나는 자리에서 일어서서 기요코의 어깨를 감싸안고, 입술 언저리를 일그러뜨리며 클라크 게이블처럼 능글거리는 얼굴로 오기와라 미도리를 바라보았다.

"미안하지만 자네, 한 시간쯤 어디서 시간 좀 보내고 오지그래?"

미도리는 미간에 주름을 잡으며 의심하는 눈치를 보였다.

"핫핫핫, 걱정 마시게. 난 여자를 속이면서까지 도망칠 정도로 비겁한 사람은 아닐세. 한 시간 후에 선량한 사람으로 다시 태어나 자네를 데리러 나올 테니까."

"예……"

오기와라는 알 듯 모를 듯 묘한 대답을 하고, 비비안 리를 능가하는 기요코의 미모에 눈을 동그랗게 떴다.

"그럼 천천히 쉬다 오세요……"

오기와라는 약간 풀이 죽은 어조로 말했다. 아무렇게나 뒤로 묶은 머리채 사이로 보이는 목덜미가 부끄러운 듯 발갛게 물들어가는 것을 확인하면서, 나는 기요코를 낚아채듯 끌고서 그 자리를 떠났다.

"아얏, 선생님, 왜 이렇게 서두르세요."

서둘러 엘리베이터를 타고, 정면 카운터를 향해 수화기를 집어드는 포즈를 취해 보였다. 문제가 생겼어, 나중에 전화할게, 라는 제스처를 프런트맨은 재빨리 이해했다. 아마도 일이 돌아가는 꼴을 멀리서 지켜보고 있었을 것이다. 잘 알았으니 걱정하지 마십시오, 라는 듯 프런트맨은 고개를 끄덕였다.

"젠장. 골치 아프게 생겼어. 틀림없이 단세이 출판사의 비밀병기일 거야. 원고 독촉 전문 특공대라고. 자식들, 기어이 칼을 빼들었군."

나는 엘리베이터 벽을 냅다 발로 찼다. 슬쩍 울음을 터뜨리고는 내가 동요하는 모습을 살피던 냉철한 여자의 표정이 뇌리에서 떠나질 않았다. 모든 것이 주도면밀하게 계획된 작전임이 분명하다.

"제길, 내 약점까지 알고 있었어. 성격까지 완전히 파악하고 말이야. 그렇다고 내가 넘어갈 줄 알고? 흥, 어림 반 푼어치도 없는 소리지."

"선생님 성격을 파악하다니요?"

"그거야 네가 가장 잘 알고 있잖아."

알 리가 없다. 적막한 삼층 복도를 걸어가 열쇠구멍에 낡은 열쇠를 꽂아넣을 때까지, 기요코는 그 모자라는 머리로 열심히 생각하고 있는 것 같았다.

"아, 알았다. 강한 사람에게는 약하고, 약한 사람에게는 강한 성격이요."

"멍청이. 그런 건 겉모습에 지나지 않아."

나는 문을 발로 걸어차며 방으로 들어갔다.

"아, 그럼, 그거네요. 슬플 때는 킬킬거리며 웃고, 괴로울 때도 아무렇지도 않은 표정을 짓고, 그리고……"

"그리고, 또 뭐야?"

"그리고, 좋아할수록 괴롭히는 거죠."

나는 그 자리에서 기요코의 머리를 겨드랑이에 끼워 벽에다 쿵쿵 찧었다.

"멋진 대답이야, 기요코. 좋겠어, 이렇게 사랑받아서."

빠직, 하는 둔탁한 소리와 함께 기요코는 바닥에 쓰러졌다.

이럴 때가 아니다. 일 초라도 빨리 저 공포의 비밀병기의 사정거리에서 벗어나야 한다.

"서둘러, 아직 마지막 열차를 탈 수 있어."

"마지막 열차요? 어디 기게요?"

"어디든 괜찮아. 어쨌든, 저 여자 손에서 벗어나야 해. 뭘 멍하니 있어? 빨리 준비해."

기요코는 코피를 흘리면서 바닥에서 일어나 방 안에 흩어진 원고지와 자료를 정리하기 시작했다.

"저…… 저도 가야 해요?"

"당연하지. 난 혼자서는 커피도 못 타고 빤쓰도 못 갈아입잖아."

"그렇지만 저 지금 빈손이에요. 갈아입을 옷도 안 가져왔고요."

"내 빤쓰를 입으면 되잖아. 안 그래도 남아도니까."

"……"

머뭇거리던 기요코는 필살의 목꺾기를 당하고 다시 침대에 쓰러지고 말았다.

"아얏! 죄송해요, 선생님. 그렇지만 할머니도 누워 계시고, 미카도 보육원에 데려가야 하고……"

"그런 건 도미에게 시키면 돼. 어차피 내가 없으면 할일도 없을 테니 노인이나 꼬마를 돌보는 것 정도는 간단해. 오히려 고마워할

걸."

　나는 여행가방을 끌어안고, 망설이는 기요코를 질질 끌어내다시
피 하며 복도로 나섰다. 원고지와 자료가 잔뜩 들어 있는 가방은 기
요코만큼이나 무거웠다.

　엘리베이터를 기다리는 동안, 땅 속으로 빨려들어갈 것만 같은
무게를 두 손으로 버텨내면서 나는 생각했다.

　나는 자객의 마수에서 벗어나야 한다는 핑계로, 아마 영원히 내
것이 될 수 없는 이 여자를 누구의 손도 닿지 않는 먼 곳으로 데려
가려는 것이 아닐까. 무의식적으로 기요코와 둘이서 겨울의 야간열
차를 타야만 하는 정당한 이유를 찾아내려 몸부림치고 있는 것은
아닐까.

　"멀리라면…… 설마……."

　엘리베이터를 타자 기요코는 슬픈 눈으로 내 얼굴을 쳐다보았다.

　머리를 잘라서 더 예뻐 보인다. 미장원에 갔다 온 다음날에는 왜
네 멋대로 머리를 잘랐느냐고 쥐어박긴 했지만, 아름다운 얼굴 윤
곽을 더욱 뚜렷하게 부각시키는 그 헤어스타일이 사실은 마음에 들
었다.

　짧은 여행 동안 칭찬해주어야겠다.

　"잘 알잖아. 편집자들이 절대로 접근할 수 없는 곳이라면 거기밖
에 더 있겠어?"

　"프리즌 호텔?"

"그렇게 부르지 마. 오쿠유모토 수국 호텔이야."

문이 열리자, 프런트맨은 카운터 위로 슬쩍 손바닥을 펼쳐 보이고 잠깐 기다리라는 신호를 보냈다. 입가에 미소를 띠고 있지만 눈으로는 로비 구석구석을 살피고 있었다. 키 큰 도어맨이 달려오더니 내 손에서 가방을 받아들었다.

"어서 차에 오르시죠."

승차장에는 이미 택시 한 대가 문을 열고 기다리고 있었다.

"계산은?"

"출판사에 청구하도록 하겠습니다."

"웅변사 말고,"

"네?"

"단세이 출판사에 청구해."

"잘 알겠습니다."

자, 지금이에요! 하고 프런트맨이 손을 까딱 움직였다. 우리는 참호에서 참호로 이동하는 전장의 병사처럼 몸을 낮게 수그리고 엘리베이터에서 뛰쳐나왔다. 운명의 문은 우리 눈앞에서 일말의 망설임도 없이 활짝 열렸고, 불과 오 초 만에 기요코와 나는 택시에 올라타 호텔을 뒤로했다.

뒤를 돌아보니, 간발의 차이로 우리를 놓친 오기와라 미도리가 도어맨 옆에서 멍하니 이쪽을 바라보고 있었다.

"우에노 역! 빨리!"

썰렁한 겨울의 언덕길 꼭대기에, 사방이 빌딩에 둘러싸인 야마노우에 호텔이 우리의 여행길을 지켜보고 있었다. 따스한 황금빛 등불을 켜고 잔물결이 이는 듯한 얼굴을 거리 쪽으로 드러낸 그 자태는, 마치 화톳불 앞에 등을 구부리고 앉아 '조심해서 다녀와' 하고 중얼거리는 노인을 연상시켰다.

신칸센에 손님들을 모두 빼앗겨버린 야간열차에는 얼큰하게 취한 통근 샐러리맨과 스키장 손님들이 듬성듬성 앉아 있을 뿐이었다.

딱딱한 의자에 나와 마주 앉은 기요코는, 도심지의 가로등이 시야에서 채 사라지기도 전에 꾸벅꾸벅 졸기 시작했다.

열차에 타기 전 도미에에게 뒷일을 부탁하는 전화를 걸자, 그 순간부터 기요코의 얼굴에서는 망설임이 사라지고 대신에 모든 호흡이 한숨으로 바뀌어버렸다.

"죄송해요, 미안해서 어쩌죠. 정말 몸 둘 바를 모르겠네요. 잘 부탁해요, 정말 잘 부탁드려요."

이 세상에 존재하는 모든 사과의 말을 수화기에 대고 나열하면서, 기요코는 몇 번이나 전화 부스에 머리를 박고 있었다.

야간열차에 잘 어울리는 다운재킷은 작년말에 할인 매장에서 산 싸구려다. 캐시미어 코트를 사주겠다고 백화점에 데려가는 길이었는데, 뒷골목의 이상한 가게 앞에 기요코가 우뚝 멈춰 서는 것이었다.

볼품없는 싸구려니 사지 말자고 했지만, 기요코는 기어이 그게 좋다고 우겼다. 만 엔 균일가 다운새킷이 이십만 엔짜리 캐시미어 코트보다 더 좋을 리 없는데도.

머플러도 스웨터도 코르덴바지도 비닐부츠도, 모두 그런 데서 산 것들이다.

이 여자는 불행의 표본이다.

살인자 야쿠자와 살림을 차려서 아이를 배고, 심장병에 걸린 노인을 돌보면서 뒷골목 싸구려 카바레에서 일하고 있었다. 결국에는 삐딱한 소설가에게 잡히는 바람에 고생이 이만저만이 아니다.

그렇지만 지나가는 남자가 백이면 백 모두 뒤를 돌아보고야 마는 이 대단한 미모는 도대체 어디서 온 것일까. 모든 것을 버리고, 모든 것을 빼앗겨버린 이 여자가 옛날 영화의 히로인처럼 결코 아름다움을 잃지 않고 있는 것은 대체 어찌 된 노릇이란 말인가.

야간열차의 젖은 창에 시퍼렇게 멍든 얼굴을 기댄 채, 기요코는 잠에 빠져 있다.

나는 손을 뻗어, 짧게 자른 머리를 쓰다듬어주었다. 그 피부에 닿을 때마다 소년처럼 가슴이 두근거리는 이 심정을, 기요코는 과연 알고 있을까.

혹시 눈이라도 뜨면 목덜미를 끌어안고, 잘 어울려, 기요코, 하고 말해줘야지. 그 이상의 사랑 표현은 아마 내 입으로 말하지 못할 것이다.

나는 자리에서 일어나 기요코 옆에 앉았다. 볼을 갖다대자, 여며진 다운재킷의 목덜미에서 가장 아름다운 나이에 들어선 여자의 향기가 물씬 풍겨왔다.

반쯤 잠에서 깨어난 기요코의 아름답고도 불행한 그 입술에서 한숨과 함께 터져나온 처절한 배신의 말을, 나는 평생 잊지 못할 것이다.

"자기…… 이제 다시는 가지 마…… 이제 아무 데도……"

2

"어서 오세요. 혼자신가요? 담배는 피우십니까?"

매일 밤마다 찾아오는 손님에게도 사치코는 매뉴얼대로 정확히 인사하는 것을 잊지 않는다.

늘 변함없는 그 표정을 보면, 불규칙한 근무로 피로해진 마리아의 마음도 봄눈처럼 녹아내린다.

"난 늘 혼자야. 담배도 피워. 죽을 때까지 피울 거야."

사치코는 깔깔거리며 웃는다. 웃으면서 마치 꽃밭에서 춤추는 나비처럼 마리아를 국도에 면한 자리로 이끈다.

창 너머 산울타리에는 크리스마스 때 장식한 꼬마전구들이 바쁘게 깜빡이고 있었다.

"주문은 뭘로 하시겠어요?"

"늘 하던 걸로."

"예. 클럽하우스 샌드위치와 샐러드 작은 거 맞죠? 드레싱은 오리엔탈."

사치코는 꽃을 찾는 나비처럼 나풀거리는 가느다란 손끝으로 주문을 받는다.

"엄마는 어떠셔? 재활 치료는 잘 받고 계시지?"

"예, 며칠 전부터 아르바이트도 나가세요. 카운터 보는 건 다리를 안 써도 되니까 괜찮대요."

"그렇구나. 그래도 무리하지 않는 게 좋은데. 조금씩 익숙해지도록 해야 해."

"좀 힘이 들어야 재활치료하는 의미가 있다고 부장님이 말씀하신 다음부터는, 엄마도 매일 끙끙거리면서 걸어다니세요."

사치코의 어머니가 오토바이 사고로 응급센터에 실려온 것은 가을에 막 들어선 무렵이었다. 일을 나가기에는 아직 좀 이른 것 같긴 하다. 하지만 이렇게 큰딸이 있다고는 해도 자신과 나이 차도 별로 없으니 무리라고 할 수는 없다.

"외래치료하러 오시면 응급센터에도 한번 들르시라고 하렴. 의사도 간호원도 모두 반가워할 거야."

"정말 고맙습니다, 부장님. 꼭 전할게요."

물수건을 건네주면서, 사치코는 계산대에 서 있는 점장을 흘긋거리며 속삭였다.

"저기, 부장님. 저 취직이 결정됐어요."

"아, 그것 참 잘됐네. 어디야?"

"신용금고예요. 전문대 출신은 받지 않는다고 들었는데, 용케 자리가 나서 들어가게 되었어요."

"용케 자리가 안 난다고 해도 너라면 어딘들 못 가겠니. 변하면 안 돼, 늘 그렇게 웃는 얼굴로 일하렴."

"전 변하지 않아요. 이게 원래 얼굴인걸요."

그건 맞는 말이라고 마리아는 고개를 끄덕였다.

참 신기한 아가씨다. 젊은 연인들에게도, 같은 또래의 학생들에게도, 난폭한 택시 기사에게도, 노무자에게도, 전혀 차별 없이 똑같은 웃음을 보낸다. 그리고 반드시 그 웃음만큼 사람 마음을 편안히 해준다. 한밤중의 국도변 레스토랑에 이렇게 멋진 웨이트리스가 있다는 것은 기적과도 같은 일이었다.

부모는 사치코가 아직 어릴 때 이혼했다고 한다. 그래서 전문대학을 다니면서 매일 밤 새벽 두시까지 일을 하고 있다. 고등학교에 다니는 여동생은 공부를 잘해서 사년제 대학에 보낼 거라고 했다.

어머니가 입원해 있는 동안에도, 매일 출근하기 전에 병원에 들러 이런 웃는 얼굴로 환자들의 마음을 따스하게 어루만져주었다.

마리아가 한밤중에 이 레스토랑에서 식사를 하게 된 것도 사치코의 웃는 얼굴 때문이다. 도심의 야전병원에서 기진맥진해진 몸을, 서늘한 바람만 불어가는 중년 여인의 마음을, 사치코의 웃는 얼굴이 따스하게 어루만져주는 것이다.

불 꺼진 단칸방에 들어가기가 싫어 출근할 때도 불을 그대로 켜둔다. 싸늘한 침대에 쓰러져 자는 것이 싫어 전기담요를 샀다. 그러나 매일 밤 사치코의 웃는 얼굴을 보게 되면서부터는 그런 외로움도 어느새 잊어버렸다.

사치코는 정말 신기한 아가씨다.

"부장님, 여기요."

물수건을 건네주며 사치코가 마리아의 목덜미를 손가락으로 가리켰다. 머플러를 풀고 목덜미를 닦는다. 채 마르지 않은 피가 수건을 빨갛게 물들였다.

"아, 미안. 수건을 더럽혀버렸네."

"괜찮아요. 리스하는 거니까요."

피 묻은 물수건을 받아든 사치코는 마치 마리아의 수치스런 부분을 감싸기라도 하듯 손바닥 안에 쏙 집어넣고, 다시 꽃밭의 나비처럼 하늘하늘 걸어갔다.

마리아는 창가에 가지런히 놓여 있는 시클라멘 화분을 손가락으로 쓰다듬었다. 헤드라이트 불빛을 반사하는 창에 피로에 지친 중년 여성의 얼굴이 비쳤다.

'피투성이 마리아'. 병원에서는 그녀를 경외하는 뜻으로 모두들 그렇게 부른다.

제삼차 구급치료를 위해 최고의 설비를 갖춘 응급센터가 개설된 이래 이 년 동안이나 피바다 속을 헤쳐온 명물 간호사, '피투성이 마리아.

병동의 간호사들도 한 달 평균 열흘은 야근을 해야 할 만큼 심각한 일손 부족 상황에서, 게다가 병원에서 가장 감염 가능성이 높은 응급센터에서, 시간표 따위 신경 쓰지 않고 오랜 기간 동안 근무하는 사람이 있을 리가 없다. 의사건 간호사건 일 년도 안 되어 바뀌는 야전병원에서 마리아는 이미 명물이라기보다 응급센터의 심벌이나 마찬가지였다.

거기에는 훈장도 긍지도 없다. 오로지 갑작스럽게 꺼져가는 생명과, 그 생명의 불꽃을 붙잡아두려는 필사적인 의술이 있을 뿐이다. 삶과 죽음이 교차하는 공간인 것이다.

만일 인생을 다시 살 수 있다면. 마리아는 오늘로 사흘째 너스 스테이션의 간이침대에서 새우잠을 자느라 피로에 전 자신의 얼굴을 거울에 비추어보며 생각했다.

적어도 생명과는 관계없는 직장에서 근무하고 싶다. 월급도 보통 정도면 된다. 결혼도 연애도 못 해도 좋다. 그리고 하루 종일 웃을 수만 있다면 그것으로 충분하다, 라고.

갑자기 상념을 밀쳐내는 휴대폰 벨소리가 울려퍼졌다. 통화 버튼을 누르자 젊은 의사의 목소리가 귀를 파고들었다.

"아베 부장님, 죄송하지만 빨리 좀 와주세요. 정면충돌사고로 세 명이 한꺼번에 들어왔어요. 하나는 벌써 틀렸고, 나머지 둘은 어떻게라도 손 좀 써야겠어요."

"의사는?"

마리아는 재빨리 가죽점퍼를 걸치면서 물었다.

"방금 하야시 선생을 불렀습니다. 지금 이쪽으로 오고 있을 겁니다."

"하야시밖에 없어? 머리를 다쳤을 텐데 빨리 뇌 전문의를 불러야지."

"그런데 그게, 아무에게도 연락이 닿지 않아서요."

"멍청한 놈! 병동 당직을 불러! 뭘 우물쭈물하고 있어! 잘 들어, 절대로 죽게 놔둬서는 안 돼. 내가 갈 때까지 한 사람이라도 죽게 하면 안 돼!"

마리아는 휴대폰을 핸드백 속에 쑤셔넣고 서둘러 자리에서 일어섰다. 그때 사치코가 커피를 가져왔다.

"미안, 급한 일이야. 네가 대신 마셔줘."

계산서를 집어던지고, 마리아는 바람처럼 주차장으로 달려갔다.

오토바이에 탄다. 사치코는 창가에 서서 지켜보고 있었다. 그 아름다운 얼굴에서 잠시나마 웃음을 빼앗아버린 자신에게 마리아는 수치심을 느꼈다.

헬멧의 선바이저를 걷어올리고 눈웃음을 보내며 손을 흔들자, 사치코는 다시 웃음을 되찾고 손을 흔들어주었다.

국도로 달려나와, 덤프트럭을 향해 있는 힘을 다해 고함을 쳤다.

"비켜, 비키란 말이야! 죽으면 안 돼! 내가 구해줄 테니까!"

그날 밤의 응급센터는 처절한 전장과도 같았다.

정면충돌사고를 당한 세 사람 가운데 한 사람은 두부 파열로 즉사했지만, 한 사람은 외상과 양다리 골절, 또 한 사람은 늑골 골절과 폐 손상 상태로 아직 살아는 있었다.

그 두 사람을 한창 치료하고 있을 때 의식불명에 빠진 술주정뱅이 하나가 들것에 실려왔다. 혈중 알코올 농도가 그리 높지 않아 링거주사를 놓고 침대에 눕혀놓았다. 그런데 갑자기 구토 증상을 보이는가 싶더니, 호흡이 거칠어지고 혈압이 급상승하는 것이었다.

뇌외과의 하시모토 의사가 와 있었던 것이 참으로 다행이었다. CT화상을 본 하시모토는 뇌출혈이라는 진단을 내리고, 급히 수술을 시작했다.

그러는 사이에 이번에는 투신자살 미수자가 실려왔다. 길바닥에 쓰러져 있는 것을 순찰을 돌던 순경이 발견한 것이다. 다리 위에서 뛰어내린 모양인데, 두부 손상은 없었지만 골반 골절, 내장 파열, 신장 파열로 중태였다. 자발적인 호흡도 불가능한 상태였고, 간호원이 들것 위에 올라타 심장 마사지를 하고 있었다. 즉시 옷을 가위로 잘라내고 하반신을 덮은 다음, 기관 절개를 시도했다.

그러는 사이 응급실은 점점 아수라장으로 변했다. 피와 주사액이 흥건한 바닥 위로 운동화를 신은 간호사들이 네 개의 침대 사이를 바쁘게 움직였다.

응급센터의 의사는 모두 젊다. 그들이 아직 초등학생이던 시절부터 이 전장에 근무해온 아베 간호부장이 가장 활발하고 정확하게 움직이는 것도 어떻게 보면 당연한 노릇이다. 마리아는 하루에 평균 세 건씩 이십여 년간 이십만 명 이상의 '적'과 싸워왔다. 아마 전 세계를 통틀어 이만큼 능숙하고 뛰어난 구급 전문가도 없을 것이다.

마리아는 피투성이가 되어 외친다.

"선생, 혈압이 내려가고 있어! 사십오, 사십, 사십! 승압제 투여! 그게 아냐, 정맥 하나 더 잡아!"

"생리식염수 투여! 앗, 또 갔어. 아미사린, 아니, 아니, 유아트린 넣어. 멈추지 마, 절대로 멈추면 안 돼."

"어이, 하야시! 뺀질거리지 마. 내장 파열 때는 소화관을 검사해야지. 위의 앞과 뒤, 소장도 꺼내고. 그래, 힘내, 하야시. 그렇지, 파열되어 있잖아. 안 돼, 거기를 절제하고 봉합해. 끝과 끝을 이으면 돼, 할 수 있겠지?"

겨우 전황이 일단락된 것은 새벽 세시경이었다.

가장 어려웠던 투신자살 미수자도 상태가 안정되어 정형외과로 넘겨졌다.

응급실 들것에 방치된 유해를 처리하도록 젊은 간호사에게 지시하고, 긴급수술실을 엿본다.

"고마워, 하시모토 선생. 어때? 어, 벌써 열어버렸어?"

재수없게 병동에서 잡혀온 하시모토 의사는 손을 열심히 움직이면서 퉁명스럽게 말했다.

"뇌압이 올라가서 말이야. 내 멋대로 열어서 미안하군."

"미안하다니, 당치도 않아. 전문의의 판단인걸. 그렇지만 가능하면 드레인을 넣는 편이 좋을 거야."

베테랑 의사인 하시모토는 경막을 봉합하려던 손을 뚝 멈췄다.

"드레인을? 경막 바깥에 둬도 될 텐데."

"그렇지만 혈종은 위험하니까. 혈압도 높으니 안에 두는 것이 좋을 것 같아."

눈길을 모니터로 향하면서 하시모토는 잠시 생각에 잠겼다.

"흠, 과연 그렇군. 그럼 그렇게 할까. 그 외에는?"

거꾸로 질문을 받은 아베 간호부장은 혈액과 약품을 점검해보았다.

"프레드닌, 히드라라진, 글리세린. 혈뇨는 안 나오지?"

"현재로선 괜찮아."

"오케이. 과연 대단해. 그리고 앞으로 스트레스 궤양이 일어날 테니까, 잔탁 정맥주사. 더불어 마록스도 넣어두면 만반의 준비 끝."

수술실을 나와 중환자실에 들어간다. 입원환자는 다섯 명. 한결같이 수많은 튜브와 파이프를 두르고 있는, 스파게티 증후군이다.

모니터와 수액을 점검한 다음, 간호부장은 벽에 기대선 채 졸고 있는 간호사를 흔들어 깨웠다.

"안녕, 고이즈미. 커피라도 한잔 할까?"

당직실로 돌아와 커피를 따르고 있는데, 피로에 전 당직의사들이 작전을 마치고 캠프로 돌아오는 병사처럼 들어섰다.

"하야시 선생, 미안하지만 비타민 좀 놔줘. 나흘 연속 철야는 역시 무리인가봐."

하야시는 정중한 태도로 전선 지휘관의 하얀 팔에 주사를 놓았다. 라면을 먹고, 커피를 마시고, 줄담배를 피워댄다. 모두 지쳐 있지만 승리한 자의 표정은 밝다.

"내일부터 휴가시죠?"

젊은 의사 하야시가 머뭇거리면서 조심스럽게 물었다.

"오늘부터였어. 휴가는 개나 주라지. 휴대폰이 울리지 않는 곳으로 도망치지 않는 한 휴가는 없어. 도대체가 다들 언제쯤에나 제몫을 하게 될는지. 오늘만 해도 하시모토와 내가 오지 않았더라면 전멸이었을 거야."

의사들은 간호부장의 말을 신의 말처럼 정중하게 듣고 있다. 이만 건에 달하는 구급 처치 경험을 쌓은 자신감으로 가득 차 있는 아베 간호부장의 가느다란 몸이 산처럼 커 보였다. 그리고 그것은 오천 명의 죽음을 목격한 관록이기도 했다.

잠깐 휴식을 취한 후, 의사들은 다시 응급실로 돌아갔다.

그 대신 뇌출혈 환자의 수술을 마친 하시모토가 들어왔다.

뇌외과 의사로서 뛰어난 솜씨를 가졌지만, 술이며 도박이며 여자며 온갖 소문이 끊일 날이 없다. 출세욕도 없고 개업할 뜻도 없는 독신 사십대 의사. 요컨대 어느 대학병원에나 하나쯤 있는, 삐딱선을 타는 교수 대리 집도전문의다.

멋대로 커피 한 잔을 뽑아들고, 하시모토는 아베 간호부장의 얼굴을 훔쳐보다가 웃음을 터뜨렸다.

"뭐가 이상해, 하시모토 선생? 피로에 지친 사십대 여자가 그렇게 이상해 보여? 나도 웃어줄까보다."

하시모토는 벽에 등을 기대고 한쪽 귀에 걸쳐놓은 마스크를 벗어 책상 위로 집어던졌다.

"아, 실례, 실례. 당신 솜씨를 보게 되어 영광이야. 피투성이 마리아, 정말 대단해. 도저히 간호사의 솜씨라고 볼 수 없었어."

"그쪽에 더러운 물건 올려놓지 마."

"소문은 들었지만, 이렇게 대단할 줄이야. 수술 지시를 받아보는 것도 십 년 만이군."

"밥그릇 수 덕분이야. 이십 년의 응급센터 근무 경력이 허세는 아니라고."

"죽여버린 환자 수도 대단하지. 그런 이야기를 해주면 인턴들이 벌벌 떨걸. 지난번에는 교수 하나를 묵사발로 만들었다면서?"

"남들이 피 튀기고 있는 전투장에 제자들이나 거느리고 오는 사람이 잘못이지. 아무것도 안 하는 주제에 말이 많아. 말로만 심장정지가 어쩌구저쩌구, 뭐 그런 바보 같은 자식이 다 있어?"

"그래서 화를 냈구나."

"당연하지. 눈앞에서 개흉 뒤 심장 마사지를 했어. 온생식을 흥건히 넣어서 심장을 살려놓았지. 보라고, 이게 바로 심장소생술이라고 말이야."

"새파랗게 질렸겠네. 그 사람 꽤 소심하니까."

"맞아, 겁에 질려 제자들에게 설명도 잘 못하더라. 그래서 피투성이 손으로 볼때기를 한 방 날려줬지, 뭐."

"뭐! 정말?"

"그럼. 먹살을 잡고 이렇게 말해줬어. '심장 정지 어쩌구 함부로 지껄이지 마. 죽고 사는 건 내가 결정하는 거야. 여기서는 내가 법이야!' 핫핫핫, 감히 누구 앞에서 까불어."

"……대, 대단해. 당신 정말……"

아베 부장은 벌겋게 충혈된 눈을 껌벅이며 크게 하품을 했다.

"선생이야말로 소문대로 솜씨 하난 정말 대단해. 젊은 간호사들 꾀느라 허송세월하지 말고, 이제 슬슬 조교수 자리라도 하나 꿰차는 게 어때?"

"내가? 하하하, 난 그런 거 어울리지 않아. 인턴들 거느리고 병원 복도를 걸어다닐 바에야 간호사 하나 꼬드겨서 무의촌으로 도망치는 게 낫지."

갑자기 전화벨이 세차게 울렸다. 구급차의 무선과 연결된 핫라인이다.

"아, 정말 싫다 싫어. 도대체 오늘따라 왜 이래? 예, 센텁니다."

제발 좀 참아줘, 하고 중얼거리며 방을 빠져나가는 하시모토의
팔을, 간호부장은 힘껏 낚아챘다.

　"나랑 같이 좀 있어줘, 의사 선생."

　"데이트라면 날이 밝은 다음에."

　"그게 아니라, 강도가 쏜 총에 머리를 맞은 환자래. 이런 사례는
처음인 것 같은데."

　"드디어 올 것이 오고야 말았군."

　두 사람은 복도로 달려나갔다. 사이렌을 끈 구급차가 썰렁한 겨
울 정원에 빨간 빛을 길게 늘어뜨리며 달려들어왔다.

　사치코는 들것 위에서 잠들어 있었다. 적어도 마리아의 눈에는
그렇게 비쳤다.

　조금 특이한 점이라면 약간 기울어진 얼굴 오른쪽의 귀에서 수액
이 흘러내리고 있다는 것과, 오른쪽 이마 끝 부분에 담뱃불로 지진
듯한 작은 탄흔이 있다는 것뿐이었다.

　들것을 일단 복도로 들여놓은 하시모토는 즉시 가슴에 귀를 대
고, 경동맥을 짚고, 펜라이트로 동공을 들여다보았다.

　"완벽한 DOA*로군."

　며칠에 한 번꼴로 들어야 했던 응급센터의 저주스런 은어가 울려

---

*dead on arrival, 도착 시 이미 사망한 상태를 뜻함.

퍼지는 순간, 뻣뻣하게 굳어버린 마리아의 가슴속에 한 발의 총성이 울려퍼졌다.

"산소는? 마사지는 왜 안 하는 거야?"

평소처럼 고함을 치려 했지만, 모기만한 소리밖에 나오지 않았다. 사치코의 몸에서 실오라기 같은 생명의 징후도 찾아볼 수 없다는 것은 다름아닌 마리아 자신이 누구보다 잘 알고 있었다.

그래도 마리아는 구급대원의 손에서 들것을 빼앗아 응급실로 끌고 들어갔다.

"삽관해! 정맥 잡아! 유아트로핀, 0.5! 강심제, 보스민!"

의사들도 간호사들도 멍하니 선 채 마리아를 바라보고 있었다. 마리아는 들것 위에 올라타서 격렬하게 심장 마사지를 하기 시작했다. 몸이 튀어오를 정도로 세게 가슴을 누르고, 레스토랑 유니폼을 열어젖히고 가슴에 귀를 갖다댔다.

"움직이지 않아, 움직이지 않아! 쇼크 카운터를 세! 뭐 하고 있어, 빨리!"

할 수 없이 제세동기를 가지러 가려는 간호사를, 하시모토가 제지했다.

"그만둬, 부장. 벌써 끝났어."

"끝나고 않고는 내가 정해. 여기서는 내가 법이야. 쓸데없는 간섭 하지 마!"

마리아는 더 격하게 마사지를 하기 시작했다. 늑골이 부러지는 둔탁한 소리가 들려오자 하시모토는 마리아의 팔을 붙잡았다.

"침착해, 부장. 누가 봐도 끝장난 거야. 동공 확대, 심박동 정지, 호흡 정지. 의식도 없고 혈압, 체온, 아무것도 없어. 죽은 거라고."

하시모토가 상황을 하나씩 또박또박 말해주자 마리아는 그제야 손을 멈추고 들것 위에서 무릎을 세우더니 얼굴을 파묻었다.

"왜! 왜 이런 일이 일어나는 거야! 방금 전에도 날 보고 웃으면서, 어서 오세요, 혼자세요, 담배는 피우시나요, 하고 말했잖아. 취직이 정해졌다고, 어머니도 재활치료 열심히 하고 있다고 그랬잖아. 이 일을 어쩌지, 사치코. 나 아무것도 할 수가 없어, 주사 한 대 놔줄 수도 없다고!"

마리아는 시체 위에 무릎을 세우고 웅크린 채, 야단맞은 어린아이처럼 엉엉 울었다.

의사도 간호사도, 구급대원들도, 달려온 경찰관들도 모두 마리아의 통곡을 이상하게 생각지 않았다. 그들 모두 힘든 하루를 마치고 돌아가는 길에 사치코가 날라다주는 커피를 마셔본 사람들이기 때문이다. 피로한 마음을 따스하게 어루만져주는 그 신비한 웃는 얼굴을 모두 가슴에 새겨두고 있었기 때문이다.

좀 떨어진 곳에서 하야시가 퍼질러 앉아 훌쩍이고 있었다.

"포기해, 부장. 권총이란 놈은 원래 그런 거니까. 머리에 맞으면 방법이 없어."

발치에서 마리아를 올려보며 하시모토가 기도하듯이 말했다.

"왜, 왜 그런데? 왜 그런 물건이 있는 거야? 전쟁도 아닌데, 왜 그런 게 있느냔 말이야!"

"그걸 난들 어떻게 알아."

하시모토는 얼굴에 짙은 그늘을 드리우고 응급실을 나가버렸다.

울어서 퉁퉁 부은 눈에 비치는 아침 햇살이 눈부시다.

마리아는 오늘 하루만이라도 휴대폰 전원을 꺼버리고 죽은 듯이 자리라 마음먹었다.

이제는 좀처럼 찾아볼 수 없을 듯한 고물 왜건 뒷문에서, 당직을 끝낸 하시모토가 얼굴을 내밀었다.

"배터리가 나갔어. 배터리 연결 좀 해줘."

"내 건 오토바이야. 승용차에게 배터리 빌려줄 여유는 없어."

"오토바이라도 연결시킬 수는 있잖아."

하시모토는 마치 쇼크 카운터를 다루는 듯한 손길로 배터리 케이블을 내밀었다.

"농담하지 마. 어린아이 피를 뽑는 거나 마찬가지야."

아무도 이 사람을 의사로 보지 않을 것이다.

푸석푸석한 머리에 지저분한 수염. 더러워진 트렌치코트에 군용 담요 같은 머플러가 고물 자동차와 잘 어울린다.

"얼른 집에 가서 자야지. 휴가다, 휴가. 누가 뭐래도 난 쉴 거야. 몇 사람이 죽건 내가 알 바 아냐. 사흘 동안 무조건 자겠어."

시동을 걸고, 맹세하듯 그렇게 말하고는, 마리아는 자신의 결의를 보이기라도 하듯 휴대폰 전원을 꺼버렸다.

지금도 응급센터의 대합실에서 헤어진 사치코의 어머니 얼굴이 화상 자국처럼 눈에 새겨져 있었다. 굳센 어머니였다. 아픈 다리를 끌면서도 잠깐이라도 자리에 앉으려 하지 않고, 만나는 사람들마다 머리를 숙이며 고맙다고 인사를 했다. 도저히 이해할 수 없는 부조리를 '감사합니다'라는 말로밖에 표현할 수 없다는 듯, 경비원에게도 청소부에게도 머리를 숙였다.

마리아는 헬멧을 쓰고, 선바이저를 내리고, 구릉구릉 소리를 내며 액셀러레이터를 밟으면서 울었다.

갑자기 하시모토의 손이 뻗어나오더니 휴대폰을 빼앗았다.

"어차피 집에 가서는 전원을 켜고 말 테지."

"안 켤 거야. 돌려줘."

"온천이라도 다녀와. 그 동안 이건 내가 맡아둘게."

대답을 들을 필요도 없다는 듯 하시모토는 발길을 돌렸다.

"선생이 전화를 받으면 이상한 소문이 날 거야. 특종감이 될지도 몰라."

"마리아 님의 애인, 그만한 영광이 또 어디 있겠어. 아니면 당신 쪽이 귀찮아지는 건가."

"딱히 그런 건 아니지만……"

"걱정하지 마. 난 사람들이 생각하는 것만큼 엉터리가 아냐. 네가 쉬고 올 동안 절대로 누구의 심장도 멈추지 않게 할 테니까."

"왜?"

하시모토는 전화기를 만지작거리면서 피로한 눈을 들어 맑게 갠 겨울하늘을 올려보았다.

"딱히 이유는 없어. 그렇지만 나도 그애의 미소를 보지 못했더라면 맨날 교수에게 주먹이나 날렸을 거야. 정말 멋진 진정제였는데."

"배터리, 연결해줄까?"

"괜찮아. 그냥 가. 체력이 남아도는 벤츠나 BMW한테 신세지지 뭐. 이제 슬슬 떼거리로 출근할 시간이니까."

마리아는 타이어를 삐걱거리며 주차장을 빠져나갔다.

온천으로 가자. 눈에 파묻힌 깊은 산의 조용한 여관이 좋겠어. 미용실에도 가야지. 후드 달린 코트도 사고, 부츠도 사서, 우에노 역에서 야간열차를 타는 거야.

3

오쿠유모토 수국 호텔, 통칭 '프리즌 호텔'의 부지배인 구로다 아키라는 사자처럼 커다란 입을 쩍 벌리고 수화기를 씹어먹을 듯한 기세로 외쳤다.

"뭐, 손님? 너 벌써 노망들었냐? 관광협회라는 그럴듯한 간판 달았다고 아무것도 모르는 손님에게 공갈쳐도 되는 거야? 정말 계속 이랬다간 우리 쫄따구 하나 뽑아 너 대신 그 자리에 앉혀버릴 거야. 신주쿠 출장소 같은 건 한방에 날려버릴 수 있다고! 뭐? 정말로 손님? 조용한 산골짜기, 눈에 파묻힌 한적한 여관을 찾는다고 했단 말이지? 그럼 아마 자살이겠네. 아니면 지명수배거나. 하기야 우리 호텔만큼 조용한 곳도 없지. 자랑은 아니지만 새해를 맞이하고 한 달 내내 손님이라곤 이 지역 짭새밖에 없었으니까. 나 참, 도저히 믿을 수가 없구먼. 손님이라니, 정말 손님이야?"

"구로다, 잠깐만."

하나자와 가즈마 지배인은 이 호텔 종업원 중에서는 찾아보기 힘든 보통 사람의 눈길로 구로다를 노려보았다.

"말이 너무 심하지 않은가. 손님이라면 그냥 받으면 되잖아. 오시라고 해."

하나자와 지배인은 수화기를 빼앗아들고, 예의 크라운 호텔의 국제적인 감각이 가득 밴 은근한 어투로 예약을 받았다.

구로다는 아직도 믿어지지 않는다는 표정으로 사람 하나 없는 로비를 가로질러 현관을 나섰다.

바람은 없지만 가느다란 눈발이 흩날리며 쌓여가고 있다. 그럭저럭 일주일 동안 그칠 기색도 없이 내린 셈이다.

아사쿠사 고마가타에서 태어났다고 떠들어대는 것은 이쪽 바닥에서 그럴듯하게 보이려는 거짓말이고, 사실 그는 불의 나라 구마모토 출신이다. 눈과 인연이 없는 따뜻한 지방 출신이라서인지 구로다는 심하게 추위를 탄다. 도합 네 번, 총 구 년하고도 육 개월 동안 들어가 있던 감옥도 시즈오카, 히메지, 후주 등 전부 따뜻한 지방이었기에, 북쪽지방과는 한 번도 인연을 맺은 적이 없었다.

그래서 개업 이래 처음 맞는 겨울, 막 홋카이도 형무소에서 나온 '프랑켄슈타인 야스'나 '권총 조'가 강아지처럼 정원을 뛰어다닐 때도 구로다는 난로 앞에 동그랗게 웅크리고 앉아 있었다. 폼에 살고 폼에 죽는 인생인지라 한텐 아래 얇은 셔츠 하나밖에 걸치지 않았지만, 전대 안에는 몰래 손난로를 가득 집어넣어두었다. 그 덕분에 허리둘레가 발갛게 약한 화상을 입은 상태이다.

현관 승차장에서는 프런트맨 시게루가 열심히 스노모빌을 닦고 있다. 폭주족 출신의 이 꼬마는 하나자와 지배인의 불초자식으로, 칭찬할 만한 데라고는 하나도 없지만 꼼꼼한 성격만은 제 아버지와 판박이다. 이런 날씨에도 매일 묵묵히 스노모빌을 닦는 모습은 꼼꼼함을 넘어 집념마저 느끼게 한다.

혹시 이놈은 괜찮은 야쿠자가 될지도 모르겠다고, 구로다는 요즘 들어 생각하고 있다. 집념이란 사나이에게 무엇보다 중요한 것이 아닌가.

"예입, 대장. 수고가 많으십니다."

"오, 언제 봐도 번쩍번쩍하는군. 좋아, 아주 좋아."

"예입, 오늘은 마을에 물건을 사러 갔다왔기 때문에 엔진을 분해해 다시 조립했습니다."

"흠, 그랬군. 그래도 엔진 분해는 사흘에 한 번 정도면 돼. 매일같이 하면 오히려 안 좋아. 야마하가 그리 나쁜 회사는 아니니까. 그건 그렇고 시게루, 네게 꼭 해줘야 할 말이 있는데, 정신 똑바로 차리고 들어."

시게루는 각오를 굳혔다는 듯 눈을 똑바로 떴다.

"표적은 누굽니까? 어느 놈을 쳐야 합니까?"

"그런 게 아냐. 그렇게 쉬운 일이라면 긴장할 필요도 없잖아. 듣고 놀라지 마."

"……"

"손님이 와."

"으엑!"

시게루는 비명을 지르면서 뒷걸음질을 쳤다.

"그것도 보통 사람이야. 아마 자살이거나 지명수배일 테지만. 지금도 난 믿기지가 않아. 오늘 막차로 도착한다고 하니 역까지 마중 나가도록 해."

시게루는 아직도 다 나지 않은 눈썹을 찌푸리며 곤혹스러워했다.

"젠장, 그게 정말입니까? 보통 사람? 그것도 마지막 열차로? 으이씨, 믿을 수 없어!"

"폭주족 같은 말투 쓰지 마. 손님에게 실례야."

"예입, 죄송합니다. 대장, 어떻게 할까요. 소설가 선생님과 기요코 님도 막차로 오시는데. 스노모빌로는 세 사람을 다 태울 수 없을 텐데요."

으음, 하고 생각하다가 구로다는 만유인력의 법칙이라도 발견한 것처럼 손뼉을 탁 쳤다.

"대장, 지난번처럼 포개서 태울 수는 없습니다. 그때 계곡에 떨어진 손님은 아직도 발견되지 않았어요. 하기야 우리 패밀리니까 문제가 되진 않았지만."

"그게 아니라, 스노모빌 끝에 스노보드를 달아봐."

"아, 산악구조대가 하는 식으로 말이죠. 그렇지만 스노보드가 없는데요."

"대야로 하면 돼. 기요코 님과 손님은 스노모빌에, 기도 선생은 대야에 타시라고 해. 소설가는 가만히 앉아 있는 것에 익숙할 테니까."

"그렇습니까? 로프로 묶어 대야를 끌고, 그 안에 정좌? 글쎄요, 또 떨어지는 일은 없겠지요?"

"괜찮아. 선생은 스노모빌에 세 겹밖에 안 쌓았는데 떨어져버린 오소네 일가의 젊은이하고는 깡다구 수준에서부터 달라. 우리 오야붕의 조카님이잖아."

"그럼 일단 오야붕의 허락을 받도록 합시다. 우선 친족을 설득해 두어야……"

그러면서 별채로 가려는 시게루의 소매를 구로다가 낚아챘다.

"어이, 시게루. 오야붕은 지금 올봄에 열릴 주주총회 준비 때문에 바쁘셔. 지금은 중요한 때라고."

"그렇습니까? 매일 한가한 것 같던데요?"

"쓸데없이 걱정 끼치지 않는 게 좋아. 말보다 실천! 절대로 성가신 말이 귀에 들어가지 않도록 해야 해."

"말이야 그렇지만, 대장, 사실은 자신이 없는 거죠?"

"시끄러워!"

구로다는 시게루의 턱에 어퍼컷을 한 방 날렸다.

"말대꾸하지 말고 시키는 대로 해! 야쿠자는 말이야, 윗사람이 하얗다고 하면 까마귀도 하얀 게 되는 거야! 여차하면 네놈하고 나하고 같이 콩밥 먹으면 되잖아!"

산에서 불어오는 바람이 삼나무 가지에 쌓인 눈을 허공에 안개처럼 흩뿌렸다. 폭설만 안 내리면 좋겠는데, 하고 구로다는 한텐의 앞섶을 여미며 재채기를 했다.

역을 하나씩 지날 때마다 손님이 줄어들더니, 스키장에서 젊은이들이 내리자 야간열차 안에는 쓸쓸한 기억들만 차갑게 맴돌았다.

마치 잃어버린 시간을 거슬러오르는 것처럼 기차는 달린다. 덜컹거리는 바퀴 소리만 성실하게 시간의 흐름을 새겨나간다.

선잠에서 깨어나자마자 마리아는 침묵의 무게를 견딜 수 없어 자리에서 일어섰다. 피로 물든 내장의 촉감과 함께 목숨을 구해주지 못하고 죽은 수많은 이들의 얼굴만이 머릿속에 되살아났다. 사랑의 추억 같은 것은 어릴 때 사별한 부모님의 그림자보다 더 엷고 흐릿하다.

살아 있는 사람의 목소리를 들을 수 있는 칸으로 가고 싶었다.

무거운 수동문을 열어젖히고 옆 칸으로 들어섰다. 승객들의 머릿수를 넷까지 세어보고, 마리아는 안도의 한숨을 내쉬었다. 어쨌든 죽은 이들로 가득 찬 차량에서 벗어날 수 있었다.

야간열차 손님은 하나같이 슬픈 인생의 짐을 짊어지고 있는 듯 보인다. 그러나 그건 고작해야 살아 있는 인간의 슬픔에 지나지 않는다. 기계의 힘을 빌리지 않고 숨을 쉬는, 체온도 혈압도 정상인 네 명의 인간이 그곳에 있다는 것만으로도 마리아의 가슴에는 훈훈한 바람이 불어오는 듯했다.

오래된 철로는 간토 평야를 빠져나와 산간 지방으로 이어진다. 비스듬히 기울어진 열차의 그림자가 눈에 덮인 숲과 강을 기어가듯 스쳐간다. 터널을 빠져나갈 때마다 쌓인 눈은 그 무게를 더해갔다.

종착역까지 얼마 남지 않았지만, 마리아는 문득 잡담이라도 나눌 상대가 있었으면 좋겠다는 생각이 들었다.

건장한 등산객 한 사람이 멍하니 천장의 전등을 바라보며 위스키를 마시고 있었다. 발아래 놓인 붉은 배낭에는 피켈, 아이젠, 자일 등의 등산 장비들이 마치 누군가에게 보낼 소포처럼 차곡차곡 쌓여 있다. 눈에 그은 피부나 얼굴을 가득 덮은 수염을 볼 것도 없이, 그

완벽한 장비만으로도 그가 겨울 산을 단독 등정하는 베테랑 알피니스트임을 알 수 있다.

여자가 말을 건다고 기뻐할 만한 사람은 아닐 테지만, 그 바위처럼 오만해 보이는 남자의 입에서 히말라야의 새벽이나 마터호른의 저녁노을이나 천년빙하가 우는 소리 같은 것에 대한 이야기를 듣고 싶었다.

"안녕하세요."

"아, 안녕하쇼."

남자는 마리아의 얼굴도 보지 않고 산길에서 사람을 만난 것처럼 무뚝뚝하게 대답했다. 메마른 바람이 부는 듯한 쉰 목소리였다.

"옆에 앉아도 될까요?"

남자는 힐끗 마리아를 올려다보았다. 마치 아득한 미답봉을 바라보는 듯한 눈길이었다.

"자리라면 얼마든지 있소만."

맥빠지는 대답이 돌아왔다. 귀찮다는 듯 얼굴을 돌리고 휴대용 수통에 든 술을 컵에 따르는 남자의 오른손에는 엄지와 검지밖에 없었다.

아마도 설산에서 손가락을 잃어버렸을 그 공 모양의 손을 보는 순간, 더이상 말을 걸 용기가 나지 않았다.

기차는 좌우로 흔들리면서 점점 더 깊은 산속으로 들어간다.

이어폰을 낀 소년이 창틀에 팔을 걸치고 밤의 눈을 바라보고 있

었다. 중학생 정도로 보인다. 창에 비치는 마리아의 모습을 본 소년
은 뒤를 돌아보았다.

"안녕."

갑작스런 인사를 받고 소년은 겁먹은 표정으로 가볍게 고개를 숙
였다.

"누구세요?"

나약하고 신경질적인 목소리로 소년은 말했다. 도시에서 태어나
자라서 여행에 익숙하지 않은 모양이다.

"뭐 듣고 있니?"

한쪽 귀에서 뺀 이어폰에서 흘러나오는 소리는 그 또래 아이가
즐겨들을 만한 록 음악이 아니었다. 절절한 남자의 독창이 희미하
게 들렸다.

"슈베르트의 〈겨울나그네〉예요."

소년은 법랑처럼 섬세하고 예쁜 손가락 끝으로 시디 케이스를 가
리켰다.

"시험 치고 집으로 가는 길이니? 아니면 할아버지 댁에 가는 거
야?"

"아녜요."

소년은 이어폰을 다시 귀에 꽂고 시선을 창으로 돌렸다.

남들처럼 살았더라면 내게도 이런 아들이 있었을 테지. 마리아는
창밖으로 겁먹은 듯한 눈길을 보내고 있는 소년의 하얀 목덜미를

바라보며 생각에 잠겼다.

동기라고는 내과의 일반병동에 근무하는 간호사 한 사람밖에 없다. 간호학교를 졸업할 때 평생 함께 간호사로 살아가자고 맹세했던 친구였다. 그러나 그녀는 이윽고 약사와 결혼해서 아이를 낳았다. 그 이후로는 같이 식사를 하며 입에 담는 화제도 남편과 아이 얘기뿐이었다. 지금은 복도에서 마주쳐도 그냥 웃으면서 지나칠 따름이다.

이제 더이상 아이를 낳을 수 있는 나이가 아니라는 사실을 깨달았을 때 느꼈던, 광야에 홀로 선 듯한 외로움을 누가 알아주랴. 입밖에 낼 수야 없지만, 사람 목숨을 구했을 때의 환희가 몸을 얼어붙게 하는 고독과 묘하게 대칭을 이룬다는 사실을 마리아는 아직도 믿을 수가 없다. 자신은 죽어가는 수천 개의 목숨을 구했지만, 그에 대해 지불한 대가는 너무나 컸다는 생각이 들었다.

마리아는 소년의 자리에서 일어섰다.

무뚝뚝한 산 사나이와 겨울나그네 소년에게 안녕, 하는 인사를 건넸을 뿐인데, 마치 중환자가 누운 침대를 몇 군데나 돈 듯한 피로감을 느끼는 것은 또 왜일까.

야간열차는 선로에 쌓인 눈을 차창 높이 튀겨가며 앞으로 나아가고 있다.

남녀 여행객이 마주 보고 앉아 있다. 마리아는 통로를 사이에 둔 옆좌석에 앉았다. 아마도 부부일 테지만, 두 사람에게는 어쩐지 말을 걷기 어려운 암울한 분위기가 풍겼다.

　지나친 생각인지도 모른다. 그러나 두 사람은 그 자체로 전대의 유물 같은 야간열차에 너무도 잘 어울리는 애수를 가득 머금고 있었다. 예를 들면 소설가가 되려다 실패한 병약한 남편을 젊은 아내가 고향으로 데리고 가는, 그런 애처로운 스토리가 잘 어울릴 것 같은 분위기였다.

　두 사람을 감싸고 있는 오래된 사진 같은 우수 어린 분위기가, 그들의 앉음새가 아름답기 때문이라는 사실을 깨달은 것은 시간이 좀 지난 후였다. 눈발이 흩뿌리는 쓸쓸한 산간의 역사에 잠시 열차가 정차했을 때, 깊은 사연을 간직한 듯한 두 사람의 얼굴이 플랫폼의 불빛에 비치는 것을 보고 마리아는 그만 마음을 빼앗기고 말았다.

　남자는 성가실 정도로 긴 머리를 한손으로 만지작거리면서 책을 읽고 있다. 가느다란 콧부리와 길게 찢어진 눈은 단정하면서도 완고한 인상을 만들어내고 있다. 책에 눈길을 고정한 채 머플러에 닿을락 말락 하는 입술을 달싹이며, 페이지를 넘길 때마다 반드시 앞에 앉은 여자의 얼굴을 훔쳐본다. 그 순간 스치는 남자의 표정은 마치 야단맞은 어린아이 같았다.

　여자는 아름다웠다. 아마도 남자라면 백이면 백 지나가다가 뒤를 돌아볼 것이다. 너무 아름다워서 망막한 느낌이 들 정도였다.

　새카만 눈동자로 맞은편의 남자를 가만히 응시하는 모습이 마치 한 마리 사슴 같다.

여자의 눈가에는 시퍼런 멍이 들어 있었다. 상처가 아픈지 때때로 손수건을 갖다댄다.

그것을 대화의 계기로 삼으려는 계산은 아니었지만, 마리아는 보고만 있을 수 없어서 자리에서 일어섰다.

"왜 그래요? 아, 부었군요. 차게 식혀줘야 해요."

낯선 여자가 갑자기 말을 걸자 두 사람은 놀란 듯 얼굴을 들었다. 마리아는 여자의 손에서 손수건을 빼앗아들고 화장실 쪽으로 갔다. 손수건에 물을 적시면서, 반사적으로 이런 행동을 하는 자신이 처량하게 느껴졌다.

전에도 이런 일이 자주 있었다. 자기 주변 사람들은 모두 병을 가지고 있다는 강박관념이 있어서, 물론 저 혼자의 생각이긴 하지만, 안색이 좋지 않은 사람이나 무릎이 까진 어린아이를 보면 저도 모르게 말을 걸게 된다.

자리로 돌아와 물에 적신 손수건을 여자의 눈가에 갖다댔다. 꽤 아플 것이다. 손수건이 닿자마자 여자의 아름다운 눈가가 찌푸려졌다.

"아야! 아, 정말 고맙습니다."

그렇게까지 할 필요는 없는데, 하는 생각이 들 정도로 여자는 머리를 깊이 숙이며 인사를 했다. 그때 갑자기 같이 있던 남자가 입을 열었다.

"멍청이. 그런 것 정도는 자기 손으로 해. 별것도 아닌 상천데 다른 사람한테 폐를 끼쳐야겠어?"

"죄송합니다. 선생님…… 저, 이제 괜찮아요, 정말 고맙습니다. 이제 상관하지 말아주세요. 야단맞으니까요……"

나 몰라라 하고 다시 책을 읽는 남자를 노려보면서 마리아는 말했다.

"잠깐, 당신. 상처가 별거 아닌지 어떤지 타인인 당신이 어떻게 알아요?"

남자는 얼굴을 번쩍 치켜들고는, 두 주먹을 허리에 척 걸치고 서 있는 중년 여자를 멀뚱멀뚱 쳐다보았다.

"뉘신지는 모르겠지만, 우리는 타인이 아닙니다."

그리고 남자는 헤헷, 하고 품위 없게 웃었다.

"아니죠, 타인이에요. 당신은 이 사람의 아픔이나 고통을 이해하려 하지 않으니까."

"그런 걸 어떻게 알겠어요? 우리 사이에 신경이 연결된 것도 아닌데. 하기야 때로는 연결되기도 하지만, 헤헷."

마리아는 마음속 깊이 남자를 경멸했다.

"물론, 나도 이 사람의 아픔을 몰라요. 그렇지만 알려고 노력할 수는 있죠. 알아주고 싶어요. 누군가가 그렇게 해주지 않으면 인간이란 혼자서 살아갈 수 없어요."

"헛, 무슨 그런 거창한 말씀을……"

남자는 어이없다는 듯이 입을 다물었다. 신념 앞에서는 논리도 맥을 못 춘다는 것을, 마리아는 많은 의사들을 상대하면서 배웠다.

이런 참에 이 남자의 비뚤어진 사고방식을 뜯어고쳐주리라 마음먹었다.

"잘 들어요. 동반자라면 동반자답게 행동하세요. 인간은 혼자서 살아갈 수 없기 때문에 가족이란 걸 가지려고 하는 거예요. 사랑하고 결혼하고 아이를 낳는 거죠. 그러니까 야간열차 안에서건 침대 위에서건, 당신은 이 사람의 동반자인 이상 이 사람의 아픔을 알아줘야 해요. 그게 당신의 책임이고 반려자로서 지켜야 할 최소한의 의무라는 거라고요."

마리아의 손가락질 앞에서 남자는 어쩔 줄 몰라 했다.

"다, 당신 뭡니까? 정말 박력 하나 끝내주네요. 논리는 없지만, 범상치 않은 설득력입니다. 도대체 누구십니까, 당신은?"

물어본다고 이름을 대는 것도 좀 쑥스럽긴 했지만, 어차피 한가로운 여행길이 아닌가. 마리아는 시건방진 인턴들의 군기를 잡을 때처럼 두 다리를 쩍 벌리고 서서 주먹을 허리에 갖다대고 말했다.

"이름은 없어요. 백의의 천사에게 이름은 필요 없으니까. 그렇지만 모두들 나를 이렇게 불러요. '피투성이 마리아'."

"피, 피투성이 마리아!"

"이십 년 동안 일만오천 명을 구한 성모 마리아, 그리고 오천 명을 죽인 피투성이 마리아 님이시죠. 자랑은 아니지만."

"자랑할 만한데요. 자화자찬이긴 하지만, 자랑할 만한 가치는 있겠어요. 무려 일만오천 명을 죽이고 오천 명을 살렸다니."

"그 반대예요. 숫자 뒤바꿔 말하지 마시죠."

"어느 쪽이든 대단하긴 마찬가지죠. 나도 직업상 사람을 꽤나 죽였지만, 그래도 고작 오백 명도 안 되는데."

"……무슨 소리 하는 거예요, 당신?"

남자는 자리에서 일어나 선반에서 짐을 내려 뒤적이더니 책 한 권을 내밀었다.

"몰라뵈어서 죄송합니다. 사실 전 이런 사람입니다. 알고 계시죠? 기도 고노스케라고, 그 유명한 『의리의 황혼』 시리즈의 기도 고노스케입니다!"

"처음 듣는 이름인데."

남자는 맥없이 자리에 털썩 주저앉았다. 뭐가 그리 충격적인지 고개를 떨구고 두 손을 얼굴에 갖다댔다.

"미안해요, 난 책 읽을 여유가 없어서. 아, 책방을 하는 모양이군요?"

"……어쨌든 그냥 서 있지 말고 자리에 앉으세요. 어딘지 모르게 관록이 보이신다 했는데, 백의의 천사라고 하셨나요?"

여자는 손수건을 눈가에 댄 채 그 아름다운 얼굴을 들어올리며 말했다.

"그럼 화장장에 근무하세요?"

그 말이 떨어지기가 무섭게 여자의 머리를 쥐어박으려는 남자의 목덜미를 마리아가 잡아챘다.

이로써 두 사람의 정체는 대충 파악되었다. 남자는 '기도 고노스케'라는 이름의 책방 주인이고, 여자는 머리가 좀 모자라는 그의 동반자다.

"잘 들어, 기요코. 이 사람은 베테랑 간호사셔. 알겠어? 흰 옷 입고 시체를 불에 태우는 사람이 아냐. 베테랑 간, 호, 사."

"네? 간호사!"

남자가 또박또박 설명을 하자 기요코라는 여자는 커다란 눈동자를 한층 더 크게 뜨면서 화들짝 놀랐다. 간호사란 말을 듣고 허리를 꼿꼿하게 펴는 걸로 봐서 가족 중에 오랫동안 병상에서 고생하고 있는 사람이 있을지도 모른다.

기요코는 마리아를 빤히 쳐다보면서 눈을 깜박였다.

"……예쁜, 간호사시네요."

"예뻐? 내가? 그런 인사치레는 안 해도 돼요. 아줌마 앞에 두고 그런 말 하면 못써요."

기요코는 반했다는 듯 눈을 가만히 고정시킨 채 작은 턱을 설레설레 저었다. 남자가 곁에서 뭐라고 입방아를 찧었다. 무슨 영문인지 어느새 손이 마리아의 무릎 위에 올라와 있다.

"이십 년 동안 근무하셨다니, 초등학교 졸업하고 바로 취업하셨나보군요."

이 자식이, 하고 마리아는 속으로 중얼거렸다. 도저히 가늠할 수 없는 남자다. 금방 폭력을 휘둘렀다가 상냥한 목소리로 또박또박 설명을 해주질 않나, 금방 화를 냈다가는 헤헤거리며 웃지를 않나. 태연한 표정으로 농담을 던지고, 진솔한 말은 웃음으로 슬쩍 넘긴다. 몸과 마음이 제멋대로 놀아나는 유치원생 같다.

"미안하지만 당신보다 나이가 훨씬 많아요. 그런데 이 손은 또 뭐예요? 아내 앞에서."

"이크, 실례. 술집에서 놀던 때의 버릇이 나오고 말았군요. 별로 신경 쓰지 않아도 됩니다. 이 여자는 아내가 아니니까요."

그 한마디에 여자는 고개를 떨어뜨렸다. 사정은 잘 모르겠지만, 이것은 분명 언어폭력이다.

"그럼 뭐예요? 확실히 말해봐요."

"이 여자는 제 노예입니다."

"네? ……그건 또 무슨 말이에요?"

"노예라고요. 노비, 하녀. 한 달에 이십만 엔의 사료 값을 지불하고 내가 기르는 가축입니다. 그러니까 주인이 발로 차든 주먹으로 쥐어박든 내 맘이죠."

"무슨 이런 사람이 다 있어? 당신, 정말 짐승 같은 남자로군."

말다툼하는 두 사람 사이로 기요코가 끼어들었다.

"괜찮아요. 사실이니까 화내지 마세요. 전 정말로 선생님하고 그런 관계예요."

하하핫, 하고 남자는 의기양양하게 웃었다.

차임벨이 울리고, 차내 방송이 종착역임을 알렸다. 남자는 입술을 비틀고 웃으면서 무거운 가죽가방을 여자 무릎에 던지듯이 올려 놓았다. 마치 돌을 끌어안은 죄인처럼 여자는 원망스럽게 눈을 치켜떴다.

"뭐야, 그 눈은? 불만 있으면 말로 해. 빨리 내려."

남자는 천박하게 콧노래를 흥얼거리면서 자리에서 벌떡 일어섰다. 열차는 바퀴를 삐걱거리며 눈발이 휘날리는 역에 멈췄다. 디젤 엔진의 진동이 사라지자 설국의 정적이 주위를 감쌌다.

남자는 플랫폼에 내려서자마자 어린아이처럼 눈 장난을 하기 시작했다.

"뭐 저런 인간이 다 있담."

여자는 할말을 찾는 듯 고개를 떨구고, 부챗살 같은 속눈썹을 쳐들며 중얼거렸다.

"유명한 소설가세요. 기도 고노스케라고."

"어, 아, 그러고 보니 들은 것도 같아요. 기도, 고노스케. 아냐, 유명하지는 않군. 그냥 베스트셀러 작가지."

여자는 기쁜 듯 활짝 웃었다. 그것이 그녀의 자부심이란 것을 알고 마리아는 가슴이 아팠다.

"그렇지만 인간이 저래서야, 영 환멸감이 드네."

남자는 플랫폼에 쌓인 눈을 끌어모아 머리 위로 날리며 천박하게 웃고는, 창 너머의 마리아를 향해 놀리듯이 혀를 쏙 내밀었다.

"사실은 좋은 사람이에요. 정말 상냥한 사람이죠."

"상냥해요? 어디가?"

"……그건 나도 잘 모르겠지만, 밤중에 베개를 끌어안고 훌쩍이
며 울어요. 기요코, 기요코, 하고 내 이름을 부르면서요. 그리고 딸,
아, 헤어진 남편의 아이인데, 그애 침대로 가서, 미카, 미카, 하고
이름을 부르면서 또 막 울어요. 그러고는 제 어머니 방으로 가서,
할망구, 죽으면 안 돼, 죽으면 안 돼, 하고 또 울어요."

"……맛이 갔다고 하는 거예요, 그런 건."

"맛이 간 게 아녜요. 저 사람, 천성은 너무 착한데 일곱 살 때 어머
니에게 버림받아서, 그때부터 성장이 멈춰버렸다고 해요. 그래서 어
린아이처럼…… 죄송해요, 남들에게는 말하지 말아주세요."

여자는 무거운 가방을 끌어안고, 고개를 깊이 숙였다.

4

"젠장, 이게 뭐야. 막차가 도착했는데도 다른 여관 사람은 아무
도 없군. 하긴 불경기에다 이렇게 눈이 내리니 무리도 아니지만.
흥, 그래도 우리 호텔은 손님이 있다고. 그것도 세 명씩이나 말야,
세 명. 네놈들은 우리더러 야쿠자 호텔이니 프리즌 호텔이니 멋대
로 지껄이지만, 이런 날에도 손님이 오는 데는 우리 호텔뿐이란 걸
잘 기억해둬!"

개찰구로 나온 역무원은 그런 시게루를 힐끗 보더니 고개를 획 돌려버렸다.

손님들이 철로 위의 다리를 건너오고 있다.

"에, 이렇게 추운 계절에 오시느라 얼마나 고생이 많으셨습니까. 오쿠유모토 수국 호텔로 제가 안내하겠습니다. 기도 고노스케 선생님, 다무라 기요코 님, 더불어 오늘 예약하신 아베 마리아 님. 자, 어서 이리로 오시죠."

역무원이 부루퉁한 얼굴로 차표를 받았다.

"앗, 선생님. 정말 오랜만입니다. 눈 때문에 차를 가지고 올 수 없어서, 제가 마중을 나왔습니다."

소설가는 불쾌한 표정으로 시게루를 노려보았다.

"차가 없다고? 그럼 어떻게 간단 말이야?"

"예잇, 그 점은 걱정 마십시오. 스노모빌로 바람처럼 달릴 것입니다. 조금 추우시겠지만 십오 분 정도만 참으시면 됩니다."

등산복 차림의 남자와 어두운 표정의 소년이 개찰구를 나섰다. 마중 나온 사람이 없다는 것을 재빨리 눈치챈 시게루가 말을 걸었다.

"앗, 손님들, 오늘 숙박은 정하셨어요? 정하지 않으셨다면 저희 수국 호텔로 가시는 게 어떠신지요. 싸게 해드리겠습니다."

만일 가겠다고 하면 어떻게 안내해야 되지? 말을 내뱉고 난 뒤에야 시게루는 생각했다. 네 명 포개서 한꺼번에 태워버릴까, 역에서 대야를 하나 더 빌릴까, 아니면 다시 한번 와서 데리고 갈까.

그러나 산 사나이와 소년은 아무 관심도 없는 듯, 대합실에 놓인 중유 스토브에 손을 쬐고 있었다.

이윽고 기요코와 또 한 사람, 나이는 들었지만 묘하게 의연해 보이는 여자가 나왔다. 심상치 않은 관록을 풍기는 걸로 봐서 혹시 어디 패밀리 오야붕의 안주인일지도 모른다. 함부로 대해서는 안 되겠다고, 시게루는 배에 잔뜩 힘을 넣고 긴장했다.

"자, 사모님께선 이리로."

기요코와 마리아는 마주 보며 방긋 웃었다.

"어, 간호사께서도 수국 호텔이세요?"

"물론. 같은 호텔이라니 기쁜데요."

소설가는 가죽 코트 깃에 얼굴을 묻고 적막한 눈경치를 감상하고 있었다. 선생님은 문득 저런 식으로 생각에 잠길 때가 있다. 우연히 마주친 아름다운 풍경을 바라보며 새로운 소설을 구상하고 있는 것이리라. 그럴 때의 선생님은 아주 멋져 보인다.

시게루는 세 사람을 역 앞에 세워둔 스노모빌 쪽으로 안내했다.

"에, 여자분들은 제 뒤에. 바람이 부니까 머리를 묶어주세요. 눈을 맞아 얼어버리면 메두사 머리가 되니까요. 모처럼 단장하신 고운 얼굴이 엉망이 되면 안 되죠. 그리고 선생님은 이쪽으로 오세요."

소설가는 무릎까지 빠지는 눈 위를 사박사박 걸어와서는, 멈칫하며 그 자리에 멈춰 섰다. 스노모빌 뒤에는 로프로 연결된 대야 하나가 달려 있었다.

"이쪽이라면, 설마 이거 말하는 거야?"

"예입. 설마, 하고 생각하시겠지만 절대로 안전합니다. 조금 전 구로다 대장을 싣고 시험운전을 해보았는데, 재미도 있고, 특이하기도 하고, 눈을 뒤집어써서 몸이 얼었다가 배기가스 때문에 뜨거워졌다가 하면서, 너무 재미있다고 키득거렸습니다."

"……그리 좋은 아이디어는 아닌 것 같은데. 아, 그렇지. 기요코, 네가 여기 타."

옙, 하고 기요코는 주저하지 않고 가방을 끌어안은 채 대야 안으로 들어갔다.

"선생님, 이건 좀 위험하지 않을까요? 체중이 가벼우면 커브를 돌 때 날아가버릴 텐데요."

"가방이 있으니까 내 몸무게와 다를 바 없어. 게다가 저 여자 깡다구가 어디 보통이라야 말이지. 내가 타는 것보단 나아. 만에 하나 내가 잘못되면 문화적 손실도 커지니까."

그때 마리아가 성큼성큼 걸어왔다.

"어이, 당신. 아무리 그래도 이러면 안 되지. 도대체가 상냥한 구석이라곤 없는 사람이군."

기요코가 애써 웃으며 말했다.

"괜찮아요. 난 이런 게 더 좋아요. 대야에 한번 타보고 싶었어요. 꼭 엄지동자가 타던 배 같아요."

소설가는 웃기는 소리 하고 있다는 듯 깔깔대며 웃었다.

"무식하긴. 엄지동자는 밥그릇을 타고 다녔다고. 하기야 그에 비하면 대야는 엄청나게 큰 거지. 잘됐네, 기요코. 무사히 돌아가면 미카에게 이야기해줘. 좋아할 거야."

한참이나 멍하니 서 있다가, 세 사람은 천천히 스노모빌에 올라 탔다.

"그럼, 기요코 님, 정신 바짝 차리세요. 천천히 갈까요, 쌩쌩 달릴까요?"

"그게 어떻게 다른데요?"

"천천히 달리면 안전하지만 몸이 꽁꽁 얼어버릴 겁니다. 빨리 달리면 위험하긴 하지만, 빨리 도착할 수 있지요."

"그럼 빨리 달려요! 추운 건 질색이니까요."

산 사나이는 피켈을 짚고 역 앞에 턱 버티고 서 있다. 마치 산을 노려보고 선 눈사람처럼 보였다.

"손님, 정말 숙소는 정하셨나요?"

산 사나이는 머리 위에 쌓인 눈을 털 생각도 않고, 털북숭이 얼굴을 시게루 쪽으로 돌렸다.

"아, 정해뒀어."

산바람처럼 거친 목소리였다.

"정해졌다면 누군가 마중을 나올 텐데요."

그러자 남자는 찬란하게 빛나는 앞니를 드러내면서 빙긋 웃었다. 피켈 끝을 어둠 저편을 향해 들어올린다. 끝도 없이 내리는 눈발 사이로, 시커먼 봉우리가 우뚝 서 있다.

"오늘밤 내가 잘 호텔은 저기야."

5

눈 덮인 대나무 울타리 오솔길을 빠져나와 부러질 듯 휜 대나무 숲을 뚫고 나아가면, 고상한 취미를 가진 사람이라면 누구나 우뚝 멈춰 설 만한 오래된 다실이 나타난다. 이 호텔의 전 소유자가 오다 우라쿠사이의 '조안'을 본떠서 지은 명물이다.

그러나, 어쩌다가 그런 우아한 취향이라고는 털끝만큼도 없는 기도 나카조 오야붕이 호텔 경영을 이어받은 것이 다실로서는 불행이었다.

나카조 오야붕은 오로지 생활상의 편의를 생각해 사용하기 불편한 봉창을 알루미늄 새시로 바꾸고, 독일제 고급 시스템키친을 들이고, 작은 욕조도 곁들여놓았다. 내친 김에 다다미도 걷어내고 전기온돌을 깐 다음 나무 바닥으로 마감해버릴까 했지만, 하나뿐인 핏줄인 소설가 조카가 말리는 바람에 그만두기로 했다.

다다미 세 장 넓이의 주실은 너무 좁긴 하지만, 멍청이 사장이나 악덕 국회의원을 불러들여 목을 죄는 데 세상에 이보다 더 좋은 공간은 없다.

'무량암(無量庵)'이라는 이름도 무슨 뜻인지는 잘 모르지만, 세상을 뜯어고치는 밀실에는 잘 어울린다는 느낌이 든다.

알루미늄 새시 창 너머로, 나카조 오야붕은 팔짱을 낀 채 끝도 없이 내리퍼붓는 겨울밤의 눈을 응시하고 있다.

"선생님, 사실대로 말씀해보시오. 나 암이죠?"

히라오카 마사시는 기가 차다는 듯 한숨을 내쉬었다. 호텔에 불려온 지 벌써 일주일. 오야붕은 매일 아침, 점심, 저녁, 밤마다 하루에 총 네 번씩 이 타령을 한다. 혹시 그런 치명적인 병에 걸렸을지도 모른다는 생각 때문에 일부러 이런 산골짜기 호텔로 자신을 초청한 건지도 모른다고 히라오카는 짐작해보았다.

"기도 씨, 도대체 무슨 근거로 그렇게 생각하는 겁니까? 전 의사예요. 의사가 아니라고 하면 아닌 겁니다."

먼눈으로 설산을 바라보는 오야붕의 얼굴은 비장하다. 이건 백 퍼센트 암 노이로제, 이른바 '건강염려증후군'이다. 예전에 이런 착각에 빠져 있다가 진짜로 위암에 걸리고 만 위궤양 환자를 떠올리자 히라오카는 도저히 가만있을 수 없었다.

"아무 근거도 없지 않습니까. 몇 번이나 말씀드리지만, 오야붕은 지방간입니다. 과음에다 지방질을 너무 많이 섭취했고, 게다가 운동부족이에요. 초음파 사진도 보여드렸잖습니까. 기름이 잔뜩 낀 간 말예요."

"아냐…… 근거가 있소."

"그럼 한번 말씀해보세요. 제가 뭐든지 다 대답해드리겠습니다."

으음, 하고 신음을 뱉어내면서, 참고 참았던 말을 쏟아내려는 듯 오야붕은 얼굴을 찡그렸다.

"사가라 총장도 선생이 담당했었잖소."

"물론 그랬죠. 제가 사가라 씨를 담당했던 게 무슨 관계라도 있나요?"

"선생은 본인에게는 끝까지 암이라는 사실을 숨기지 않았습니까. 그저 궤양이라고만 했지."

"그래서 어쨌다는 겁니까?"

"그래서, 라뇨. 열다섯 살 때부터 같이 살았으니 내게 사가라 총장은 친아버지와 같소이다."

"아니, 그런 뜻이 아니라요…… 원래 고령의 말기 암 환자에게는 사실을 가르쳐주지 않는 게 관례예요. 대신 가족들에게만……"

거기까지 말하다 히라오카는 입을 다물었다. 여러 가지 사건이 너무 많이 일어나는 통에 작년 가을에 죽은 노협객의 일은 새카맣게 잊고 있었다.

그렇다. 사가라에게는 가족이 없었다. 그래서 아랫사람 몇을 모아놓고 증상을 설명했던 것이다. 간토 사쿠라회 팔대 총장 사가라 나오키치의 오인방, 이 사람도 분명 그 가운데 하나였다!

히라오카의 얼굴이 점점 새파랗게 질려가는 것을, 나카조 오야붕은 놓치지 않았다.

"……역시 그랬군."

"아, 아녜요. 그게 아닙니다."

"나 역시 가족이라고는 한 명도 없소. 그 말인즉슨 구로다에게 사실을 말했다는 거 아니오. 젠장, 그 자식 태도가 뭔지 수상쩍다 했더니."

"아녜요, 절대로 아닙니다. 사가라 씨는 분명 암이었지만, 오야붕은 아니라고요."

"선생, 이미 다 밝혀진 일을 그렇게 숨겨서 어쩌겠다는 말이오. 솔직히 말해주시죠…… 그렇군, 역시 그랬어."

나카조 오야붕은 어깨를 축 늘어뜨렸다. 눈에 보이지 않는 무게를 견디지 못하겠다는 듯, 여윈 몸을 옆으로 기울이면서 한손으로 바닥을 짚었다.

원래가 말주변이 없는 히라오카는 오해를 풀 말을 찾느라 진땀만 뻘뻘 흘리고 있을 따름이었다. 의사의 그런 태도가 더더욱 오해를 불렀다.

"기도 씨……"

"그만. 말하지 않아도 알아요, 알아. 어차피 특공대에서 죽어야 했을 목숨이 살아남은 거였으니까. 오십 년이라, 여생이라기엔 너무 오래 살았어. 그래…… 역시 모든 건 거기서부터 시작된 거야."

"거기라니요?"

"수혈요. 사실은 직업이 직업이니만큼 이십 년 전에 권총을 두세

방 맞았었지요. 그때 수혈을 받다가 분명 C형 간염에 걸렸을 겁니다. C형 간염은 일단 걸렸다 하면 간경화, 간암으로 가는 게 정해진 코스라고 가정의학 백과사전에 씌어 있어요. 물론 병상은 천천히 진행된다고 하지만, 그래도 이십 년 동안 잘도 버텨왔구먼."

"이보세요, 기도 씨. 그 C형 간염에 걸렸다 하더라도, 아니 애당초 기도 씨는 C형 간염도 아니지만, 가령 그렇다 하더라도 그건 그리 심각한 병이 아닙니다."

이야기가 점점 더 꼬여간다는 것을 의식하면서도, 말주변 없는 히라오카는 오야붕의 페이스에 말려들고 말았다.

"선생, 쓸데없는 위로의 말은 하지 마시오. A나 B보다 C가 더 위험하다는 건 중학생도 아는 상식이오."

"그러니까, C형 간염에는 인터페론이라는 특효약이……"

"그 인터뭐시기라는 놈도 환자 중 삼 할밖에 효과가 없다고, 아사히 신문 일요일판에 나왔단 말이오. 즉 칠 할은 죽는다는 말인데, 삼 할 안에 들 정도로 운 좋은 팔자였다면 애당초 야쿠자의 길에 들어서지도 않았을 테니, 어차피 나는 죽게 되어 있어요."

"비관하지 마세요, 기도 씨. 인간은 누구나 한 번은 죽는 겁니다."

안 돼. 이건 마치 암 선고나 다름없잖아. 히라오카는 도저히 수습할 말이 떠오르지 않아 허둥지둥했다. 어떻게든 변명을 해야 하는데……

"생각하기에 따라서는 사가라 오야붕 뒤를 따라 죽는 것도 나쁘진 않아. 어쨌든 오야붕이 있었기에 내가 있었으니까. 모두들 나를 구대 총장으로 밀고 있지만, 내가 어디 감히 사쿠라회 구대 총장이될 그릇인감. 역시 신령께서는 훤히 내다보고 계셨어…… 그런데 선생, 확실히 말씀해주시오. 앞으로 얼마나 더 살 수 있는지. 일 년이오? 아니면 월 단위인가?"

유명한 총회꾼이란 소문은 과연 맞는 말이었다. 입심이 대단하고 머리 회전도 빠르다. 머리 회전이 지나치게 빨라 너무 멀리 수를 읽다보니 이런 착각에 빠져버린 것이 아닐까.

히라오카 마사시는 문득 작년 가을에 죽은 사가라 나오키치의 안온한 표정을 떠올렸다.

병원 사람들도 감탄할 정도로 당당하게 최후를 맞이했다. 아마도 자신이 말기 암이라는 것을 알고 있었을 것이다. 그런데도 한마디 의심도 탄식도 없이 의사의 지시에 순순히 따랐고, 통증도 잘 견뎌냈다. 줄을 지어 문병을 오는 정재계의 거물들에게도 죽기 며칠 전까지 웃는 얼굴을 보였다. 그야말로 일대의 협객이라는 이름에 부끄럽지 않은 숭고한 죽음이었다.

죽음 앞에서 그렇게 침착한 태도를 보인 사가라 총장을 이 사람도 줄곧 지켜봤을 터인데, 하고 히라오카는 생각했다.

"앞으로 십 년은 보증합니다."

히라오카는 자리에서 일어섰다. 더이상 이야기하다가는 자신도

망상에 사로잡혀버릴 것 같았다. 앞으로의 치료에 대해 냉정하게 생각해보아야 한다.

"잠깐만, 선생."

다실 문을 빠져나오는데, 나카조 오야붕이 아까와는 딴판인 낮은 목소리로 히라오카를 불러세웠다.

"아직 하실 말씀이 있으신가요?"

뒤를 돌아보자 나카조 오야붕은 방바닥에 양손을 짚고 머리를 숙이고 있었다.

"오야붕께서 폐를 많이 끼쳤을 터인데, 정말 감사드립니다."

"아닙니다…… 사가라 씨는 정말 대단하신 분이셨습니다. 폐라니요……"

"아니오."

도저히 칠십에 가까운 나이로는 보이지 않는 단정한 얼굴을 들어 올리고 나카조 오야붕은 단호하게 말했다.

"오야붕의 마지막을 지켜보지 않았더라면 선생은 '그런 일'도 하시지 않았을 겁니다. 누가 나쁘다는 건 아니지만, 결과적으로 오야붕이 선생께 폐를 끼치고 말았습니다."

"사가라 씨와는 아무 관계 없습니다. 의사의 양심에 따라 한 일이었던 것뿐입니다. 그 얘기는 이제 그만 하시죠."

밤눈이 내리고 있었다. 다실 문을 닫고, 히라오카는 악몽에서 도망치듯 빠른 걸음으로 그 자리를 떠났다. 게다 굽이 눈에 빠져 넘어지면서 끈이 끊어지고 말았다. 머리 위로 푸른 댓잎이 늘어진 작은 길 위에 맨발로 우뚝 섰다. 히라오카는 안경을 벗고, 내리는 눈 속으로 얼굴을 내밀었다.

그럴지도 몰라.

확실히 그 사가라라는 노인을 만나지 않았더라면, '그런 일'도 일어나지 않았을지도 모른다.

'정말 얼굴이 상냥하게 생기셨구먼. 어깨를 활짝 펴고 걷는 외과 선생들에 비하면 내과 선생은 너무 순진한 것 같네.'

말기 치료를 하기 위해 처음 문진을 했을 때, 사가라는 그렇게 말하면서 히라오카의 얼굴을 뚫어져라 바라보았던 것이다. 유머가 있는 사람이라고 생각했지만, 다시 생각해보면 담당의사가 바뀐 그 시점에 이미 사가라는 자신의 병을 알고 있었을 것이다. 그 말에는 깊은 의미가 담겨 있었다.

노인은 의료 매뉴얼에 나오는 연명치료 과정을 잘 견뎌냈다. 고통을 호소하지 않는 것은 화학요법이나 방사선요법이 효과가 있었기 때문이라 생각했지만, 결코 그런 것이 아니었다. 사가라는 오로지 견뎌내고 있었던 것이다.

'선생, 마약은 사용하지 말아줘. 내 손으로 나를 파묻시킬 수야 없는 노릇 아닌가.'

그렇게 말하며 모르핀의 투여도 거부했다. 결과적으로 최첨단의 페인 클리닉(pain clinic)을 거부하고, 무의미한 연명치료가 가져

74

다주는 고통을 오로지 참고 견뎌내면서 죽어갔던 것이다.

히라오카는 죽음이 임박해져 의식이 희미해져가는 깡마른 사가라 노인의 팔에 링거주사를 놓고, 고칼로리 영양제를 투여하고, 관으로 오줌을 빼내는 등, 가능한 모든 연명장치를 동원했다. 호흡이 곤란해지자 기관에 호스를 꽂았다.

왜 나는 이런 일까지 하고 있는 것일까. 이걸 의료행위라고 할 수 있을까. 히라오카는 심장이 멈춰버린 팔십대 중반을 넘은 노인의 가슴에 달라붙어 심장 마사지를 하면서 생각했다. 전기충격을 가하자 가느다란 관이 잔뜩 꽂힌 자그만 노인의 몸은 마치 거미줄에 걸린 곤충처럼 튀어올랐다.

사가라 나오키치는 죽었다. 손자뻘밖에 안 되는 서른다섯 살의 내과의사에 의해 인생 최악의 불행을 체험하고, 최첨단 고문을 받다가 죽어갔다.

모니터의 파도무늬가 사라지고 노인의 죽음이 확인되었을 때, 히라오카 마사시가 느낀 것은 평소 환자의 임종과 함께 일던 어떤 유의 패배감도 성취감도 아니었다. 그것은 몸을 얼어붙게 하는 양심의 가책이었다.

최첨단 연명치료. 그것은 의학이라는 이름의 폭력이라는 사실을 히라오카는 그때에야 비로소 깨달았던 것이다.

그래, 사가라를 만나지 않았더라면 필시 '그런 짓'도 하지 않았을 것이다.

해가 바뀔 즈음의 어느 날 밤, 당직을 서고 있던 히라오카는 말기 암 여성환자에게 20cc의 염화칼륨 원액을 주사했다. 치사량이었다. 고통 없이 편안하게 죽어가도록 두 시간에 걸쳐 천천히 주사액을 투여하면서, 그녀의 불행을 조금이라도 덜어주기 위해 히라오카는 그녀와 계속 대화를 나누었다.

자궁경부에 발생한 암은 초진 때 이미 골반으로 전이되어 있었고, 이윽고 췌장과 담관으로 퍼져갔다. 손을 댈 수 없는 상황이었다. 그래도 의료팀은 항암제를 투여하고 방사선요법을 실시했다. 환자는 발열과 구토와 화상의 고통으로 울부짖으며 몸부림쳤다.

드디어 환자는 의료단 가운데서 가장 순진해 보이고, 말주변이 없고 하는 짓이 서툴러 오래 입원한 환자들 사이에서 돌팔이라고 불리는 내과의사에게 인간으로서의 최후의 바람을 호소했다.

"나를 죽여주세요."

두 시간에 걸친 심야 진료를 수상쩍게 여긴 간호사가 병실 커튼을 열어젖혔을 때, 히라오카는 주사기를 든 채 멍하니 시체 곁에 앉아 있었다. 변명도 하지 않았고, 간호사의 입을 막으려고도 하지 않았다. 의사로서 당연한 의료행위를 했다고 생각했기 때문이었다.

물론 지금도 그런 신념에는 변함이 없다.

사가라 나오키치는 초인이었다. 병리해부에 참가했을 때, 그 깡마른 몸 안에 창궐해 있던 암세포 덩어리를 똑똑히 볼 수 있었다.

연명치료라는 이름으로 팔십 중반에 든 노인을 한참 괴롭히다가 죽인 거나 다름없었다. 괴롭히다가 죽이는 것이 의료행위라면, 주사 한 대로 편안히 죽이는 것도 의료행위라고 히라오카는 확신했다.

유족과 의사단체는 히라오카를 고발했다. 매스컴은 제삼자가 모르는 사이에 벌어진 그 밀실살인에 대해 살인죄를 선고해야 한다고 떠들어댔다. 당연히 병원은 히라오카를 해고했다. 의사면허 취소나 실형 선고까지도 가능한 일이었다.

공판 때 검찰 측의 주장은, 만일 환자의 의지에 따라 환자를 죽이는 것이 정당한 의료행위라고 한다면 의사는 인간으로서 타인의 생살여탈권을 가지게 되는 것이므로, 현행의 모든 법체계에 위배된다는 것이었다.

그 주장은 물론 타당하다. 그러나 그렇다 하더라도 그때 자신이 환자에게 해줄 수 있는 최선의 의료행위는 그것밖에 없었다. 히라오카 마사시는 발바닥을 바늘처럼 찔러오는 눈의 차가움을 견디며 그런 생각을 했다.

자신이 석 달에 걸쳐 괴롭히다가 죽인 노인의 고통은, 이런 고통과는 차원이 다를 것이다.

모든 항암제를 투여하고, 옆구리에 담관 드레인을 꽂고, 코발트에서 나오는 광선을 쬐는 것 외에도, 국부에 꽂힌 랄스 구 때문에 내장에 화상을 입어야 했던 여자의 고통 역시, 이런 것과는 차원이 다를 것이다.

이대로 얼음 덩어리가 되어 죽는다 해도 환자들의 고통을 알 수는 없을 것이라고, 히라오카는 생각했다.

6

"흐앗, 추워. 차가워 죽겠네, 아이고!"

눈썹도 속눈썹도 하얗게 얼어버린 채 현관으로 뛰어들어온 시게루는 그 자리에 우뚝 멈춰 섰다.

종업원들은 일렬로 늘어서서 허리를 반으로 꺾고 있고, 필리핀 여급들은 무릎을 꿇고 앉아 손가락 세 개로 바닥을 짚고 있다.

미처 피할 겨를도 없이 구로다의 철권이 날아들었다.

"이 문어대가리! 손님보다 먼저 뛰어들어오는 놈이 어딨어!"

"아얏, 죄송해요, 대장. 모두 모이셨군요."

"네놈이 너무 늦어서 한 시간이나 계속 이러고 있었다고."

"네? 한 시간씩이나 이대로요?"

"당연하지. 우리 호텔의 모토는 성실과 진심. 애정과 근성. 손님 도착 오 분 전부터 이런 자세로 꼼짝 않는 것이 규칙이잖아."

"그건 나도 알아요."

"알고 있는 놈이 이렇게 늦게 오면 어쩌자는 거야? 역에 전화해보니까 벌써 출발했다 하고, 경찰에는 전화하고 싶지도 않고, 소방서는 아예 전화도 받지 않고. 봐, 얼마나 불쌍하게 서 있냐고?"

힐끗 살펴보니, 허리를 반으로 꺾고 무릎에 두 손을 댄 채 가지런히 늘어서 있는 종업원들의 팔과 다리가 바르르 떨리고 있다. 정좌해 있는 여급들의 얼굴에는 구슬땀이 맺혀 있다.

"죄, 죄송합니다. 여러분……"

"네놈 때문에 곤잘레스는 이제 막 낫기 시작한 탈장이 재발했고, 아니타는 빈혈로 쓰러졌어. 도대체 어디서 뭘 하고 온 거야? 영하 이십 도야. 죽어라 달리지 않으면 동상에 걸릴 거라고 내가 몇 번이나 말했어, 엉!"

"오는 도중에 고갯길에서 대야가 떨어져나가서……"

"이런 멍청한 놈, 그런 대야 하나쯤 없으면 어때서! 내일 가서 주워와도 되잖아. 도대체 너라는 놈은…… 어, 대야? 헉! 야, 너 주워왔지? 제대로 찾아온 거지?"

"예입. 낭떠러지 고개의 중대가리 절벽 근처에서 곰발바닥 바위 쪽으로 떨어졌습니다."

"으악! 그래서, 어떻게 됐어. 그 나약한 선생이라면 끝장이 났을 만도 한데. 생명력이라고는 하나도 없어 보이는 사람이니까 말이야."

"그게 말입니다, 대장. 운좋게도 귀신바위에 딱 걸렸습니다."

"뭐라고! 갑자기 등골이 오싹해지네. 곰발바닥 바위 근처는 암벽등반의 명소잖아. 게다가 귀신바위는 산 사나이들도 겁을 먹는 오버행*인데, 이거 큰일났군. 경찰이나 소방서 사람들 힘으로는 시체도 회수하기 힘들 텐데. 자위대의 헬리콥터를 출동시켜야겠어."

"대장, 자위대 헬리콥터가 무슨 자장면 배달 오토바이라도 되는 줄 아세요? 걱정 마세요. 대야도 회수했고, 죽은 사람도 다친 사람도 아무도 없으니까요."

"……뭐? 어떻게 된 거야?"

"사실은 말입니다. 어쩔 줄 모르고 있는데 역에서 만난 등산객이 오는 게 아닙니까. 그 사람 정말 대단했어요. 분명 이름 있는 알피니스트일 겁니다. 이런 시간에 오카구라 산에 들어가서 센노쿠라자와 산장에서 잔다는 거예요. 그 사람이 말이죠, 자일을 소나무에 매달고는 귀신바위의 오버행을 마치 날다람쥐처럼 내려가더라고요."

"우왓! 세상에 우째 그런 사람이. 그래서 어떻게 됐어?"

"어떻게 되긴요, 조난자를 대야째로 등에 매고, 이번에는 하늘다람쥐처럼 가볍게 줄을 타고 올라왔지요."

"그렇게 올라왔단 말이지! 사인 받아뒀어?"

"아뇨. 오늘밤만이라도 우리 호텔에 묵어달라고 애원했지만, 자기 같은 털북숭이는 호텔에 먼지만 일으킨다고, 그리고 이불 덮고는 잠을 잘 수가 없다면서 가버렸어요."

"멍청이. 생명의 은인이잖아. 침대 방도 있다는 말은 했어? 정 싫다면 복도에 침낭을 깔고 자도 된다는 말은 했어?"

"아뇨. 잡으려고 할 틈도 없이 고갯길 분기점에서 산으로 들어가

---

* 암벽의 일부가 처마처럼 돌출되어 머리 위를 덮은 형태의 바위.

버렸어요."

"……대단해! 정말 대단해!"

의협심이 유일한 강령인 호텔의 로비에 아아, 하는 감동의 물결이 용솟음치던 바로 그때, 현관의 자동문이 열리면서 눈발이 휘몰아쳐 들어왔다.

"누구야, 바깥에 화분을 내놓은 놈이? 완전히 얼음 덩어리가 돼버렸잖아."

"아, 깜빡 잊었습니다. 대장, 얼음 덩어리가 아니라 손님이에요."

어서 옵쇼, 하고 필리핀어 억양이 섞인 인사말이 로비에 메아리쳤다. 구로다는 급히 허리를 꺾고 무릎에 두 손을 갖다댔다.

"아, 어서 오십시오, 손님. 이렇게 눈보라가 몰아치는데 먼 길을 오시느라 얼마나 노고가 많으셨습니까. 이렇게 어둠이 내린 길을 오신 데에는 깊은 사연이 있으실 테지만, 이 또한 하늘 하나 땅 여섯, 주사위눈 같은 좁은 세상에서 만난 인연이라면 인연이 아니겠습니까. 먼저 거기 계신 분부터 안으로 듭시지요."

"구로다…… 인사는 그 정도로……"

혀가 얼어붙은 듯, 우물거리는 소리와 함께 얼음 덩어리 사이에서 키 큰 소설가의 새파랗게 질린 얼굴이 나타났다.

"앗, 선생님이시군요. 이렇게 인사를 드리는 게 버릇이 돼놔서."

"빨리, 온천, 온천!"

"알겠습니다. 어이, 너희들! 손님을 빨리 온천으로 옮겨드려. 갑자기 넣으면 안 돼. 기절하면 안 되니까! 주방장, 자네가 지시해. 냉동 참치 해동법을 떠올리면서!"

종업원들은 아픈 허리를 두 손으로 감싸며, 여급들은 자리에서 몇 번이나 넘어졌다 일어섰다 하면서도, 얼어붙은 세 명의 손님을 능숙하게 온천으로 이끌었다.

따스한 온천물에 몸을 담그자 이윽고 살아 있다는 실감에 젖어들어, 마리아는 더없이 행복한 기분에 사로잡혔다.

인간이란 참 묘한 동물이라는 생각이 들었다. 모세혈관 구석구석까지 피가 돌기 시작하자, 추위도 분노도 공포도 거짓말처럼 사라져버리는 것이다. 뭔가를 생각하는 것은 뇌이지만, 결국 그것도 두개골 속에 든 내장에 지나지 않는다.

그 증거로 스노모빌에 묶은 밧줄이 풀어져 기요코가 절벽으로 떨어졌는데도 자신은 그녀의 생명에 대해 아무 생각도 없었다. 너무 두렵고 추워서 남의 목숨을 걱정할 겨를도 없었다. 자신의 생명이 보장된다는 전제가 없으면 타인의 생명에 대해서는 신경도 쓸 수 없는 것이다. 인간의 이성도, 간호사의 사명도, 육체에 위험이 닥치면 어딘가로 사라져버린다. 결국 뇌도 내장의 하나에 불과하다.

목숨이 왔다갔다하는 사람은 응급실에 실려오는 환자들이다. 자신은 여태 목숨이 위태로운 지경에 처해본 적이 한 번도 없다는 사실을 마리아는 절실히 깨달았다.

그래서 기분은 너무 행복해져도, 욕탕 구석에서 가만히 몸을 물에 담그고 있는 기요코에게 말을 걸 수는 없었다. 그때의 자신의 태도가 부끄러웠기 때문이 아니라, 그럴 자격이 없다는 생각이 들었던 것이다.

소설가도 제정신이 돌아온 모양인지, 남탕 쪽에서 음정도 박자도 엉망인 트로트가 들려왔다.

"아, 따뜻하고 너무 좋아. 살아 있어 다행이야."

천장을 올려다보며 중얼거리는 기요코의 목소리에는 절실한 감정이 배어 있었다.

이제야 입을 열고 말을 할 수 있게 된 모양이다. 말을 걸기가 두려워 마리아는 탕에서 나왔다. 김이 잔뜩 끼어 앞이 보이지 않는 욕탕을 더듬으며 나아가 노천탕 안으로 들어갔다. 미적 감각을 발휘하여 자연의 바위를 멋지게 배치해놓은 노천탕이었다. 노송나무 껍질로 지붕을 만들어두었기 때문에 펄펄 내리는 눈을 바라보면서 온천을 즐길 수 있다. 처마 앞에 놓여 있는 육각형 등롱이 은은하게 어둠을 밝히고 있다.

푸른 대나무를 엮어 만든 칸막이가 탕 가운데까지 이어져 있고, 그 앞쪽 공간은 남녀 혼탕인 듯했다. 여기라면 가족이나 연인이 사람들 눈치를 보지 않고 마음껏 온천을 즐길 수 있을 것 같다.

겨울철이라 손님도 거의 오지 않을 터인데, 욕탕은 무척 깨끗하고 노천의 정원수들도 잘 손질되어 있다. 그것만 봐도 욕탕에 얼마나 세심한 주의를 기울이고 있는지 알 수 있을 것 같았다. 여기 와서 제정신을 차린 것은 저 난폭한 마중행사 때문만은 아니다. 이 호텔에는 황폐해진 인간의 마음을 따스하게 녹여주는 온기가 있다.

뜨거운 김 사이로 빨간 산다화가 피어 있다. 무색의 경치 속을 달려온 여행길의 종착점에 갑작스럽게 나타난 빨간 꽃에 이끌려, 마리아는 물을 가르며 앞으로 나아갔다. 뜨거워진 어깨와 목덜미에 떨어지는 차가운 눈도 기분 좋았다.

산다화 쪽으로 손을 뻗다가, 등뒤에서 인기척을 느꼈다.

"아, 실례했습니다."

가까운 바위 그늘에서 남자가 나타났다.

"아뇨, 실례한 건 저인걸요."

마리아는 턱까지 물에 담그고 대답했다. 남자가 엿보고 있었던 것은 아니다. 자기가 남자의 눈앞으로 걸어갔을 뿐이다.

"지금 도착하신 건가요?"

"네. 마지막 열차로요."

소설가의 엉망진창 노랫소리가 탕 쪽에서 들려왔다. 남자는 아마도 그 노랫소리를 견디다 못해 바깥으로 나왔을 것이다. 귀를 기울이자, 노래 사이사이로 기요코의 손뼉 치는 소리가 들려왔다. 분명 그렇게 하라고 시켰을 것이다.

기요코가 계곡에 떨어졌을 때, 소설가는 가슴팍까지 차오르는 눈을 헤치며 미친 듯이 기요코의 이름을 불렀다. 때마침 그 등산객이

오지 않았더라면 아마도 그는 계곡으로 뛰어내리고 말았을 것이다. 그 두 사람은 도대체 어떤 관계일까, 하고 마리아는 고개를 갸우뚱했다.

"역에서 여기까지 오시느라 힘드셨지요?"

"예. 정말 죽는 줄 알았어요."

"그럴 겁니다. 전 일주일 전에 왔는데, 대낮이었는데도 죽는 줄 알았습니다. 여기 누구 아는 사람이라도 계세요?"

"아뇨. 급하게 정한 거라 관광협회의 안내소에서 소개받았어요. 아무 생각 없이 편안히 쉴 수 있는 온천을 찾아달라고 한 게 잘못이었나봐요."

남자는 바위에 머리를 기댄 채 재미있다는 듯이 웃었다.

"여기 있다 보면 말이죠, 여러 가지 생각할 일이 많아질 거예요. 아마 편히 쉬지도 못할 겁니다."

"아니, 왜요?"

"그건 저도 잘 모르겠습니다만…… 사실은 저도 이 호텔 오너의 권유를 받아 별생각 없이 따라온 겁니다. 아무 생각도 말고 편히 쉬라고 하길래요. 그렇지만 막상 오고 보니 여러 가지 일들을 생각하게 되더군요."

"너무 조용해서 그런 거겠죠, 아마."

"그럴지도 모르죠. 아니, 바로 그것 때문일 겁니다. 여급들과 이야기를 나눌 때도, 무뚝뚝한 바텐더가 따라주는 커피를 마실 때도,

믿을 수 없을 만큼 맛있는 요리를 먹을 때도, 저도 모르게 자신의 내면을 들여다보게 돼요. 확실히 좀 이상한 곳입니다, 여긴."

남자는 머리카락에 쌓인 눈을 털어내고, 온천물에 적신 수건을 머리 위에 올렸다. 문득 어렴풋한 소독약 냄새가 코를 찌르는 건 그저 기분 탓인가. 내 몸에서 나는 냄새겠지, 하고 마리아는 당황하며 얼굴을 씻었다.

"그럼, 먼저 실례하겠습니다."

남자가 몸을 일으키고 허리를 숙였을 때, 마리아는 자신의 눈을 의심했다. 남자의 여윈 등이 어딘지 모르게 친숙한 느낌이 들었던 것이다.

"히라오카 선생······"

"옛?"

남자는 얼굴을 돌렸다. 두 사람 사이를 가로막고 있던 하얀 장막이 마치 신의 손이 여는 것처럼 스윽 걷혔다.

"마리아?"

히라오카는 두꺼운 안경을 온천물에 헹구었다. 탄성과 슬픔이 동시에 마리아의 가슴을 덮쳐왔다.

"우연, 인 거지······? 이런 우연도 있긴 있는 거구나."

만일 길거리에서 만났더라면 모른 척하고 지나쳤을 것이다. 모른 척할 수도, 도망칠 수도 없는 장소에서 두 사람은 재회했다. 이것은 결코 우연이 아니다. 신의 짓궂은 장난이다.

히라오카는 밤하늘을 올려다보며 깊은 한숨을 쉬었다.

"그러니까 내가 말했잖아. 절대로 편히 쉴 수 없는 곳이라고······ 아, 이를 어쩐담."

온천 속에서 마리아는 지난 세월을 헤아려보았다.

그 오랜 세월 동안 한순간도 잊지 못했던 기억들이 한꺼번에 밀려와서, 마리아는 바위에 머리를 기댔다.

"결혼은, 했어?"

"애석하게도 아직. 지금도 응급센터의 피바다를 헤매고 다녀. 당신은?"

"나도 변함없지, 뭐."

여전히 요령 없는 남자라고 마리아는 생각했다. 무슨 일부터 어떻게 해야 좋을지 몰라 들것에 실려온 환자 앞에 우두커니 서 있던 인턴 시절의 모습이 떠올랐다. 그러나 마리아는 그 우직할 정도로 성실한 모습을 사랑했다. 의사로서의 자질이 너무나도 부족한 그 서툰 구석을 사랑했었다.

이 사람은 분명 하나도 변하지 않았다. 안락사 사건이 대대적으로 보도되었을 때도 그런 생각이 들었다. 아니, 제일 처음 신문에 'A병원의 B의사'라고 익명으로 나간 보도를 보았을 때부터, 말기 암 환자를 독살한 그 의사는 분명 히라오카일 것이라고 생각했었다.

"그땐 참 심하게 당하더군. 마음고생이 심하셨겠다고 위로라도 해주고 싶은 심정이야."

바위를 베개 삼아 기댄 채 마리아가 말했다. 왜 이런 식으로 말하고 있는 걸까. 예전에도 히라오카의 서툴지만 성실한 고백을, 침대에서 늘 이런 식으로 받아넘겼다. 자신도 그 당시나 지금이나 무엇하나 바뀐 게 없다는 생각이 들었다. 변한 거라고는 팽팽하던 가슴이 볼품없이 처진 것뿐이다.

히라오카는 뚫어져라 바라보는 마리아의 시선을 피하면서 씁쓸하게 웃었다.

"어디 나를 위로하는 말만 하고 싶겠어? 아마도 나한테 하고 싶은 말이 산더미처럼 쌓였을걸."

"응급센터 간호사로서? 아니면 여자로서?"

히라오카는 다시 눈 내리는 하늘을 올려다보았다.

"간호사로서지. 나는 여자로서의 당신은 아직도 이해하지 못하겠어."

그때, 의사의 프라이드도 남자의 자부심도 모두 버리고 내게 청혼한 히라오카를 왜 그렇게 매몰차게 거부하고 말았을까. 내가 연상이니까, 히라오카는 아직 인턴이니까, 그런 이유 같지도 않은 이유를 들어, 세상에서 가장 아름다운 사랑의 고백을 마리아는 물리쳤던 것이다.

나는 겁을 먹었던 거야, 하고 마리아는 생각했다. 가족이 교통사고로 모두 죽고 고아로 자라, 장학금을 받으며 공부해서 겨우 간호사가 된 자신이 의사의 아내가 되리라고는 꿈에도 생각해보지 못했었다. 그래서 미친 듯이 히라오카와 사랑을 나눈 후에도 늘 "고마워요, 선생님" 하고 말했던 것이다. 그 한마디가 얼마나 비굴한 것인지도 모르고.

야근이 끝난 병원의 옥상이었다. 히라오카는 계단을 뛰어올라와서 횡설수설하며 이렇게 말했다.

"아베 씨, 나와 결혼해주십시오."

떨리는 손으로 병원 매점에서 산 꽃다발을 내밀며.

"부탁합니다. 부탁합니다. 부탁합니다."

바늘이 걸려버린 레코드판처럼 그 말만 반복하면서, 히라오카는 눈물을 줄줄 흘렸다.

만일 히라오카가 좀더 그럴듯한 태도로 그런 말을 했었다면, 아니, 장소만이라도 병원의 옥상이 아니었더라면, 적어도 남자가 하얀 가운만 입고 있지 않았더라면, 마리아는 아마 아무런 망설임 없이 고개를 끄덕였을 것이다. 진심으로 그를 사랑했기에.

그러나 마리아는 그 꽃다발을 바닥에 집어던졌다.

"바보 같은 소리 하지 마. 당신은 아직 의사도 아니잖아?"

확실히 그렇게 외쳤었다.

그녀 자신도 아직 그 말의 의미를 잘 모른다.

사실은 의사가 되고 싶었다. 휠체어에 앉은 부모님의 처참한 모습을 보았을 때, 마음속으로 그렇게 다짐했다. 그래서 간호사가 된 후에도, 의사란 자신을 대신해서 부모의 한을 풀어주는 위대한 사람이라고 생각했다.

기숙사에 돌아와 문을 잠그고, 커튼을 닫고, 부모의 사진을 가슴에 꼭 끌어안고, 쭈그리고 앉아서, 마리아는 하루 종일 울었다.

북향의 두 평 반짜리 방에는 의학서가 빼곡하게 들어찬 책장과 중고품 가게에서 산 옷장과 의자와 책상, 부모님의 위패를 모신 작은 불단밖에 없었다.

이 세상에 홀로 남겨졌을 때조차 입술을 꽉 깨물고 가만히 눈물을 삼켰었는데. 실컷 울고 나서 제정신을 차린 후 복도의 큰 거울 앞에 섰을 때, 마리아는 그곳에 너스 캡을 쓰고 순백의 옷을 입고서 자랑스럽게 서 있는 천사를 보았다.

이제 언제 죽어도 좋다. 그 남자의 진실한 사랑을 가슴에 끌어안고, 피투성이로 실려오는 사람들을 내 손으로, 일 분이라도 일 초라도 더 오래 살게 만들어줄 것이다.

그것으로 모든 것이 끝나버렸다.

히라오카는 얼마 후 대학병원을 떠났고, 마리아는 영원히 응급센터를 떠나지 않았다.

"나는,"

말을 시작하려는 히라오카를, 마리아는 황급히 큰 소리로 가로막았다.

"무슨 남자가 그렇게 맺고 끊는 게 확실하지 못해? 다 자업자득이야!"

벌떡 일어서서 마리아는 내탕으로 달려갔다. 눈의 장막이 자신의 서글픈 피부를 가려주길 바라면서.

'나는,' 대체 그 사람은 그 다음에 무슨 말을 하려 했던 것일까.

환자를 안락사시킨 그 나름의 변명을 하려 했던 것일까. 아니면, 지금도 여전히 나를 사랑한다는 말을 하고 싶었던 것일까.

기요코는 나무 욕탕 가장자리에 앉아, 천장에서 떨어져내리는 소설가의 노랫소리를 멍하니 올려다보고 있었다. 새하얀 등 여기저기에 시퍼런 멍이 들어 있었다.

"여기 참 좋은 호텔이죠? 선생님의 삼촌이 경영하고 계세요. 삼촌이 죽으면 내 거라고, 선생님은 늘 입버릇처럼 말씀하세요."

노랫소리가 뚝 멈추더니 소설가의 목소리가 들려왔다.

"기, 요, 코, 너 죽여버린다!"

그 말과 함께 천장에서 나무 물통이 떨어지더니, 정확히 겨냥한 것처럼 기요코의 머리를 때렸다.

"아얏. 죄송해요, 선생님. 노래 계속하세요. 좋아요, 쿵짝쿵짝."

세상에 이렇게 운 나쁜 여자가 있다니. 남자 운만이 아니다. 설령 우주에서 운석이 떨어져도, 이 여자는 그 아래 서 있을 것이다.

아냐, 혹시. 마리아는 문득 깨달았다. 밖으로 나오면서 탕 안을 돌아보았다. 기요코는 웃으면서 박자를 맞추고 있다.

혹시 이 여자는, 애인이 던진 물통에 우연히 맞은 것이 아니라 일부러 물통 쪽으로 머리를 들이민 것이 아닐까.

7

"에에, 안녕하십니까. 물은 따뜻한가요. 편히 쉬시는데 정말 죄송합니다만, 숙박계 작성 부탁드립니다."

문을 여는 순간, 창가의 등나무 의자에 비스듬히 누워 설경을 감상하는 여자의 모습에 구로다는 눈을 번쩍 떴다.

자신이 좋아하는 타입이다. 자그만 몸집에서 풍겨나는 심상치 않은 관록이, 유카타를 입은 여자의 몸을 더 커 보이게 한다. 의지가 강해 보이는, 남자를 넘어서는, 비유하자면 큰안주인 같은 풍모다.

설마 진짜 그런 건 아니겠지. 구로다는 가슴을 졸이면서, 귀찮다는 듯 여자가 휘갈겨 쓰는 숙박계를 엿보았다.

"전부 써야 하는 거예요? 이렇게 자세히?"

"예이. 정말 죄송합니다. 규정이 그래서요."

숙박계는 표면상의 명칭이고, 종업원들은 '호적' 또는 '신상명세서'라고 부른다. 보통 손님이 거의 오지 않는 호텔이다보니 손님의 신상을 정확히 파악해두어야 하는 것이다.

"절대로 나쁜 일은 없을 겁니다. 있는 그대로 부탁드립니다. 거짓 작성은 손님을 위해서도 좋지 않습니다."

"알았어요, 알았어. 정말 별 이상한 호텔도 다 있군."

여자는 불쾌한 표정으로, 마치 카르테를 쓰는 의사처럼 글씨를 마구 휘갈겼다.

"아베 마리아 님. 엥? 아베 마리아…… 손님, 아무리 가명이라도 그렇지, 좀 너무한 거 아닐까요."

여자는 날카롭게 눈을 치켜떴다.

"부모님이 지어주신 이름이에요. 불만 있어요?"

"에, 에, 아닙니다. 불만이라니요. 그렇군요. 정말 특이한 걸 좋아하는, 아니, 정말 풍류가 있는 부모님이십니다. 예, 서른아홉 살. 한창때시군요."

"뭐 그리 말이 많아요? 그런데, 여기서 말하는 '가업'이란 건 뭐죠?"

"너무 깊이 생각지는 마십시오. 그냥 일이라는 뜻이죠, 뭐."

"직업이란 말이군. 직업은 간호사…… 어? 이건 또 뭐야, '전과 및 전력'이라니?"

"그러니까, 있는 그대로…… 없으면 안 쓰셔도 됩니다."

여자는 볼펜을 손가락 끝으로 빙글빙글 돌리면서 잠시 생각에 잠겼다.

"걱정하지 마시고, 있는 그대로 써주십시오."

휙휙 갈겨 쓴 문자를 보고, 구로다는 눈을 휘둥그레 뜨며 화들짝 놀랐다.

"우왓! 살인, 몰라뵈어서 정말 죄송합니다. 그런데, 어떤 사정으로?"

"일일이 기억 못 해요. 너무 많아서."

"흡! 기억도 못 하신다구욧!"

"이십 년간 오천 명이나 되니까. 대량살인으로는 국내 최고 기록이죠."

"……이, 이거 정말 대단하신 관록이시군요!"

"묻지 않는 게 신상에 이로울걸요. 아, 그리고, 가족은 없어요. 모두 살해당했으니까."

"……흡, 어흡! 그럼 다음으로 여기, 이전 숙박지와 앞으로의 예정을……"

"그건 또 무슨 말이에요?"

"즉, 어제는 어느 형무소에 있었다든지, 내일은 경찰 또는 도쿄 지방검찰에 출두할 예정이라든지, 여러 가지 있잖습니까."

"흠."

어제는 '지옥', 내일도 '지옥'. 마리아는 그렇게 적었다.

"으앗! 아아, 이 세련됨! 이 멋스러움! 정말 대단하십니다. 이 구로다 아키라, 성심성의껏 목숨을 걸고 지켜드리겠습니다. 마음 푹 놓으시고 편히 쉬십시오."

뭐가 그리 황공한지 머리를 땅바닥까지 조아리는 구로다를, 마리아는 위엄에 가득 찬 목소리로 불러세웠다.

"잠깐, 당신!"

"예, 예잇! 뭐 마음에 걸리시는 일이라도."

"목숨을 건다는 말은 함부로 하는 게 아냐."

"헉! 죄송합니다. 누님만큼은 아니겠습니다만, 이 구로다, 목숨을 내놓고 세상을 살고 있습니다…… 지금까지 두 명밖에 못 죽였는데, 너무 적지요?"

"두 사람? 어이가 없군. 난 어젯밤만 해도 두 사람 죽였어. 최고 기록은 하룻밤에 아홉 명. 일렬로 눕혀놓고 몰살시켰지."

"으, 으으…… 하룻밤에 아홉 명!"

"그러니까 다른 사람의 신상을 미주알고주알 캐묻지 말라고. 내 앞에서 다시 한번 목숨을 걸고 어쩌고 운운하면 가만두지 않겠어!"

여자의 형형한 눈빛과 뿜어져나오는 관록에 기가 팍 죽어, 구로다는 복도에서 두 번이나 넘어지면서 도망쳤다.

야쿠자의 무용담은 반으로 뚝 잘라서 들어야 한다고 오야붕이 늘 말했지만, 반으로 잘라도 이천오백 명이나 죽였다니 이건 보통 여자가 아니다. 구로다는 도망치듯 복도를 걸어가면서 그렇게 생각했다.

사무실에서는 안주인이 유카타를 수선하고 있었다.

아래로 내린 옷깃 사이로 보이는 목덜미 부근에 희끗희끗한 흰 머리칼이 눈에 띈다. 소설가 선생이 올 때마다 눈에 띄게 늙어가는 듯해, 구로다는 가슴이 아팠다.

"그만 자지. 우리도 이제 젊은 나이가 아냐. 밤에 일하는 건 몸에 안 좋아."

안주인은 대답이 없다. 마치 고뇌를 깁는 것처럼 천천히 바늘을 움직이다가 때로 공허한 눈길을 들어올리고 가늘게 한숨을 내쉬었다. 그런 사소한 동작 하나하나가 기분 나쁠 정도로 소설가와 닮았다.

피를 나눈 어머니와 자식이니 그리 이상할 것도 없다. 그러나 당사자들은 느끼지 못하는 그런 닮은 모습을 볼 때마다 구로다는 가슴이 찢어질 것 같았다.

하필이면 사장의 부인과 도망쳐서 삼십 년을 같이 살아왔다. 두 사람의 심상치 않은 관계를 눈치채고, 정이 든 두 사람이 가서는 안 될 길로 떠날 수 있도록 모든 것을 도와준 사람은 바로 그 사장의 불량스러운 동생이었다.

생각해보면 삼십 년의 세월이 해결해준 것은 아무것도 없었다. 세월의 무게만큼 과거의 업보도 더 무거워질 따름이었다. 사장은 세상을 떠날 때까지 입을 다물었고, 사랑의 도피행각을 도와준 동생은 야쿠자의 세계에서 정상에 올라섰다. 자연스럽게 그 오야붕의 술잔을 받아든 구로다는 도박계 야쿠자의 명문 간토 사쿠라회 기도 조직의 젊은 중간 보스가 되었고, 폭력방지법이 국회에서 통과된 후로는 기도 조직이 경영하는 이 호텔의 부지배인 자리에 앉았다. 같이 도망쳐온 여자는 안주인이 되었다.

사장은 누가 봐도 성질 더럽고 뻬딱한 메리야스 장인이었다. 그 아내가 젊은 직공과 놀아나도 그리 이상한 일이 아니었다. 사장의 친동생이 이런 불륜을 용인하고 도와준 것만 봐도 알 만한 일이다.

그러나 회한이 없는 것은 아니다. 여자가 버리고 온 일곱 살 난 아들이 그후 여공 출신의 계모 손에서 자라, 생각지도 않게 대중소설 작가가 되었다. 다만 아버지의 피를 이어받은 탓인지 복잡한 가정사 탓인지, 아버지 못지않게 성질이 더럽고 비뚤어졌다.

작년 여름에 삼촌 소유의 이 호텔을 찾아온 소설가는 우연히 그 사실을 알고는 미친 듯이 화를 냈다. 그러나 가을이 오자 단풍 구경을 한답시고 갑자기 찾아왔다. 그리고 오늘밤에도.

소설가는 대체 어떤 기분으로 이 호텔을 찾아오는 걸까. 어머니가 그리워서 오는 건지도 모른다. 현실을 직시함으로써 비뚤어진 성격과 잃어버린 시간을 회복하려고 하는 건지도 모른다. 또는, 그저 골탕을 먹이고 싶은 생각에 오는 건지도 모른다.

아무튼 구로다나 나카조는 그때마다 양심의 가책을 받고 깊고 깊은 죄의식에 빠져든다. 물론 안주인의 고뇌는 그 두 사람에 비할 바가 아니다. 그러나 결코 저항할 수 없다. 왜냐하면 소설가는 명백하게 순수한 피해자이기 때문이다.

"이제 와서 지난 일을 후회한들 어쩌겠어. 조금씩, 조금씩, 엉킨 실타래를 풀어가는 수밖에."

구로다는 안주인의 어깨에 손을 올리고, 반쯤은 자신을 향해 그렇게 말했다.

"……난 잠이 안 와요. 그애도 필시 일이 잘 풀리지 않아서 굳이 이곳으로 온 걸 테니까, 밤에도 잠을 자지 않고 글을 쓸 거예요. 그동안은 나도 잠을 잘 수 없어요."

그렇게 말하면서 안주인은 바람 빠진 풍선처럼 풀이 죽어 고개를 떨궜다. 무슨 말로 위로해야 좋을지 몰랐다. 어머니만큼이야 아니겠지만, 자신도 그런 기분이었다. 아마도 나카조 오야붕도 잠을 이루지 못할 것이다.

모두들 감당할 수 없는 납덩이를 가슴에 끌어안고 호텔 여기저기에 틀어박혀 있다. 삼십 년 동안 그 무게는 조금씩 무거워져갔다. 이제는 내버릴 수도, 땅에 내려놓을 수도, 삼켜버릴 수도, 부숴버릴 수도 없는 납덩이였다.

갑자기 로비에서 소설가의 품위 없는 노랫소리가 들려왔다.

"아아부지이, 오늘 하아루우를, 우째, 지내셨나이까. 불러봐도, 울어봐도, 바람만 부우네, 딸꾹, 부우네."

프런트 너머로 슬쩍 살펴보니, 기분 좋게 한잔 걸친 소설가가 기요코의 부축을 받으며 욕탕에서 나오는 길이었다.

"이 못난 불효 자아시익, 어떻게 하리이까, 딸꾹, 어머니, 그리운 어어머어어어니!"

소설가는 계단 입구에 멈춰 서서 프런트 쪽을 돌아보았다.

"두 손 모아 비옵나이이다아, 어머어니이이이! 딸꾹."

소설가는 조금도 취하지 않은 눈길로, 어쩔 줄 몰라 우두커니 서 있는 구로다를 뚫어져라 바라보았다.

"선생님, 그러시면 안 돼요. 그렇게 사람 가슴을 후벼파는 말을 하시면 안 돼요."

기요코가 울상을 지으며 애원했다. 그 말이 떨어지기가 무섭게 소설가의 손바닥이 기요코의 빰을 후려쳤다. 머리카락을 쥐어뜯듯 잡아올리며, 벌벌 떠는 기요코를 향해 으름장을 놓는다.

"너, 지금 나한테 말대꾸했어? 뭐, 그러면 안 된다고, 엉? 너, 그런 게 뭔지 알기나 해? 어머니에게 버림받은 아이가 얼마나 처참한지, 네가 알기나 해?"

"죄송합니다. 미안해요, 선생님."

"잘 들어. 다시 한번 나한테 설교했다간 산에 버리고 올 테니까. 너 따위 절대로 돌아올 수 없는 산속으로 데리고 가서, 눈 속에 확 파묻어버릴 거라고!"

소설가는 기요코의 머리채를 잡아끌며 계단 위로 올라갔다.

안주인은 입술을 꼭 깨물고 어깨를 부르르 떨고 있었다.

"어떻게 좀 해봐요, 당신이……"

"……어떻게라니, 무슨 말을 하란 말이야. 피를 나눈 오야붕도 찍 소리도 못 하는데 장본인인 내가 설교라니, 어림도 없어."

가슴에 안은 납덩어리가 점점 더 무거워지는 것 같아, 구로다는 사무실과 이어진 조그만 방 안으로 들어가버렸다.

세 평 넓이의 공간에 책장이 놓여 있다. 『프레지던트』『경제계』 『이코노미스트』 같은 잡지가 꽂혀 있고, 카네기, 나폴레옹, 마쓰시타 고노스케 등의 저서들도 눈에 띈다.

이 모두가 총회꾼을 업으로 삼고 있는 나카조 오야붕의 장서인데, 별다른 즐거움도 없는 산골짜기 호텔에 들어박힌 이후로 이런 어려운 책을 읽는 것이 구로다의 취미가 되었다.

제대로 글을 배우지 못했다. 그래서 사전에 목을 매며 읽어도 하룻밤 내내 몇 페이지밖에 읽지 못한다. 그래도 마음에 드는 문장을 만나면 노트에 베껴쓰고 암송한다. 젊은애들에게 설교할 때마다 구로다는 반드시 그것을 써먹는다. 자신의 지식을 자랑하기 위해서가 아니라, 그게 바로 야쿠자 교육에 필요하다고 철석같이 믿고 있기 때문이다.

작년 봄, 기업을 담당하는 부하들에게 도쿄의 사무실을 넘겨주고 이곳으로 옮겨왔다. 수도를 함락당할 위기에 처한 쫄따구들을 불러 모아놓고 나카조 오야붕은 이렇게 말했다.

"앞으로의 야쿠자는 리버럴한 자세를 가져야 해. 어깨에 힘주고 주먹을 쓰는 시대는 지났어."

'리버럴'이라는 말의 의미를 몰라 사전을 들추어봤더니 '자유로운 것'이라 씌어 있었다. 그러나 아무래도 그런 단순한 의미만은 아닐 것 같았다. 요컨대 어깨에 힘주고 주먹을 날리면서 패밀리를 지켜온 자신들은 리버럴하지 못하고, 양복을 입고 컴퓨터를 두드리는 기업 담당 동생 놈들은 리버럴하다는 말일 것이다. 바꿔 말해, 이제 자신들은 오야붕에게 짐이라는 말과 같다.

그래서 마음이 울적할 때면 어려운 책을 펼친다. 그것만으로도 구로다는 구원받는 듯한 느낌이 들었다. 새로운 낱말이나 개념 몇 가지를 외우면 그만큼 오야붕과 가까워지는 느낌이었다. 젊은애들에게 멋진 말로 설교하면 할수록, 젊은애들도 오래도록 오야붕의 자식으로 남아 있을 수 있을 거라고 생각했다.

"에, 흠, '인간은 자신이 얼마나 행복한지 모르기 때문에 불행한 것이다 ─도스토옙스키'. 제법 괜찮은 말이구먼. 요컨대 네 주제를 알라는 거지. 여보, 이 말 괜찮지? 생각하기에 따라서는 우리 인생도 그리 나쁘진 않아…… 어, 없잖아, 어디 간 거지?"

사무실에도 안주인의 모습은 보이지 않았고, 어느샌가 하나자와 지배인이 컴퓨터 앞에 앉아 있는 것이 아닌가.

이 사람도 참 신기한 사람이다. 마치 공기처럼 존재감이 없고, 뭐가 그리 즐거운지는 모르겠지만 늘 꽃다발이라도 껴안고 있는 것처럼 미소가 끊일 날이 없다.

"늦게까지 열심이로군, 구로다."

지배인은 웃는 얼굴로 돌아보았다.

"일을 하는 건 아니오. 창피하게 그런 말씀 마쇼."

"창피?"

"일류대학을 나와서 천하의 크라운 호텔 부지배인 자리까지 차지하신 분에게 그런 말을 들으면 꼭 놀림을 당하는 기분이라서 말이오."

사실은 '사람 놀리지 마!' 하고 고함을 치고 싶었지만, 구로다는 그렇게 말을 돌렸다.

"놀린다고? 아냐, 그럴 리가. 난 자네를 존경해."

"농담 그만 하세요. 내가 지배인에게 존경받을 만한 것은 이 주먹과 큰 고함 소리뿐이니까."

"글쎄……"

그러면서 지배인은 키보드를 두드리려다, 문득 손을 멈추었다.

"아냐, 역시 달라. 난 이십 년 넘게 호텔맨 생활을 했지만 부하들에게 그런 정신교육은 해본 적은 단 한 번도 없어. 늘 나무라기만 하고 실무밖에 가르치지 않았어. 자네는 조직을 통솔하는 힘도 있고, 그만한 노력도 하고 있잖은가."

"그거야, 이래봬도 기도 조직의 중간 보스니까요."

"그것뿐만이 아냐. 부모인 나도 도저히 감당 못 하던 불초자식을 자네는 간단히 바로잡아주지 않았는가. 도대체 어떻게 감사의 말을 전해야 할지 모르겠네."

구로다는 삐딱하게 담배를 꼬나물고 하나자와 지배인의 진지한 얼굴을 쳐다보았다. 도대체가 너무 성실해서 탈이다, 이 사람은.

"시게루 놈은 지배인님이 생각하는 것만큼 문제아가 아니오. 고작해야 눈썹을 밀고 고물 오토바이를 타고 질주하던 것뿐이지 않소이까."

"고작이라니, 그놈이 얼마나 속을 썩였다고. 학교는 퇴학당하질 않나, 제 어머니에게 주먹을 휘두르질 않나, 게다가 쌈질에다 공갈 협박으로 몇 번이나 경찰에 잡혀갔는지 몰라."

"그런 건 불량 축에도 들지 못합니다."

구로다는 낮은 소리로 웃었다. 분명 이 호텔에서 일하고 있는 기도 조직 젊은애들의 과거에 비한다면, 시게루는 불량아 축에도 끼지 못한다.

"지배인, 여태 아들을 나무란 적이 없지요?"

"그렇지 않아. 십칠 년 동안이나 화를 내고 나무라고……"

"아니죠, 나무라지도 않았고 화를 내지도 않았을 겁니다. 설사 그랬다 하더라도 종업원들을 대하는 것과 똑같은 방식으로 그랬겠지요. 시게루 놈은 십칠 년간 진짜로 부모처럼 나무라주기를 기다렸을 거요. 주먹으로 치고, 따귀를 날려주기를 기다린 겁니다."

하나자와 지배인은 팔짱을 긴 채 말이 없다. 생각에 잠기는 자세도 시게루와 쏙 빼닮았다. 아들 시게루의 그런 솔직한 성격이 제 아버지를 그대로 빼닮은 것이라는 걸, 이 사람은 왜 아직도 깨닫지 못하고 있는 것일까. 구로다는 그게 너무도 이상했다.

세상이 풍족해지면서 아이들의 몸의 성장은 빨라졌지만, 마음의 성장은 어려운 시절에 자란 자신들에 비해 칠팔 년은 늦다. 도저히 감당할 수 없는 불량한 젊은애들을 백 명도 넘게 길러본 구로다의 눈에는 그런 것이 눈에 훤히 보였다. 세월이 갈수록 아이들의 몸과 마음의 균형이 무너져가고 있는 것이다.

"요컨대, 아이들에게 리버럴한 세상이란 불행일 뿐이라는 거요."

창을 닦아내자, 어느새 눈발도 그치고 말간 보름달이 봉우리에 걸려 있었다.

8

　눈이 그치고 하늘 가득 별이 모습을 드러내자 풍경은 무서울 정
도로 밝아졌다.

　잡목림에 드러누워보았지만 목덜미를 찔러오는 듯한 눈의 냉기
때문에 도저히 잠이 오지 않았다. 눈 속에 있으면 체온을 잃고 천천
히 잠들면서 죽는다는 이야기 따위 다 거짓말이었다.

　추위를 견디다 못해 다로는 하염없이 걷기 시작했다. 시디의 볼
륨을 높였다. 〈겨울나그네〉는 설경과 너무 잘 어울려, 마치 아름다
운 영화의 한 장면을 보고 있는 것 같았다.

　스노부츠 안으로 눈이 스며들어 발가락 감각이 서서히 무뎌지고
있다. 이렇게 조금씩 얼어가는 건가.

　고갯마루의 갈림길에 들어서자 눈은 무릎까지 찰 정도로 깊어졌
다. 어쨌든 이렇게 하염없이 걷다보면 언젠가는 쓰러져 잠이 들 것
이다.

　딱히 죽어야 할 이유는 없다. 그러나 근 일 년 동안 다로는 오로
지 죽음에 대해서만 생각하고 있었다. 유서가 없으면 수상해 보이
고 자신이 죽은 다음에 가족들이 곤란해질 것 같아서, 학교에 대한

불만과 친구들과의 다툼 등 그렇고 그런 이유들을 적당히 적어서 책상 서랍 안에 넣어두었다.

혹시 아무런 책임도 없는 선생이나 친구들을 곤혹스럽게 할지도 모르겠다고, 다로는 계속 걸어가면서 후회했다. 죽는 데는 이유가 없는 편이 좋다. 이유가 없는 죽음이 가장 낭만적이라고 생각했다. 이유는 자신이 죽은 다음에 사람들이 적당히 만들어줄 테고, 그것은 가장 그럴싸하고 멋진 이유가 되어줄 테니까.

이윽고 숲을 빠져나오자 군데군데 조릿대가 얼굴을 내밀고 있는 설원이 나타났다. 구름 한 점 없는 높은 밤하늘에 둥근달이 휘황찬란하게 빛나고 있다.

고갯길을 다 올라서자, 갑자기 눈앞에 나타난 오카구라 산의 위용에 다로는 저도 모르게 발길을 멈췄다. 그것은 산이라기보다는, 건장한 어깨를 떡 벌리고 두 팔을 죽 펴 새하얀 옷깃을 사방으로 늘어뜨리고 가부좌를 틀고 있는 거대한 신의 모습이었다.

다로는 오카구라의 암벽이 모든 군더더기를 떨쳐버리고 좌우 능선으로만 감싸고 있는 센노쿠라자와의 설원에 서 있었다.

가만히 서 있는데도 산이 손을 뻗치며 다가오는 것 같았다. 깎아지른 암벽에는 새하얗게 반점을 찍은 듯 눈이 쌓여 있고, 마치 여기저기에 있는 숨구멍에서 차가운 숨결을 내뿜듯이 큰 소리를 내며 눈덩이가 무너져내리고 있었다.

이제 더이상 돌이킬 수 없는 곳까지 오고 말았다.

그 위대한 힘이 이끌리듯 설원을 걸어간다. 깊은 눈은 허리까지 차오르고, 손발은 마비되어가는데 얼굴에서는 땀이 흐른다. 이렇게 고통스러울 줄 알았더라면 처음에 생각한 대로 아파트 베란다에서 뛰어내릴 걸 그랬다고 다로는 후회했다.

헤엄치듯 걸어가고 있는데 방금 막 생긴 듯한 발자국이 보였다. 이런 밤에 사람이 지나갈 리가 없으니, 어쩌면 곰 발자국인지도 모른다.

청백색 어둠의 저편으로 눈길을 던진다. 발자국은 일직선으로 설원을 가르며 반쯤 눈에 묻혀버린 산장으로 이어져 있었다.

그 순간, 이상하게도 이제 살았다는 안도감이 일었다. 그와 동시에 발걸음은 저절로 산장 쪽을 향해 나아가고 있었다. 발자국을 남긴 사람은 아마 같은 야간열차를 타고 왔던 그 등산객일 것이다. 커다란 빨간 배낭을 짊어지고 피켈을 손에 쥔 그 산 사나이는 온천 마을을 빠져나갈 때까지만 해도 바로 앞에서 걸어가고 있었는데, 눈이 깊이 쌓인 산길에 접어들면서 시야에서 사라져버렸다. 가끔씩 구불구불한 산길을 날듯이 뛰어오르는 모습이 가로등 불빛에 언뜻언뜻 비칠 뿐이었다.

만일 산장에 그 남자가 있어 여기까지 오게 된 사정을 물으면 어떻게 대답할까, 하고 다로는 발자국을 따라가면서 적당한 거짓말을 찾고 있었다.

그러나 어쨌든 손가락이 잘려나갈 것처럼 아프다.

산장의 불빛이 바로 눈앞에 있는데, 걸을수록 더 멀어지는 듯한 느낌이 들었다. 악몽을 꾸고 있는지도 모른다. 깊은 눈에 발이 빠져 쓰러지자 다로는 온몸으로 기어 앞으로 나아갔다. 손발을 움직이지 않으면 금방이라도 눈의 바닥으로 끌려들어갈 것처럼 머릿속이 새하얗게 변해버렸다. 그럴 때마다 다시 정신을 가다듬고 앞으로 나아갔다.

갑자기 움직일 수가 없었다. 무릎을 끌어안고 달걀처럼 구르며, 아, 이제 죽는구나, 하고 생각했다. 말로만 들었던 죽음의 잠이라는 것이 이렇게 갑자기 찾아오리라고는 상상도 못했다.

조금만 더 가면 살 수 있을 텐데.

그때 문득 강렬한 힘이 다로를 들어올렸다. 영혼이 육체를 빠져나가는 모양이라고 생각했지만, 그건 아닌 것 같았다.

건장한 어깨에 올려진 채 따스한 산장 안으로 들어갔다. 불가에 던져지는가 싶더니 솥뚜껑 같은 손이 다로의 볼을 후려쳤다.

몸이 녹아내리면서 귀 안쪽으로 피가 흐르는 소리가 들려왔다.

"어이, 일어나. 손가락 잘리고 싶지 않으면 장갑 벗어."

남자는 초겨울 찬바람 같은 거친 목소리로 말하며, 눈이 가득 찬 다로의 스노부츠를 벗기고 양말마저 벗긴 다음, 차가운 발가락을 뜨거운 손으로 감싸주었다.

"불에 대지 마, 그러면 하나씩 썩어버릴 테니까."

다로는 남자가 시키는 대로 얼어붙은 손가락을 하나씩 입 안에

밀어넣었다. 조금 전까지만 해도 급속히 사라져가던 의식이, 사라질 때와 똑같은 속도로 되돌아오기 시작했다.

남자는 얼마간 손바닥으로 다로의 발가락을 감싸 따뜻하게 해준 다음, 이번에는 발목에 피가 잘 통하도록 문지르기 시작했다.

"덮어쓰고 있어."

노란색 나일론 천이 머리를 덮었다. 다로는 눈만 빼꼼 내밀고 얼어붙은 입술을 달싹이며 말했다.

"이게 뭐예요?"

"첼트자크야."

"첼트자크?"

"등산할 때 쓰는 간이 텐트야. 눈 속에서 노숙할 때나 암벽에 매달려서 잠을 잘 때 사용하는 거지."

다로는 밤하늘에 우뚝 솟아 있던 오카구라 산의 암벽을 떠올렸다.

"암벽에 매달려서요?"

"그래. 자일로 몸을 묶고 첼트자크를 덮어쓰고 자는 거야. 오늘 밤은 바람도 없고 해서 동쪽 능선의 암벽까지 올라가서 자려고 했지. 막 나가려는데 손님이 와 있더군."

남자는 다로의 발을 계속 문지르면서 잔뜩 부아가 치민 목소리로 말했다.

"네가 어디서 자든 내가 상관할 바 아니지만, 다른 사람 사정도

108

좀 생각해라. 자, 이제 됐어. 불을 쬐어봐."

컵에 고형 수프와 말린 쌀을 넣고 뜨거운 물을 부어 다로에게 내미는 남자의 손에는 손가락이 없었다.

뜨거운 김으로 입술을 따뜻하게 덥히면서 다로가 물었다.

"동상 때문에 그렇게 된 거예요?"

남자는 대답하지 않고 수프를 홀짝였다. 불을 쬐는 오른손에는 엄지와 검지밖에 없다. 잠시 침묵을 지키다가 남자가 말했다.

"그랑드조라스에서 잃어버렸어."

산 이름인 것 같았다. 그러나 그것이 알프스인지 히말라야인지 다로는 알 수 없었다. 남자는 제멋대로 얼굴을 뒤덮고 있는 수염을 손가락 없는 손으로 매만지고 있다. 예상치 못한 방문객 때문에 산행을 중지하게 되어 초조해하고 있음이 틀림없다. 말을 걸기도 어색했지만, 가만히 있으면 여기까지 오게 된 사정을 물을 것 같아서 다로는 별로 알고 싶지도 않은 것을 물었다.

"그랑드조라스가 뭐예요?"

남자는 역시나 잠시 침묵을 지키다가 귀찮다는 듯 대답했다.

"그랑드조라스의 북벽. 산악인들의 성지다. 유럽 알프스의 대빙하 안에 위치해 있어. 집에 가면 지도에서 찾아봐."

"높은가요?"

"후지 산보다는 높아. 그러나 우리 산악인들에게는 고도 몇 미터인지는 아무 의미가 없어. 그랑드조라스는 고도 약 사천이백 미터의 수직 빙벽이야. 팔 일 동안 네 명이서 등정했지. 그때 잘려나간 손가락만도 총 열세 개."

"네 명이서 열세 개요?"

"난 두 개만 잘렸지만. 새끼손가락은 그보다 이 년 전에 히말라야의 낭가파르바트에 두고 왔어. 발가락 두 개도 같이 말야."

다로는 놀랍기보다는 겁이 났다. 손가락 발가락을 빼앗아버리는 설산에 대한 두려움이 아니었다. 히말라야에서 손가락 하나 발가락 두 개를 잃고, 알프스에서 손가락 두 개를 잃어버리고, 그러고도 다시 산을 오르는 남자가 인간이 아니라 미지의 생물 같다는 느낌이 들었다.

"왜 오른쪽 손가락만 잃었어요?"

"좋은 질문이야."

남자는 수염투성이 얼굴에 새하얀 이를 드러내며 처음으로 웃었다. 벽가에 가지런히 정돈된 장비 쪽으로 눈길을 돌렸다.

"수직 빙벽에는 손으로 잡을 곳도 발 디딜 곳도 없어. 오른손의 피켈과 왼손의 아이스바일을 번갈아 박아넣고, 등산화 바닥에 붙어 있는 아이젠의 징으로 얼음을 밟으면서 올라가는 거야. 벌레처럼 아주 조금씩 그렇게 올라가서 재빨리 하켄을 박아넣고 자일을 걸어. 그랑드조라스는 활짝 갠 대낮에도 초속 삼십 미터의 돌풍이 불어. 바람이 불어오는 것이 눈에 보일 정도니까, 재빨리 몸을 고정시켜야 해. 그러니까 바람을 읽으면서 해머를 휘두르다보면 오른손

손가락이 얼음에 부딪혀 상처를 입게 되는 거야. 알겠냐? 팔 일 동
안 그 짓을 계속하다보면 오른손의 이 손가락 세 개가 혹사를 당하
게 된다고."

남자는 그렇게 말하고 해머를 휘두르는 시늉을 해보였다. 마치
그리운 추억을 떠올리는 듯 미소짓는 얼굴에는, 잃어버린 손가락을
아까워하는 기색은 보이지 않았다.

"그렇게 상처를 입으면서도 왜 산을 타요? 죽는 게 두렵지 않으
세요?"

남자는 붉은 콧수염을 서걱거리며 크게 웃었다.

"물론 무섭지. 누구든 죽는 건 무서워."

"다른 세 사람도 그만두지 않았나요?"

"세 사람?"

"그랑드조라스를 같이 올랐던 사람들이요."

"아, 걔들은 모두 죽었어. 한 놈은 그 다음해에 그랑드조라스에
잃어버린 물건을 찾으러 간다고 하더니 소식이 없어. 손가락은 고
사하고 몸뚱이까지 잃어버린 거지. 또 한 놈은 낭가파르바트의 루
발 벽에서 바람에 날려가버렸어. 나머지 한 놈은 저기서⋯⋯"

남자는 불이 붙은 나뭇가지 하나를 집어들더니 벽 쪽을 가리켰다.

"저기 제4슬래브의 꼭대기에서 거꾸로 떨어졌지. 저런 데서 떨어
질 놈이 아니었는데. 하기야 무리도 아니었어. 어느 쪽이고 손가락
발가락 다섯 개가 제대로 붙어 있는 게 없었으니까."

"왜요? ……이해가 안 가요."

"모르는 게 당연하지. 진정한 산악인은 언젠가 반드시 산에서 죽게 되어 있어. 어쩔 수 없는 일이야."

"반드시, 죽는다고요?"

"산악인은 극한 상황을 지향하는 사람이야. 나이가 들수록 체력이 떨어져. 그러나 그렇다고 덜 위험한 곳으로 수준을 낮출 수야 없는 노릇이지. 물론 산에 오르는 걸 그만둘 수도 없고. 그러니까 진짜 산 사나이는 언젠가는 반드시 산에서 죽게 되어 있다는 거야."

남자는 목에 걸려 있는 것들을 내뱉듯 퉁명스럽게 말했다. 쉰 목소리였지만, 마치 바위산을 울리는 메아리처럼 가슴을 뒤흔들었다. 세상에 이렇게나 야만적이고 거친 목소리도 있을까.

"너 참 바보 같은 놈이로구나."

웃음을 지워버리고 남자는 어른스럽지 못할 정도로 적의를 드러내며 다로를 노려보더니, 가래를 탁 뱉었다.

눈이 무너져내리는 소리가 끊임없이 계곡을 울리고 있었다. 왠지 새카만 항아리 바닥에 낯선 남자와 함께 쪼그리고 앉아 있는 느낌이었다.

"아버지 어머니는 알고 있어?"

생각지도 않은 질문에 다로는 할말을 잊었다.

"그건 아저씨도 마찬가지 아녜요? 언제 죽어도 이상하지 않을 짓을 하고 있잖아요."

다로는 대답 대신에 반격을 가했다.

"우리 아버지 어머니는 이미 오래 전에 나를 포기하셨어. 넌 아직 그 정도 불효까지는 저지르지 않았겠지."

"우리 부모님도 이미 포기했어요. 학교도 안 가고 성적도 개판인 걸요."

"그런 걸로 자식을 포기하는 부모는 없어. 지금쯤 새파랗게 질려 네놈을 찾아 헤매고 있을걸."

다로는 가족들이 당황하는 모습을 상상해보았다.

오늘은 화요일. 어머니는 아홉시 반에 시민센터 교양강좌에서 돌아온다. 누나도 그때쯤 학원에서 돌아올 것이다. 삼십 분 정도 지나고 나서부터는 걱정이 되어 친구들 집에 전화할 테지. 우선 역 앞 오락실이나 편의점을 찾아볼 것이다. 그 다음은 아마도 할아버지 할머니에게 전화할 것이고, 역 하나 거리 정도 떨어져 있는 집에서 오래된 자전거를 끌고 할아버지가 달려올 것이다. 그런 할아버지의 모습을 떠올리자 다로의 가슴에는 처음으로 아릿한 통증이 치달렸다. 밭뙈기가 전부 아파트와 주차장으로 변해도 농부이기를 고집하며 여전히 앞뜰을 가꾸고 있는 할아버지. 파, 무, 감자를 코딱지만 한 토지에서 마법처럼 길러내 우리집에 가져다주는 할아버지. 만일 내가 죽으면 제일 슬퍼할 사람은 어머니도 누나도 뉴욕에 가 있는 아버지도 아닌 할아버지일 것이다.

남자는 손가락이 두 개만 남은 오른손을 유심히 바라보며 중얼거렸다.

"내가 몇 번이나 죽다 살아나도 아버지 어머니는 포기하지 않으셨지. 그랜드조라스를 정복하고 돌아왔을 때, 두 분은 허겁지겁 나리타 공항까지 나를 마중 나왔더랬어. 그때의 모습을 결코 잊을 수 없어. 아버지는 일하던 차림 그대로 달려왔을 정도였으니."

이야기를 하면서 남자는 마치 자신을 나무라는 것처럼 손에 든 아이스바일 손잡이로 머리를 콩콩 찧었다.

"우리는 영웅이었지. 열세 개의 손가락을 바친 대가로 세계에서 최초로 겨울철의 그랜드조라스 북벽을 등정했거든. 공항 게이트에는 기자단과 텔레비전 카메라가 대기하고 있더군. 그런데 아버지는 카메라를 밀치고 뛰어나오더니 내 머리에 주먹을 꽂았어. 그 작은 몸을 바람처럼 날려서 내 머리에 수도 없이 꿀밤을 먹이는 거야. 그러고는 기자들을 향해 꼭 화톳불 앞에서 정좌를 하는 것처럼 앉더니 머리를 땅바닥까지 조아렸어. '죄송합니다. 제가 자식 교육을 똑바로 시키지 못해 이런 못난 놈으로 만들고 말았습니다. 정말 죄송합니다. 용서해주십시오.' 아버지는 내가 영웅이라는 생각은 추호도 하지 않으셨던 거지."

다로의 가슴속에서 할아버지의 모습이 남자의 아버지와 겹쳐졌다. 만일 내가 죽으면 할아버지는 슬퍼하거나 탄식하기 앞서 그렇게 세상 사람들에게 고개를 숙일 것이다.

"어머니는요?"

"어머니?"

남자는 입술을 일그러뜨리며 웃었다.

"어머니는 재빨리 목도리를 풀어 내 오른손을 감싸주셨지. 차 안에서도 줄곧 내 손을 놓지 않으셨어. 그리고 잠꼬대처럼 계속 중얼거리셨지. '다케오, 난 너를 다시 낳을 수 없단다.' ……그 말이 얼마나 내 가슴을 울렸는지 몰라."

"불효자식이네요."

다로의 말에 남자는 고개를 떨어뜨리면서 끄덕였다.

"그래도 나를 포기하지 않으셨어. 산악회의 원정 멤버가 발표될 때마다 시골에서 올라오셔서, 가지 마, 가면 안 돼, 하고 말렸어. 그러다 이윽고 나를 포기하게 된 게, 내가 에베레스트 정상에 일장기를 꽂았을 때였지."

"에베레스트! 에베레스트에 올랐어요?"

"응. 해발 팔천팔백사십팔 미터, 지구상에서 가장 높은 곳이지. 그것도 1953년의 첫 등정 이래 수도 없이 정복된 동남쪽 능선이 아니라, 절대 불가능하다는 남벽을 팔천삼백미터 지점의 제6캠프에서 단숨에 정복했어. 전 세계의 신문이 정상에서 일장기를 흔드는 내 사진을 일면 톱으로 실었어. 전인미답의 에베레스트 남벽. 알피니스트의 꿈. 나는 그 순간부터 힐러리 경이나 라인홀트 메스너와 어깨를 나란히 하는 세계 최고의 산악인, 무토 다케오가 된 거야."

다로가 따스해진 몸을 다시 부르르 떤 것은 추위 때문이 아니었다. 무토 다케오라는 등산가의 이름은 들은 적이 있었다. 산악부실의 입구에 붙어 있는 포스터가 바로, 부원들이 신처럼 존경하는 명알피니스트 무토 다케오의 에베레스트 등정 사진이었다.

"아저씨가, 그 유명한 무토 다케오! 우와, 믿어지지가 않아!"

다로의 감탄에도 아랑곳하지 않고 남자는 말없이 작은 나뭇가지를 불 속에 던져넣었다. 산속의 공기를 전부 빨아들이려는 듯 깊게 숨을 들이쉬고, 무토 다케오는 강철 같은 몸을 천천히 일으켰다.

"어디 가세요?"

"피곤해서 자야겠다."

"자다니요, 어디서?"

"아까 말했잖아. 내 침대는 동쪽 능선의 테라스라고. 첼트자크 내놔. 내 거야."

무토는 다로에게서 첼트자크를 빼앗아들더니, 배낭을 짊어지고 피켈을 집어들었다. 외풍이 피리를 불어대는 문 앞에서 짐승 같은 몸짓으로 장비를 들어올리고, 신발 밑창에 붙은 아이젠으로 땅을 두세 번 탁탁 쳤다.

"아저씨……"

산장을 나서려는 산 사나이를, 다로는 매달리는 듯한 목소리로 불러세웠다.

"또 무슨 용건이라도 있나?"

무토는 뒤도 돌아보지 않고 말했다. 할말을 잃게 만드는 냉담한 태도였다.

"혼자 있기 싫다는 소리냐? 너, 여기가 어딘 줄 모르는 모양이군. 모른다면 내가 가르쳐주지. 팔백 명의 목숨을 삼켜버린 오카구라 산의 센노쿠라자와다. 녀석들은 모두 이 산장에서 바람을 읽고 나 갔어. 그리고 산산이 부서져 다시 여기로 돌아왔지. 죽고 싶으면 마음대로 해. 난 상관 안 할 테니까."

무토의 말은 충격적이었다. 왜 이 사람은 사정을 자세히 물어보지도 않는 걸까.

"이런 데 있다가는 죽을 것 같아요."

"그럼 잘됐네. 바라던 바잖아? 아까는 방해해서 정말 미안했다."

무토는 문득 생각난 듯이 팔꿈치까지 덮는 긴 장갑을 벗더니 방한복 호주머니를 뒤졌다. 그가 던져준 비닐봉지 안에는 작은 위스키 병이 하나 들어 있었다.

"그걸 마시면 금방 잠이 올 거야. 안에서 자건 밖에서 자건 그건 네 맘대로 해."

문을 열자 눈발이 거세게 몰아쳤다. 그 잠깐 사이에 눈보라가 몰아치기 시작한 것이다.

"정말 죽어버릴 거예요!"

"그렇게 해. 난 아무렇지도 않아. 산에 죽으러 오는 멍청이한테 내가 무슨 말을 하겠어."

"모두 죽으러 오잖아요. 아저씨처럼요."

117

"시끄러워!"

무토는 고함쳤다. 다로는 저도 모르게 화들짝 등을 쭉 폈다.

무토는 눈 속으로 한 걸음을 내딛고는, 문 앞에 떨어져 있는 시디를 무슨 더러운 물건이라도 본 것처럼 발끝으로 툭 찼다. 그리고 피켈 끝을 다로 쪽을 향해 돌리며 무섭게 외쳤다.

"잘 들어, 이 꼬맹아. 죽어도 좋다는 것과 죽고 싶다는 건 하늘과 땅 차이야. 최고의 남자와 최악의 남자의 차이라고 보면 돼. 똑같이 취급하지 마!"

9

주방에서는 생뚱맞게 설산찬가가 흘러나오고 있었다.

"눈이여, 바위여, 우리가 머물 곳이여, 창창~"

멋들어지게 바이브레이션을 넣는 목소리는 가지 주방장. 제자들의 맑고 젊은 목소리가 거기에 어우러진다.

"우리는 마을에서 살 수 없다네~"

핫토리 요리사의 멋들어진 샹송풍 목소리도 섞여 있다.

사람들은 하얀 주방장 옷 위에 방한복을 입거나 티롤리언햇을 쓰고, 가지 주방장은 완벽한 알프스 스타일로 차려입고서 번쩍번쩍 광을 낸 피켈을 흔들고 있었다.

"아, 이거 안 되겠어요, 주방장. 또 눈이 내리기 시작했어요."

일절을 다 부르고 나서 핫토리 요리사가 창을 올려다보며 그렇게 말하자, 제자들은 일제히 절망적인 한숨을 쏟아냈다.

작년 가을에 가지 주방장의 제안으로 결성된 '수국 산악회'는 본격적인 장비를 갖추고 시간만 나면 오카구라 산을 오르내리고 있다. 처음에는 자칭 알파인 가이드인 가지의 주장으로 시작되었는데, 몇 번 산을 오르내리는 사이에 모두가 산의 매력에 흠뻑 취하고 말았다. 특히 오카구라 산에 눈 내리는 계절이 찾아와 모두가 아이젠을 신고 피켈을 들고 센노쿠라자와를 오르게 된 이후로, 별다른 즐거움이 없는 산골짜기 호텔의 젊은 요리사들은 등산의 매력에 푹 빠지고 말았다.

핫토리 요리사가 특히 그랬다. 이 산골짜기 호텔로 쫓겨오기 전에는 명문 아카사카 크라운 호텔의 요리장까지 지낸 몸이다보니 원래가 집중력이 강했다. 처음에는 마지못해 따라다니는 것 같더니 몇 번 오르내리는 사이 산의 매력에 흠뻑 빠져, 『산과 계곡』『산악인』 따위의 잡지를 열심히 구해 읽고는 통신판매를 이용해 고가의 장비를 속속 사들였다.

"잠깐만 갔다오면 되잖아요, 주방장. 센노쿠라자와의 합류지점에서 중앙 슬래브 부근까지. 아침식사 내주고 바로 가도록 하죠."

옳소, 옳소, 하고 젊은이들도 입을 모았다. 새해 첫날을 류진 능선에서 맞이한 이후로 줄곧 악천후가 계속되고 있다. 이제 막 재미

119

를 들인 몸이 근질거려 견딜 수 없지만, 리더인 주방장은 그것을 허락하지 않았다.

가지는 근엄한 표정으로 젊은이들을 노려보았다.

"어이, 잠깐만 갔다온다니, 그건 또 어디서 배운 말버릇이야? 그런 안이한 사고방식이 사고를 부른다는 걸 몰라! 용기 있는 후퇴야말로 무모한 공격보다 어려운 거라고, 서 유명한 알피니스트 무토 다케오가 말하지 않았느냔 말이다!"

등산 솜씨는 어느 정도인지는 모르겠지만, 칼 솜씨 하나만은 명인의 경지에 오른 주방장의 말에는 설득력이 있었다. 게다가 제자들에게 신과도 같은 존재인 주방장이 신처럼 존경하는 무토 다케오의 말을 내세우고 있으니, 감히 어느 안전이라고 거역할 수 있을까.

"그럼 또 비디오나 봐야 하는 건가요? 아, 허무해라."

마을 비디오 대여점에서 빌려온 〈무토 다케오 알파인 가이드〉시리즈 전 열 편은 테이프가 닳도록 돌려 봤다. 초가을에 빌려온 이후 반납할 생각도 않고 있지만, 선량한 주인은 전화 한 통 걸어오지 않는다.

확실히 비디오는 허무하다. 보고 있는 동안에는 그 나름대로 흥분하고, 정상에 올랐을 때는 정복의 쾌감을 느끼긴 하지만, 손에 쥔 땀을 티슈로 닦아내는 순간 허무감이 온몸을 짓누른다. 이 나이에 왜 하필이면 이런 취미를 들이고 말았을까 하는 후회마저 든다.

햣토리 요리사는 비디오 속의 무토 다케오가 에베레스트 베이스

캠프에서 저 멀리 사우스 콜을 응시하는 모습을 떠올렸다.

유럽 알프스의 삼대 북벽과 히말라야 팔천 미터급 봉우리 네 개를 정복한 위대한 산악인이, 햇빛에 그은 강건한 얼굴을 높이 치켜들고 중얼거리는 것이다.

"언제 죽어도 좋은 거야, 사나이는."

멋쟁이. 너무 멋쟁이다. 주방장을 비롯한 다섯 명의 '수국 산악회' 회원들은 모두 무토 다케오의 팬이었다. 예전에는 괴기물과 공포물 마니아였던 핫토리 요리사의 방에는 그렇게 소중히 끼고 살던 부적 한 장 보이지 않게 되었다. 불단도 십자가도, 파워 피라미드도, 분신사바의 위저 보드도 없다. 그 대신에 산악 잡지에서 잘라낸 무토 다케오의 프로필 사진과 에베레스트 정상에서 일장기를 흔드는 거대한 포스터가 온 벽에 가득하다.

생각다 못해 일본산악회 앞으로 팬레터도 보냈지만 답장은 없다. 혹시라도 본인을 만나면 너무 감격한 나머지 그 자리에서 정신을 잃을 것만 같았다.

가지 주방장은 다시 한번 창문 틈으로 밖을 엿보고, 휘날리는 눈보라를 향해 한숨을 쉬면서 천천히 장비를 풀었다.

제자들은 어깨를 늘어뜨리고 주방 청소를 시작했다.

"아가씨, 내 말 들어요, 산 사나이에게 반하면 안 돼요, 랬던가…… 정말 좋겠어, 산 사나이는. 역시 남자가 하는 일이란 목숨을 걸지 않으면 말짱 황이야. 식칼 하나 들고 앞치마를 두른다고 목숨을 걸 수 있는 것도 아니고 말이야."

주방장은 완고한 얼굴에 자조적인 표정으로 중얼거렸다.

"그런 그래요. 그렇지만 주방장, 목숨을 걸 만한 일이라는 게 그리 많은 게 아니잖아요."

"그런가. 그렇지만 오너나 구로다 씨, 그리고 지배인만 봐도 대단하잖아. 얼마 진에 오너가 데리고 온 주치의도 그렇고."

건드려서는 안 될 화제를 입에 올린 것 같아 주방장은 황급히 입을 다물었다.

"……안락사 사건 말이로군요."

"음. 큰 소리로 말할 수야 없지만 그것도 목숨을 건 일이야. 사실은 아까 별채에 차를 들고 갔었는데, 그 의사가 대나무숲에 우두커니 서 있더라고. 것도 맨발로."

"맨발로요?"

"그래. 어깨에 눈이 쌓여 있었어. 아마 자신이 주사를 놓았던 환자를 생각하고 있었을 거야. 사람의 목숨을 구하는 의사가, 어릴 적부터 노구치 히데요*나 슈바이처를 동경해서 열심히 공부하고 여태 수없이 많은 사람의 목숨을 구해온 의사가, 선생님, 제발 나를 죽여주세요, 하고 애원하는 환자에게…… 난 그 사람의 고통을 생각하며 그만 눈물을 흘리고 말았지. 식단을 어떻게 짤 거며, 음식이

---

* 일본의 유명한 의학자, 세균학자.

맛있는지 없는지만 생각하는 내 직업이 너무 서글퍼졌어."

핫토리는 식용유로 아이젠의 징을 닦으면서 생각했다.

자신을 산으로 내모는 것도 바로 그것인지 모른다. 고기를 굽고, 스튜를 끓이고, 디저트를 만들고, 그렇게 해서 사람들에게 잠깐의 행복을 연출하는 일에는 목숨을 거는 것만큼의 절박감을 느낄 수 없다. 완성된 요리의 접시 가장자리를 냅킨으로 닦을 때는 기분 좋은 성취감이 들지만, 그와 동시에 뭐야, 겨우 이런 건가, 하고 실망스러워지기도 한다.

주방장을 따라 처음으로 중앙 룬제*를 수십 미터 올랐을 때, 핫토리는 자일에 몸을 지탱하면서 생각했다. 자신의 인생에서 결여되어 있던 것은 바로 이것이다, 라고.

대나무숲의 눈길에 우두커니 서 있는 의사의 모습을 상상하자 핫토리는 왠지 미안한 마음이 들었다. 모든 사람이 겪고 있는 '목숨을 거는 일'에서 혼자만 떨어져나와 있는 것 같았기 때문이다.

"저녁식사는 반도 들지 않았더군요."

"아, 줄곧 그래. 아마 밥도 넘어가지 않는 모양이야."

핫토리는 아이젠을 정리한 뒤 에이프런을 두르고 요리사 모자를 썼다.

"뭘 하려고?"

---

* 침식작용으로 암벽에 생긴 V자 모양의 골.

"야식을 가져가려고요. 리조또라도 만들까 해요."

토마토 베이스에 청주와 간장으로 맛을 낸 시푸드 리조또에는 자신 있었다. 샹젤리제의 미식가들이 감탄하며 동양의 신비라고 칭찬했던 그 맛이다.

"그런데 주방장, 오늘은 대결 안 해요?"

핫토리가 리조또를 만들면 반드시 죽을 만들어 대결을 걸던 주방장은 오늘은 아무 말도 없었다.

"아니, 이런 계절에는 적당한 재료가 없어서 리조또를 이길 수 없어. 물론 자네 리조또도 대단한 맛이고."

의사의 고뇌하는 모습이 어지간히 가슴을 울린 모양이라고, 핫토리는 생각했다.

"이제야 끝난 모양이군요."

꽃을 다듬던 손길을 멈추고, 안주인은 복도 끝을 돌아보았다.

산의 노래 합창이 끝나고, 주방에서는 요리사들이 움직이는 기색이 전해져왔다.

"좀 안됐어. 한창 놀 때인 젊은이들이 이런 산골짜기 호텔에 처박혀서 '수국 산악회' 같은 거나 만들다니."

로비의 카펫 위에 무릎을 꿇고 앉아 안주인은 지배인이 내미는 꽃바구니를 받아들었다. 어울리는 꽃을 찾다가 한 줄기 수선화를 집어들고 안주인은 작게 한숨을 내쉬었다.

그것은 마치 제 갈 곳을 찾은 수선화가 내쉬는 한숨 같았다.

하나자와 지배인은 안주인의 그 아름다운 모습에 감탄했다. 올해로 환갑이라는 말을 들었는데, 이 여자만큼은 미모가 나이에 조금도 손상되지 않았다. 오히려 나이를 먹어갈수록 그 아름다움이 층층이 쌓여가는 느낌마저 들었다. 수선화를 든 하얀 손은 그 자체로 소매 안에서 뻗어나온 꽃 대궁 같았다.

게다가 화분 앞에 무릎을 세우며 앉을 때 드러난 하얀 발바닥을 보자 지배인은 감동하고 말았다. 하루 종일 서서 일했는데도 발바닥에는 먼지 하나 묻어 있지 않다.

신비한 사람이다. 흔히 온천여관의 안주인에게서 볼 수 있는 번잡한 느낌은 어디서도 찾아볼 수 없다. 종업원들을 딱히 닦달하지도 않는다. 그러나 모든 일에 대한 안주인의 세심한 배려는 더러워지지 않은 발바닥만 보아도 알 수 있다. 손님을 접대하는 호텔 주인은 이래야 하는 거라고, 하나자와 지배인은 생각했다.

"구로다는 정말 행복한 사람입니다. 부인께서 이렇게 아름다우시니 말입니다. 제 아내는 마흔밖에 안 됐는데 매사에 무신경해요."

하얀 손을 뻗어 꽃의 자태를 멀리서 바라보며 안주인은 이렇게 말했다.

"어머, 칭찬하는 솜씨도 대단하시군요. 나한테까지 그런 말 할 필요는 없잖아요."

호텔의 인간관계는 복잡하다. 나카조 오야붕은 '오너'이지 '주인'은 아니다. 그래서 원칙적으로 봤을 때 구로다가 '주인'이고 그 부인이 '안주인'이어야 할 텐데, 하나자와 가즈마라는 일급 전문가를 스카우트해왔기 때문에 구로다는 고객 담당 부지배인이라는 직위에 만족해야 했다. 그래도 온천 호텔에 안주인이 없다는 건 말이 안 되니까 부지배인의 아내가 안주인 역을 하고 있다.

누가 일부러 정한 것이 아니라 그냥 자연스럽게 그렇게 된 것이다. 구로다를 부하로 취급하면서 그의 아내를 안주인으로 모셔야 하는 것은 분명 모순이지만, 각각의 역할을 생각해보면 이런 형태일 수밖에 없다.

구로다 아키라는 대단한 남자다. 지배인은 새삼 그런 생각이 들었다.

"그렇지만 하나자와 씨, 난 구로다 씨를 위해 이렇게 곱게 치장하는 건 아녜요."

안주인이 장식한 수선화는 마치 물가에 피어난 것 같았다.

"난, 그애를 위해 이렇게 화장을 하고 차려입는 거예요."

지배인은 움찔했다. 무척 차가운 말투였기 때문이다.

"선생을 위해서, 라고요?"

"그래요. 난 그애가 일곱 살 때 집을 나왔어요. 구로다의 손을 잡고 도망쳤죠. 그때부터 줄곧 생각해왔어요. 사십이 되어도, 오십이 되어도, 난 그애와 헤어졌던 서른두 살의 나이 그대로여야 한다고 말예요. 물론 지금도 그렇게 생각해요. 좀 힘들긴 하지만."

"그건 또 무슨 말씀이십니까?"

꽃을 바라보며 안주인은 맑게 웃었다.

"무슨 말이냐고요? 그애의 시간은 일곱 살 때 그대로 멈춰버렸으니까요."

어머니의 시계도 그대로 멈춰버린 거라고 지배인은 생각했다. 어두컴컴한 시간의 어둠 속에서, 어머니와 아들은 늙는 것도 성장하는 것도 허락받지 못한 채, 서른두 살과 일곱 살 때의 모습 그대로 마주 보고 서 있는 것이다. 대화도 없이, 손가락 하나 까딱하지 못하는 상태로 영원히.

"작년 봄에 이 호텔에 처음 왔을 때, 나카조 씨와 구로다 씨와 함께 의논을 했었어요. 고짱도 이제 장성했으니 이번 기회에 불러서 잘 설명을 하자고 말이죠. 우리도 이제 나이가 들었으니 그애에게 한을 남기고 죽기는 싫었던 거예요."

말이야 간단하지만 거기에 이르기까지 얼마나 고통스런 결단을 내려야 했을까. 도망친 어머니와 남자. 그것을 도와준 삼촌. 그 세 사람이 삼십 년 가까운 세월의 절벽에 서서 그 사실을 고백했던 것이다.

"안주인님, 이건 제 억측일지도 모르겠지만……"

하나자와 지배인은 안주인 쪽으로 몸을 기울였다.

"혹시 오너가 이 호텔을 사들이고 안주인과 구로다에게 운영을 맡긴 것은 그런 목적 때문이 아니었을까요?"

오래도록 그런 생각을 해왔다. 언젠가 누구에게라도 물어보고 싶었던 말이었다.

안주인은 잠시 멍하니 꽃을 바라보더니, 검고 초롱초롱한 눈동자를 천장 쪽으로 옮겨갔다.

"역시, 지배인도 그렇게 생각하는군요."

"예. 아마 그럴 겁니다. 폭력방지법이 어찌고 해서 몸을 피할 생각이었다고 하지만, 그건 너무 극단적인 이야기예요. 시절이 하도 어수선하다보니 도쿄의 기도 조직이 기업으로 변신해 옛날 부하들이 그 속으로 숨어들었다 생각하는 것도 그럴듯하지만, 그렇다 해도 하필 왜……"

"이 호텔의 전 주인과 나카조 씨 사이에는 채무관계가 있었으니까요."

"그러니까 그게 이상하다는 겁니다. 이 호텔이 영원히 채산을 맞출 수 없는 골칫덩어리라는 건 누구보다 제가 잘 압니다. 하물며 오너 정도 되는 인물이 그걸 모를 리가 있겠습니까. 그래서 저는……"

점점 하얗게 질려가는 안주인의 모습에, 지배인은 거기까지 말하고 입을 다물었다.

"나카조 씨는 그애를 위해 이 호텔을 사들였고, 그애에게 모든 것을 알려주기 위해서 이런 무대를 만들었다는 말씀이로군요."

프런트 한구석에서 구로다의 손가락이 더듬는 컴퓨터 키보드 소리가 들려왔다. 과묵한 남자의 슬픈 속삭임 같은 소리였다.

"만일 그게 사실이라면, 우리는 지배인에게 어떻게 용서를 빌어야 하지요?"

그런 게 아니라고 지배인은 생각했다. 가령 자신이 그들의 목적을 위해 배치된 스태프에 지나지 않는다 해도, 크라운 호텔을 버리고 온 것에는 아무런 미련도 후회도 없다. 그 덕분에 아내도 자식도 구원받지 않았는가. 어서 옵쇼, 라는 말에 포함된 진정한 의미를 바로 여기서 깨닫지 않았던가. 가능하다면 기도 나카조 앞에 머리를 숙이고, 마음 깊은 곳에서 우러나오는 목소리로, 고맙습니다, 라고 인사라도 하고 싶다.

"괜찮습니다, 안주인. 저는 이제야 진정한 실업가를 만나게 되었습니다. 구원받은 겁니다. 언젠가 인사를 해야겠다고 늘 생각했지만, 적당한 말을 찾지 못하고 있었습니다."

"나카조 씨는 그런 건 별로 좋아하지 않아요. 워낙 부끄럼을 타는 성격이니까."

"아내와 의논해서 집으로 한 번 초대를 한 적이 있습니다. 가끔씩은 가정에서 만드는 요리도 좋겠다 싶어서 말이죠. 그때 정식으로 감사의 인사를 하려고 했는데, 선수를 빼앗기고 말았지 뭡니까."

식탁에 앉아 황공해하는 부부 앞에서 기선을 제압하며 내뱉은 나카조 오야붕의 말을, 지배인은 아직도 생생히 기억하고 있다.

"무슨 말을 하던가요?"

"이 말뿐이었습니다. '이봐, 하나자와. 머리를 숙이고 싶으면 신

세진 순서대로 해'라고요. 나도 모르게 아내의 얼굴을 바라보고,
그만 울음을 터뜨리고 말았습니다."

안주인은 그 장면을 머릿속에 그려보는 듯 눈을 가늘게 떴다.

"구로다 씨와 나도 삼십 년 동안 그런 말을 들어왔지요. 나카조
라는 사람은 타인에게 은혜를 베풀고도 인사를 받길 싫어해요. 정
치가나 사장들에 대해서는 그렇게 단호한 사람이, 여급들이 감사의
인사를 하면 부끄러워하며 얼굴을 돌리고 만답니다."

문득 지배인은 작년 말에 오너에게 어떤 지시를 받았던 것을 떠
올렸다. 도쿄의 사무실에 불려가 거금이 든 봉투를 건네받았다. 여
급들의 모국 은행 계좌에 산타클로스라는 이름으로 송금하라는 것
이었다. 너무 많은 금액이라 지배인이 이의를 제기하자, 오야붕은
이렇게 대꾸했다.

"어차피 정치가 놈들의 더러운 돈이야. 그냥 주는 게 아니라 돈
세탁이라고. 이런 산골짜기에 처박혀 있으니 아이들 크리스마스 선
물도 보낼 수 없을 거 아냐."

그때 하나자와 지배인은 진짜 산타클로스를 두 눈으로 보았던 것
이다.

"대단한 사람이에요, 오너는."

"네. 대단한 사람이죠. 그냥 대단한 정도가 아니고, 세련되고, 상
냥한, 신 같은 사람……"

순간 갑자기 등뒤에서 인기척을 느껴 안주인과 지배인은 뒤를 돌

아보았다.

헝클어진 머리카락에 유카타 앞섶을 열어젖히고 팬티까지 훤히 드러낸 나카조 오야붕이 눈앞에 턱 버티고 서 있는 것이었다. 적어도 산타클로스의 모습은 아니었다.

오야붕은 신과는 전혀 다른, 막다른 지경에 내몰린 짐승처럼 절박한 표정으로 외쳤다.

"하나자와, 자네, 알고 있지, 알고 있는 거지!"

갑자기 멱살을 잡힌 지배인은 영문을 모른 채 당황했다.

"왜왜왜왜, 왜 그러세요? 도대체 무슨 일입니까, 오너!"

"시침 떼지 마. 나 암이지? 암인 거지, 그렇지?"

"모, 몰라요, 그런 얘긴 금시초문입니다. 헉, 암이라니! 그게 정말입니까?"

오야붕은 지배인을 밀쳐버리고, 도망치듯 자리를 떠나는 안주인의 뒷덜미를 잡아챘다.

"치에코, 부탁해. 사실대로 말해줘. 당신, 어제 히라오카 선생의 방에서 술을 마셨지? 내 병에 대해 이야기를 들은 거지? 역시 나는 암이야, 그렇지?"

"잠깐, 정신 좀 차려요, 나카조 씨. 뭐, 암이라고요! 크, 큰일이다. 후계자는 어떡할 거예요. 당연히 구로다 씨죠? 맞죠?"

나카조 오야붕은 답답한 가슴을 가눌 길 없는 듯 유카타를 끌어내렸다. 이미 앞섶이 풀어져 있어서 유카타는 저절로 허리 아래까지 주르륵 미끄러져내렸다.

"오너, 너무 보기 흉합니다. 차라리 아예 벗으시는 게……"

"시끄러워. 아아, 싫다. 내가 곧 죽어야 하다니. 틀림없이 지옥에 떨어질 거야. 아, 안 돼, 더이상 못 참겠어!"

망연자실하면서 걸어가다 그 자리에 털썩 주저앉더니, 오야붕은 프런트까지 엉금엉금 기어가기 시작했다. 카운터 위로 불쑥 올라온, 지옥에서 온 사자 같은 얼굴에 구로다는 비명을 질렀다.

"구로다, 너, 있는 그대로 말해. 난 암이지, 그렇지? C형 간염이 간경화로 변했다가 마침내 간암이 되고 만 거지? 난 알고 있어, 그러다 동맥류 파열로 천장에 닿을 만큼 피를 뿜어내면서 죽는 거 맞지? 으악! 아, 안 돼!"

"오야붕!"

구로다는 프런트를 빠져나와서 처절한 몰골의 오야붕을 끌어안았다.

"부탁이야, 사실대로 말해줘. 난 암이야, 그렇지? 거짓말은 하지 마. 확실히 말해줘. 나는 사나이다. 절대로 흐트러지지 않을 자신 있어."

"이미 흐트러지신걸요."

"엣, 아, 그렇군. 어쨌든 확실히 말해줘. 잘 들어, 구로다. 난 죽는 건 조금도 두렵지 않아. 하지만, 너희들이 숨기는 것만은 절대로 참을 수 없어."

132

"······오야붕. 어림짐작으로 그런 말씀 마세요. 어쨌든 정신 좀 똑바로 차리고 잘 들으세요. 오야붕의 병명은 지방간입니다. 절대로 암이 아닙니다. 이제 됐지요?"

"아냐, 아냐."

오야붕은 슬픈 표정을 지으며 그 자리에 퍼질러 앉았다.

"믿을 수 없어. 난 암인 게 분명해."

"믿으세요. 믿는 자는 구원을 받을 것이요, 라고 저 유명한 예수 그리스도도 말하지 않았습니까."

구로다의 침착한 설득에 오야붕은 이윽고 제정신을 되찾았다. 유카타 소매에 팔을 끼워넣고, 팔짱을 낀 채 생각에 잠겼다.

"나 말이야, 딱 한 가지 못다 한 일이 있어. 이봐, 아키라. 그것 하나만은 어떻게든 해결해야 해. 그걸 못 하면 죽어도 눈을 감을 수 없을 거야."

"예입, 그게 뭡니까?"

오야붕은 짓물러 녹아내릴 듯 슬픈 눈으로 구로다를 응시하더니, 천천히 로비 쪽을 돌아보았다.

"알잖아. 고짱 말이야. 난 반드시 그놈을 인간으로 만들어야 해. 위대한 선생님이 되지 않아도 좋아. 최소한 보통 수준의 어른으로라도 만들고 싶어······"

꽃바구니에 눈길을 떨어뜨린 채 안주인의 어깨가 흔들렸다. 지배인은 오야붕의 시선을 피하듯, 안주인의 정면에 무릎을 세우고 앉아 화제를 바꾸었다.

"안주인. 하얗고 노란 꽃뿐이라서 좀 추워 보이지 않나요? 손님
도 오셨으니 내일 시게루를 마을로 보내 사오도록 합시다. 어떤 꽃
이 좋을까요."

지배인의 상냥한 마음 씀씀이에 안주인은 눈물을 글썽였다.

"그래요…… 그럼 장미가 좋겠어요. 그애가 좋아하는, 새빨간
장미를……"

안주인은 꽃바구니의 꽃을 가슴에 꼭 끌어안고, 소리를 죽여 흐
느꼈다.

10

꽃이 뭐 이따위야.

기요코에게 귀청소를 시키며 드러누워 있는데 작은 꽃병에 꽂힌
수선화 한 송이가 괜히 신경에 거슬려, 나는 발끝으로 꽃병을 툭 차
버렸다.

청자의 모가지가 툭 부러지면서 방바닥에 물이 쏟아졌다. 꼴좋
다, 하고 나는 입술을 씰룩이며 웃었다.

"앗, 안 돼요, 선생님, 이런 짓 하면."

기요코는 재빨리 내 머리를 받치고 있던 무릎을 빼내고 타월로

바닥을 닦았다. 마치 자신이 잘못하기라도 한 것처럼 어쩔 줄 몰라 안절부절못하며 목이 부러진 꽃병을 끼워맞추려 한다.

이 여자는 왜 이리도 멍청할까. 그리고 바보 같은 그 동작과 말투 하나하나는 또 왜 그리 아름다울까. 베고 있던 베개를 잃은 나는 옆으로 누워, 유카타 너머 곡선을 그리고 있는 엉덩이를 뚫어져라 바라보고 있었다.

"이건 분명히 어머니가 꽂으신 걸 텐데."

풀을 빳빳하게 먹인 유카타 속으로 엷은 푸른색 팬티가 비쳐 보인다.

"어머니? 그게 누구야? 네 엄마는 지금쯤 발작을 일으켜 꼬르륵 게거품을 물고 있을 텐데. 오늘은 날씨도 추우니까."

"아녜요, 아녜요. 제 어머니가 아니라 선생님 어머니 말예요."

"우리 엄마? 핫핫핫. 나한테 그런 게 어디 있어. 사실은 말이야, 기요코. 이건 절대로 비밀인데, 난 아버지의 똥구멍으로 나온 사람이야."

"네?! 저, 정말이에요?"

기요코는 너무 놀라서 꽃병을 바닥에 떨어뜨리고 뒤를 돌아보았다. 나의 말도 안 되는 고백을 그대로 받아들이고, 아름다운 얼굴이 백지장처럼 새하얘지고 있다. 단정치 못하게 털썩 주저앉은 다리는 또 얼마나 아름다운가.

"거짓말이야. 어떻게 사람이 똥구멍으로 나올 수 있겠어, 이 멍청아."

기요코는 오른손으로 방바닥을 짚은 채 왼손을 가슴에 대고 숨을 몰아쉬었다. 아이를 낳은 여자라고 보기 힘들 만큼, 아름다운 도자기처럼 윤기나고 팽팽한 유방이 옷고름 사이로 엿보였다.

방에서는 절대로 누비 덧옷을 입지 말라는 엄명을 내려놓았다. 왜 입어서는 안 되는지, 기요코는 그 이유를 모르고 있다. 나는 그저 어린 시절 우에노의 동물원 우리 속에서 노니는 아름다운 짐승을 감상하듯 틈만 있으면 기요코의 몸을 보고 싶은 것이다.

어머니가 날 버리고 가버린 다음부터 나는 여공 겸 식모였던 도미에의 손에 자랐다. 그 자세한 경위는 모른다. 늘 등을 돌린 채 재봉틀만 밟으며 대화는커녕 끽 소리 하나 내지 않던 아버지가 먼저 프러포즈했을 리는 없을 테니까, 아버지와 나를 돌봐주던 도미에가 저도 모르는 사이에 후실로 들어오게 되었을 것이다. 어쩌다보니 그렇게 됐다는 것은 그렇게 무서운 것이다.

원래가 삐딱한 가난뱅이 직공이었던 아버지는 어머니가 도망친 이후로 더 과묵해졌다. 그렇기에 도미에는 이래라 저래라 말 한마디 없는 아버지의 요구를 미루어 짐작하면서 일할 수밖에 없었다. 그래서인지 늘 태엽 감는 인형처럼 두리번거리고 겁먹은 고양이처럼 조심스러워했다.

어머니는 아름답고 총명했다. 반면 도미에는 도저히 같은 인간으로 생각할 수 없을 만큼 호박에다 느림보에다 멍청이였다. 나는 그런 아버지와 도미에가 사는 집이 싫어서 학교에서 돌아오는 길에 하릴없이 동네를 한 바퀴 돌았고, 일요일에는 꼭 우에노 동물원에 갔다. 간다의 공장에서 히로코지 쪽으로 자전거를 타고 달리면 금방이다.

도미에는 늘 주먹밥을 만들어주었지만 한 번도 그걸 먹은 적은 없다. 항상 다리 밑으로 던져버렸다. 우에노 공원에 있는 사이고 다카모리의 동상 아래서 우글대는 노숙자들에게 줘버릴 때도 있었다.

다 커서 소설가가 된 것만 봐도 알겠지만, 어릴 적부터 난 좀 특이하게 생각하는 아이였다. 돈이 없었으므로 동물들에게 던져줄 먹이를 살 수도 없었다. 그래서 공원 여기저기 피어 있는 꽃을 꺾어서 동물들에게 던져주었다. 왜 도미에가 준 주먹밥을 주지 않았냐면, 아마도 어린 내게는 너무도 사랑스런 동물들이었기에 그런 맛없고 볼품없는 음식을 주기가 미안해서였을 것이다. 그만큼 도미에가 만든 주먹밥은 더럽고 불결한 것이었다.

당연히 동물들은 꽃에 흥미를 보이지 않았다. 이거 먹어, 하며 장미나 국화나 벚나무 가지를 우리 안에 밀어넣는 것은 짝사랑과도 같은 슬픈 놀이였다.

그후로 나는 아름다운 것을 믿지 않게 되었다. 원숭이도 코끼리도 사자도 내가 주는 선물에 아무런 흥미도 보이지 않았다. 그러므로 꽃이란 절대로 아름다운 것이 아니다, 인간이 제멋대로 아름답다고 생각하는 것뿐이다, 라는 결론을 내렸다. 결국 아름다움이라는 개념 그 자체가 환상이라는 것을 알게 되었다.

그래서 나는 늘 아름다운 것에 대해 인간적인 감동을 드러내지 않는다. 장사에 지장을 초래하지 않기 위해서 모차르트를 듣고 감동하는 척 폼을 잡고, 미술품 매매에 정성을 들이고, 사람들 앞에서는 일부러 꽃과 달을 보고 감탄사를 내뱉을 따름이다.

그런 나에게 기요코라는 존재는 도저히 설명이 불가능하다. 보는 사람 백이면 백이 하나같이 다 아름답다고 말하는 그녀는 도대체 어떤 존재인가.

"나 목욕할 거야."

"목욕이요? 금방 하고 나왔는데……"

"난 이 방의 욕탕이 좋아."

"그럼 물이 따뜻한지 한번 보고 올게요."

기요코가 자리에서 일어나 욕탕 쪽으로 달려갔다.

"물은 안 데워도 되니까 볼 필요 없어. 너 먼저 들어가 있어."

"예?……예."

일순 부끄러운 듯 그 자리에 멈춰 서더니, 기요코는 욕탕의 문을 열었다.

가시와기의 너덜너덜한 연립주택에는 작은 욕조뿐이라 생리적인 욕구는 도심지의 시티호텔에서 처리한다. 그래서 평소에는 함께 욕탕에 들어갈 기회가 없다.

그렇긴 하지만 나는 기요코의 수줍음을 이해할 수 없었다. 봄에 여기 와서 처음으로 같이 목욕을 했을 때도, 기요코는 탕에 들어가기 전에 새하얀 피부를 발갛게 물들이며 부끄러워했다.

남자들의 노리갯감으로 떠돌다가 야쿠자의 자식을 낳고 매춘굴과 다름없는 핑크 카바레에 몸을 담고 있었다. 이제 와서 새삼 지켜야 할 정조 따위 있을 리 없는데도, 기요코는 처음 내 품에 안겼을 때부터 처녀처럼 부끄럼을 탔다. 그리고 몇백 번이나 안긴 지금도, 내 눈앞에서 가슴을 가리며 피부를 발갛게 물들인다.

별다른 이유가 있을 리 없다. 간단히 말해 그것은, 기요코라는 불가사의한 여자의 천성이다.

허리띠를 푸는 소리가 들렸다. 나는 방바닥에 누워 팔베개를 한 채 기요코가 허물 벗는 곤충처럼 유카타를 벗어던지는 모습을 상상했다.

노송나무 욕탕이 삐걱거리는 소리를 낸다. 하얀 유황 온천수가 한쪽 무릎을 세운 기요코의 석고상처럼 매끄러운 나신을 타고 흐른다.

미칠 듯이 사랑스런 여자의 그 모습을 떠올리는 순간, 눈물이 비처럼 쏟아지는 것은 또 무슨 소식인가.

나는 잠시 머리를 받친 팔의 소매가 젖을 정도로 소리 죽여 흐느꼈다.

"선생님, 물 식겠어요."

나는 천천히 일어섰다. 탕으로 들어가서 우선 거울을 보고, 설마 다자이 오사무처럼 처참한 표정은 아니겠지, 하고 생각했다. 여자를 만나면 사랑의 말을 헤프게 쏟아내고, 좋아해, 사랑해, 나랑 같이 죽어줘, 라고 애원하는 그 작가의 얼굴이, 나는 옛날부터 그렇게 싫었다.

다행히 거울에 비친 얼굴은 다자이와는 조금도 닮지 않은 냉혹한 남자의 얼굴이었다. 가느다란 콧등, 길게 찢어진 눈, 얇은 입술. 자랑은 아니지만 나는 태어난 이후로 여태 사랑해, 좋아해, 라는 말을 해본 적이 없다.

기요코와 자살할 광기 역시 눈곱만큼도 없다. 목을 졸라 죽여버리는 건 몰라도.

천장과 방바닥, 벽까지 모두 고야 산 특산 노송나무를 사용한 욕탕이다. 방 안에 설치되어 있지만 욕조는 네 사람이 한꺼번에 들어갈 수 있을 정도로 넓다. 교토의 오래된 마을에 있는 고급 여관의 공동탕 정도의 넓이는 될 것이다.

콸콸 쏟아져나오는 희뿌연 온천수는 노송나무 바닥을 홍건히 적시고 있다. 기요코는 내가 들어온 것을 눈치채지 못한 듯 등을 돌리고 멍하니 물에 몸을 담그고 있다. 탕을 둘러싼 창밖에는 처연함마저 감도는 한밤중의 설경이 펼쳐져 있다.

아니, 이렇게 처연한 느낌이 드는 것은 그 한 폭의 그림 앞에 기요코의 하얀 등이 있기 때문인지도 모른다.

소복이 쌓이는 눈이 무색할 정도로 뽀얀 기요코의 등. 미친 듯이 퍼붓는 폭설에 이끌려 당장이라도 창을 빠져나가 어디론가 사라져버릴 것 같은 기요코의 등.

　이래도 아름다움이 존재한다는 것을 믿지 않는단 말인가, 하고 나는 스스로를 질책했다.

　"왜 그리 멍하니 있어. 멋진 남자 생각이라도 하는 거야?"

　미지근한 물 속에 몸을 담그면서 물었다. 창에 비치는 기요코가 고개를 끄덕인 것처럼 보인 것은 나의 신경과민 탓일까.

　"선생님에 대해 생각했어요."

　"나에 대해?"

　"평소엔 늘 미카와 엄마 생각으로 머리가 복잡해서, 다른 것까지 생각하면 도무지 뭐가 뭔지 모르게 돼버려요."

　"그렇군, 그것 참 잘됐네. 여기 와서야 겨우 내 생각도 좀 하게 되신 건가."

　"아녜요. 전 늘 선생님 생각밖에 안 해요."

　"꼬맹이도 있고, 할망구도 있고, 헤어진 남편도 있고. 넌 참 좋겠다, 생각할 게 많아서."

　"하나도 안 좋아요."

　나의 유도심문에 그대로 걸려든 기요코는 입을 꼭 다물고 말았다. 기요코의 머릿속에는 나도 모를 수많은 애증의 기억들이 소용돌이치고 있다는 사실이 그것으로 명백해졌다.

　삐딱한 데다 밴댕이보다 속이 좁고, 하는 일이라곤 원고지의 빈 칸을 메우는 것밖에 없는 남자가 끼어들 틈이라고는 없는 것이다.

손을 뻗으면 닿을 곳에 와 있는 기요코가 저 멀리 안개 속에 잠겨
있는 듯한 느낌이었다. 그러나 현실에서의 기요코는 이렇게 나의
생활 속에 들어와 있다. 내가 미친 듯이 기요코를 사랑하는 한, 언
젠가 반드시 이 손으로 기요코를 죽이게 될지도 모른다. 그것은 아
마 순간적인 격정 때문이 아니라, 냉정하게 판단하고 사고한 결과
로서 일어날 것이다.

"저, 선생님을 좋아하는걸요."

불쑥 내던지는 기요코의 고백에 나는 감동했다. 그러나 곧, 감동
보다 더 강한 질투의 파도가 나를 덮쳐왔다. 거짓말도 허세도 모르
는 이 여자는 필시 지금까지 수십 명의 남자에게 같은 말을 해왔을
것이다.

"다시 한번 말해봐."

"······선생님이 좋아요."

"다시 한번."

"좋아해요. 사랑해요. 선생님이 너무 좋아요."

"좋아, 지금부터 날이 샐 때까지, 내가 그만 하라고 할 때까지 계
속 말해봐. 노망든 할망구가 중얼거리듯이 계속."

기요코는 조금의 망설임도 없이, 좋아해요, 사랑해요, 하고 속삭
이기 시작했다. 주문처럼 그 말을 반복할수록 기요코의 피부가 점
점 발갛게 물들어가는 것은 분명 뜨거운 온천수 때문이 아니다. 사
랑의 말에는 확실히 기요코 자신을 흥분시키는 기도의 힘이 깃들어

있었다.

나는 기요코를 탕 밖으로 끌어내서 부드러운 온천수가 넘쳐흐르는 나무 바닥에 쓰러뜨렸다.

미친 듯이 입술을 빨고, 유방을 짓누르며 짐승처럼 기요코를 끌어안았다.

나는 왜 기요코를 다른 여자처럼 부드럽게 안을 수 없는 것일까. 왜 이렇게 성급하고 서투르게, 마치 처음으로 여자를 안는 소년처럼 끌어안는 것일까.

그래도 기요코는 부드럽게 응하지도, 격렬하게 나를 조이지도 않고, 그대로 포근하게 나를 삼켜버린다. 좋아해요, 사랑해요 하는 말을 반복하면서, 나와 함께 저 하늘 높은 곳으로 올라간다.

"제발, 선생님, 나를 좋아한다고 말해주세요."

나는 대답하지 않았다.

"사랑한다고, 이런 나라도 사랑한다고 말해주세요."

사랑의 주문은 이윽고 헐떡임으로 변하더니 기요코는 소리 높여 울기 시작했다.

절정을 맞이하지 못하고 나는 기요코를 밀쳐내버렸다.

탕 바닥에 멍하니 널브러져 있는 기요코의 하얀 나신을 향해, 입에 머금은 온천수를 뱉어냈다.

"내가 왜 너한테 그런 말을 해야 해?"

얼굴을 돌리자 창밖에는 처연하게 폭설이 내리고 있었다.

11

"어이, 야스. 시간 남으면 좀 도와줘."

로비 청소를 마치고 이윽고 하루 일과를 끝낸 프랑켄슈타인 야스를, 권총 조가 불러세웠다.

"예잇, 조 형님. 무슨 일입니까."

별명 그대로 심하게 뭉그러진 얼굴이다. 기분이 나빠 인상을 써도 표가 나지 않으니 그런 의미에서는 편리한 얼굴이라고도 할 수 있겠다.

권총 조는 어울리지 않는 나비넥타이를 풀고, 야스를 손짓으로 불렀다. 노래방 '굴레'는 카운터의 등만 빼고 불이 다 꺼져 있다.

"권총 손질을 좀 해야겠는데 혼자서는 좀 힘들 것 같아서. 자네도 이놈들 다루는 데 익숙하잖아."

"예잇, 권총 손질은 제게 맡겨줍쇼."

웃기는 하지만, 사실 야스는 싫은 표정을 짓고 있었다.

"자네 정말 마음에 들어. 이런 걸 부탁해도 조금도 싫은 표정을 짓지 않으니 말이야."

정확히 말하자면 권총 조는 기도 조직의 손님격이라, 야스가 딱히 형님이라 부를 이유는 없다. 그러나 호텔 종업원임은 틀림없으니 편의상 형님이라고 하는 것이다.

권총 조라고 하면 그 옛날 히로시마의 전설적인 저격수가 아닌

가. 도에이 영화사에서 그를 모델로 영화를 만들고 나서부터 업계에서 더욱 유명해졌다. 그에 비해 프랑켄슈타인 야스는 스무 살 때부터 나카조 오야붕의 총알받이였다. 몇 번이고 총을 맞아도 죽지 않는 특이체질이지만, 아무래도 조의 관록에는 도저히 미치지 못한다. 정식으로 술잔을 받지는 못했어도 상하의 서열은 누가 봐도 명백했다.

"또 이런 걸 보내왔어."

권총 조는 무거운 상자를 카운터 위에 털썩 올려놓았다. 백화점 포장지를 뜯자 양주를 넣는 나무 상자가 드러났다.

"많이도 가지고 있는 모양이군. 작년 말부터 벌써 세 상자째야."

"오소네 일가라면 간토 지방에서도 강경 투쟁 노선을 달리는 파벌로, 그 이름만 들어도 우는 아이가 울음을 그친다고 악명이 높으니까요. 하지만 요즘은 단속이 심해 고생이 많다고 합니다. 뭐, 그렇다고 이렇게 멀리까지 보내올 것까지야 없을 텐데 말이죠."

"산에 구덩이라도 파고 묻으라는 말일까."

"그건 아니죠. 오소네 오야붕은 구두쇠니까, 도쿄 만에 버리기가 아까워서 보낸 걸 겁니다."

"그럴 거야. 그렇다면 역시 손질을 해둬야겠군."

두 사람은 거대한 야쿠자 면상을 카운터 위에서 맞대고 권총을 손질하기 시작했다.

이력서에 쓸 수야 없지만, 한쪽은 이십 년의 보디가드 경력, 다른 한쪽은 삼십 년의 저격수 경력을 자랑한다. 이들에게 권총이란 육체의 정체성을 이루는 핵이나 다름없다.

털북숭이 손만 봐서는 상상도 할 수 없을 정도로 능숙한 솜씨로 권총을 분해하고, 기름을 묻힌 천으로 닦는다. 십 분도 안 되어 한 자루를 조립하고 탄창을 끼워넣은 야스의 표정에는 믿기 힘들게도 지적인 아카데미즘마저 감돌고 있다.

"그런데 조 형님. 이 토카레프*는 아무래도 손에 익지가 않아요."

야스의 토카레프를 곁눈질로 살피며 권총 조는 손질을 마친 리볼버의 탄창을 찰칵 하고 끼워넣었다.

"그건 그래. 가방 크다고 공부 잘하는 건 아니지. 사용하기가 불편해."

야스는 카운터에 주욱 늘어놓은 권총 가운데서 자기 취향에 맞는 권총 한 자루를 집어들어 토카레프와 비교해보았다.

"역시 권총은 콜트가 제일이죠. 사십오 구경 거번먼트. 전 이십 년 동안 이놈만 써왔지요."

"오, 과연 전문가로구먼."

권총 조는 고개를 끄덕이더니 S&W리볼버를 내려놓고, 다른 총 한 자루를 집어들었다.

"그렇지만 말이야, 야스. 거번먼트가 분명 천하의 명품이긴 하지

---

*소련의 군용 자동권총.

만 일본인의 손에는 너무 커. 게다가 양키들이 좋아하는 이중안전 장치라서, 조준해서 쏘는 데는 무리가 없지만 갑작스런 총격전에는 불리해. 그런 점에서 볼 때는 이게 최고야. 월터—P38. 사이즈도 딱 알맞고, 반동도 거번먼트보다 약해. 난 삼십 년 동안 이놈만 썼지. 어때, 한번 보라구. 게르만 민족의 예지가 번득이는 총이야."

야스는 일단 고개를 끄덕였지만, 눈길은 여전히 콜트 쪽에 머물러 있다. 슬라이드를 당겨 격발을 해본다.

"그렇지만 조 형님. 거번먼트는 무려 제1차 세계대전 때부터 미군이 애용하던 제식권총이잖습니까. 즉, 권총은 이 모델에서 비로소 완성되었다고 할 수 있죠. 전 누가 뭐래도 거번먼트가 최고라고 생각해요."

그 말투가 신경에 거슬렸는지, 권총 조는 눈을 날카롭게 치켜떴다.

"그렇다면 말이야, 야스, 이 월터는 나치 이래로 독일군의 제식 권총이었어."

자신의 가슴을 향하고 있는 총구를 야스는 은근히 밀쳐냈다.

"아무리 총이 좋아봐야 독일은 미국에 졌잖습니까. 전 그런 총은 싫습니다."

"……어쭈구리, 어느 안전이라고 말투가 그 따위야?"

권총 조의 눈이 뒤집혔다.

"상대가 누구면 어떻습니까. 전 하고 싶은 말은 하는 사람이에요."

콜트의 총구는 어느새 권총 조의 가슴을 겨냥하고 있었다. 두 사람의 눈은 동시에 발아래 놓여 있는 탄알 상자를 향했다.

"……죽여줄까."

"오, 죽이고 싶으면 죽여보지그래. 나도 쏴줄 테니까."

"세 놈 죽이나 네 놈 죽이나 마찬가지야."

"두 놈이나 세 놈이나 그게 그거지 뭐."

정말 쓸데없는 말다툼에서 비롯된 상황이지만, 본인들로서는 절대로 물러설 수 없는 정체성의 문제가 걸려 있었다.

"멍청한 새끼."

"병신 짜식."

두 사람은 결국 해서는 안 될 말을 입에 담고 말았다. 그와 동시에 의자에서 튀어올라, 짐승처럼 민첩한 동작으로 나무 상자 속에서 탄환을 집어들었다. 바로 그때 누군가 '굴레'의 문을 걸어차고 들어왔다.

"뭐 하고 있는 거야, 네놈들!"

예상치 못한 긴급수색인가 싶어 몸을 수그리는 두 사람 앞에, 눈꼬리를 치켜올린 유카타 차림의 여자 하나가 턱 버티고 서 있는 게 아닌가.

압도적인 분위기였다. 권총 조는 월터를 겨냥한 채 슬금슬금 뒤로 물러나고, 카운터를 등지고 서는 바람에 갈 곳을 잃어버린 프랑켄슈타인 야스는 아부 섞인 웃음을 던지며 위기를 모면하려 했다.

"하하하, 손님께서 무슨 일로……"

마리아는 눈을 부릅뜬 채 천천히 야스 쪽으로 걸어가더니 갑자기 불똥이 튈 정도로 따귀를 갈겼다.

"내 이럴 줄 알았지. 아무래도 이상하다는 느낌이 들어 정찰을 나와봤더니, 아니나 다를까. 너희들, 야쿠자지!"

한텐을 벗어 카운터에 놓인 권총을 숨기려는 야스의 뒷덜미를, 마리아는 마치 고양이를 낚아채듯 거머쥐었다.

"으악, 손님, 이건 그냥 장난감 총입니다."

"장난감인지 아닌지 네놈 얼굴에 한번 쏴볼까? 건방진 놈들, 이런 걸 함부로 가지고 놀다니."

마리아는 카운터를 팔로 휙 쓸어 권총을 바닥에 떨어뜨리더니 발로 짓밟았다. 그리고 날카로운 눈초리로 권총 조를 바라보았다.

"넌 뭐야. 날 쏘려고?"

권총 조는 권총을 쥔 채 허리를 엉거주춤 뒤로 빼고, 그 옛날 히로시마 시절에도 그러지 않았을 정도로 벌벌 떨고 있었다.

"당신, 누구야! 어디서 온 누구냐니까!"

후후훗, 하고 마리아는 대담하게 웃었다.

"특별한 사람은 아냐. 응급센터에서 일하는 백의의 천사지."

"응, 응급…… 뭐? 그럼, 하늘나라에서 응급조치하러?"

"그게 아니라, 응급센터의 마리아라고."

낯선 영어 이름에 야스는 그만 얼굴이 새파랗게 질리고 말았다.

"우왓! 조 형님, 이 여자, 마피아예요!"

평소 〈대부〉 삼부작을 즐겨보던 두 사람이었다. 특히 제3부의 클라이맥스에 등장하는 시칠리아의 저격수를 그들은 꿈속에서마저 두려워하고 있었다.

권총 조는 손을 벌벌 떨면서 들고 있던 탄알 상자를 뜯어서 겨우 두 발 장전한 탄창을 월터에 끼워넣었다.

"오, 오지 마, 쏠 거야!"

두 손으로 권총을 든 채 권총 조는 벽으로 물러났다.

"제법이로군. 쏠 테면 쏴봐."

이 작자는 도대체 누구람. 격철을 아래로 내리는 것이 마치 전 세계를 파멸시킬 버튼을 누르는 것만큼 힘들게 느껴지는 건 왜일까. 권총 조는 그 옛날 두 손 모아 울부짖으며 싹싹 비는 야쿠자에게도 아무런 주저 없이 당겼던 월터의 방아쇠를 지금은 도저히 당길 수 없었다.

마리아는 하얀 손을 뻗어 월터의 총신을 잡았다.

"으헉! 용서해주십시오."

권총 조는 고개를 푹 떨어뜨리고 그렇게 외쳤다.

"서, 성함만이라도 가르쳐주십시오."

빼앗아 든 권총을 더러운 물건 버리듯 집어던지고 마리아가 대답했다.

"이름? '피투성이 마리아', 시칠리아에서는 모두 나를 그렇게 불러."

우왓! 하고 두 사람은 그 자리에서 무릎을 꿇었다.

'피투성이 마리아' 앞에서는 '권총 조'도 '프랑켄슈타인 야스'도 동네 불량배의 별명에 지나지 않았다.

"목숨만은 살려줄 테니 이런 건 다 버려. 알았어?"

목숨만은 살려준다, 그 말에는 도저히 거역할 수 없는 무게가 실려 있었다.

마리아는 의자에 앉으며 충혈된 눈으로 두 남자를 바라보았다.

"아, 고함을 쳤더니 배가 고프군. 어이, 너 바텐더 아냐? 먹을 것 좀 내와."

"예, 예입, 그럼 스파게티라도……"

"스파게티? 그건 싫어. 색깔이 기분 나빠."

"좀 독특한 분이시군요. 전 굴, 빈대떡, 만두, 다 좋아하는데요."

쓸데없는 농담 하지 말라는 듯 마리아는 권총 조를 째려보았다.

"……그럼, 피자는 어떨까요?"

"피자, 피자 말이지. 그래, 좋아."

사방으로 흩어진 권총들을 어떻게 처리할지 망설이는 두 명의 야쿠자를 향해 마리아는 천둥 같은 고함으로 나무랐다.

"뭘 우물쭈물하고 있어? 도대체가 똑바로 하는 게 없어, 엉? 내가 시키는 대로만 하면 죽은 목숨도 살아난다는 거 몰라?!"

그 말이 떨어지기가 무섭게 두 사람은 총알처럼 움직이기 시작했다. 권총 조는 카운터를 훌쩍 뛰어넘어가 피자를 만들기 시작했고,

야스는 권총을 주워모았다.

"시키는 대로 해. 여기서는 내가 법이다!"

시푸드 리조또를 실은 왜건을 밀면서 핫토리 요리사는 노래방 '굴레'에서 풍겨나오는 피자 굽는 냄새에 코를 벌름거렸다.

소스가 좀 달아. 퓌레를 좀더 많이 넣으라고 조에게 말해줘야지.

그런데 누가 또 문을 걷어차버린 거람, 하고 핫토리는 '굴레' 쪽으로 눈길을 던지면서 왜건을 엘리베이터 안으로 밀어넣었다.

오너의 조카는 늘 스위트룸인 단풍실에 머문다. 바로 옆의 202호 국화실은 혼자 온 여행객, 히라오카 선생은 203호 싸리나무실이다. 이층 서쪽 구석으로 손님을 몰아놓은 것은 갑작스런 수색이나 총격전에 대응하기 위해서다.

비상등이 발아래를 비추고 있는 이층 복도에서, 핫토리는 냅킨 타이를 맨 셰프 정장 차림으로 왜건을 밀고 있었다.

히라오카 선생은 세상을 놀라게 한 안락사 사건으로 송치되어 지금은 공판중인 몸이다. 체포되지는 않겠지만 재판에서 살인죄가 성립되면 징역을 살 수도 있다. 그러나 정작 당사자는 앞으로의 일 따위를 걱정하고 있지는 않을 것이다. 히라오카 선생은 갖가지 사연을 안고 이 호텔을 찾아오는 사람들과 비교도 안 될 만큼 너무도 수준 높은 고뇌에 빠져 있음에 틀림없다.

병을 치료하는 의사가 스스로 사람 목숨을 빼앗았다. 매스컴이

엽기적인 흥미로 소동을 벌이고 있지만, 사람들도 그게 그렇게 단순한 문제는 아니라는 것을 알고 있다. 인간의 운명과 의사의 사명을 어떻게 정의할 것인가. 다시 말해 삶과 죽음, 신과 인간의 관계에 대해 히라오카 선생은 문제 제기를 한 것이다. 그리고 그것은 과학이 발전을 계속하는 한 언젠가 누군가는 해야 할 일이었다.

역사적인 재판이 될 것이다. 법률가만으로는 결코 결론을 내릴 수 없는 일이니만큼, 과학자나 철학자, 종교인들이 자신의 의견을 개진하는 거대한 담론의 장이 형성될 것이다.

요리사가 참견할 만한 문제는 아니었다. 그러나 한 가지만은 핫토리도 자신 있게 말할 수 있었다. 히라오카 선생은 용기 있는 사람이라고.

싸리나무실 문은 살짝 열려 있었다. 옥구슬이 굴러가는 듯한 아니타의 목소리와, 그와는 대조적으로 점착력 있는 바리톤의 히라오카 선생 목소리가 마치 피아노와 첼로의 이중주처럼 들려왔다.

"난 말이야, 어릴 적부터 의사가 되는 것밖에 생각하지 않았어. 구로사와 아키라 감독의 〈붉은 수염〉이라는 영화를 보고 너무 감동해서……"

"아이 시. 나도 알아, 비디오를 보았어요. 옛날 의사선생님, 가난한 사람들 편."

"그래, 맞아. 그래서 열심히 공부해서 의대에 들어가긴 했지만 손재주가 없어 외과의사는 되지 못했지."

"손재주?"

"이 손을 봐. 보면 알겠지만 난 섬세한 작업을 잘 못해. 그래서 내과의가 됐는데, 뜻한 바 있어서 통증 클리닉 연구를 시작했지."

"통증 클리닉? 그건 또 뭔데요?"

"페인 클리닉. 환자를 고통에서 구해주는 의술이지. 누구든 아픈 건 싫어하니까."

히라오카 의사가 이렇게 활달하게 이야기를 하다니, 도저히 믿을 수 없었다. 오너를 따라온 지 벌써 일주일이나 되었지만 히라오카는 지배인의 미소에도 구로다의 농담에도 상대해주지 않았다. 침울한 표정으로 방과 목욕탕과 오너의 별채를 망령처럼 오갈 따름이었다.

분명 외국인 여급 앞에서 비로소 마음을 열어젖힌 것이다.

"실례합니다. 야식 가져왔습니다."

"예!"

아니타의 밝은 목소리가 들리고 방문이 열렸다.

"선생, 셰프의 리조또 정말 맛있어. 조금 먹어요. 먹으면 힘 나."

히라오카 의사는 창가의 등나무 의자에 앉아 있었다. 핫토리와 눈이 마주치자 금세 입가에서 웃음이 사라졌다.

"자네가 먹어. 먹으면서 이야기나 좀더 하지."

"안 돼. 먹어요. 셰프의 요리는 마술. 배가 불러도 먹을 수 있어요."

"난 가슴이 터질 것 같아서 못 먹겠어."

"……괜찮아요. 가슴이 터질 것 같아도 먹을 수 있어."

아니타는 냄비 뚜껑을 열고, 리조또를 창가 테이블로 날랐다.

"선생."

따뜻한 김이 모락모락 나는 리조또에서 시선을 떼려는 듯 창밖에 내리는 눈을 바라보는 히라오카 의사에게, 아니타는 갑자기 심각한 목소리로 말했다.

"선생, 살인자."

히라오카는 어깨를 부르르 떨었고, 핫토리는 놀라 비명을 질렀다.

"무슨 말 하는 거야, 아니타. 사과해, 빨리! 정말 죄송합니다. 일본어가 좀 부족한 사람이라서요."

"아냐. 나, 일본어 틀린 거 아니야. 몇 번이라도 말할 수 있어. 히라오카 선생은 살인자. 주사를 놔서 사람 죽였어."

핫토리는 쪽빛 옷소매를 끌어당겼다. 그러나 아니타의 작은 몸은 바닥에 뿌리를 내린 것처럼 꿈쩍도 하지 않았다.

"그만둬. 사과해, 아니타. 지배인이 들으면 넌 모가지야. 강제송환이라고."

"지배인은 화를 내지 않을걸. 오너도 화내지 않아. 나, 지배인이랑 오너 대신에 하는 말이니까."

히라오카는 기세가 꺾인 듯 등을 동그랗게 말고 손바닥으로 턱을 받치고 있었다.

"……괜찮아, 셰프. 이 사람 말이 맞아…… 알았으니까 이제 그만둬."

아니타는 셰프의 손을 뿌리치고, 주먹을 쥐더니 히라오카의 눈앞에서 흔들었다.

"알긴 뭘 알아! 선생은 모르고 있어! 모르니까, 가슴이 터질 것 같아서 밥 먹지 못하는 거야. 선생은 살인자야. 그렇지만 훌륭한 일을 했어. 아픈 사람을 구원해서 예수님께 보내줬잖아."

아니타는 가슴속에서 은 십자가를 꺼내 히라오카의 얼굴에 들이댔다.

"선생, 환자를 대신해서 가시관을 쓴 거야. 손발에 못이 박혀 십자가에 매달린 거야!"

은 십자가를 바라보는 히라오카의 얼굴에서 핏기가 사라져갔다. 목에 걸린 말을 몇 번이나 삼키더니, 히라오카는 이윽고 작은 목소리로 중얼거렸다.

"……난 그런 사람이 못 돼."

"아냐, 선생은 붉은 수염이야. 일본 사람 모두 부자고, 가난한 사람 없지만, 죽을 때는 모두 가난해져. 선생은 가난한 사람을 도와준 거야. 밥 먹어. 부탁해. 밥 먹고 힘내."

아니타는 무릎을 꿇고 히라오카의 손을 꼭 잡고는 필리핀어로 기도를 올렸다.

힘없이 올려다보는 히라오카 의사에게 핫토리는 스푼을 건네주었다.

"난 재주는 없지만 절대로 겁쟁이는 아냐. 보통 사람 정도의 용기는 가지고 있어."

"알고 있습니다. 자, 드세요. 맛에는 자신 있습니다."

히라오카는 리조또를 한 숟갈 뜨더니, 김이 서린 안경을 벗었다.

"가슴이 터질 것 같고 음식을 못 먹겠다는 건 그 때문이 아냐. 그 사람은 마지막 한 달 동안 아무것도 먹지 못했어. 항암제의 부작용으로 고통을 받고, 뱃속은 방사선에 벌겋게 익고, 머리카락도 죄다 빠졌지. 정말 그래도 될까? 사람은 누구나 태어나면서부터 어머니 가슴에 매달려 하루 삼 시 세 끼를 먹으면서 살아왔어. 그런데 왜 한 달 동안이나 링거주사만 맞으면서 살아야 하는 거냐고. 날 이해해줘. 난 의사로서의 나의 사명을 포기한 게 아냐. 난 그런 겁쟁이가 아니야. 모든 수단을 동원하고 난 다음에 내가 마지막으로 할 수 있는 일이라고는 그것밖에 없었어."

이렇게 심성 고운 사람이 다 있나, 하고 핫토리는 생각했다. 히라오카 의사가 음식을 먹지 못한 이유는 바로 그것이었던 것이다.

숟가락을 입에 댔다가 잠시 망설이고, 마치 예수의 초상화를 밟는 신자처럼 몸을 떨더니, 단정한 얼굴을 일그러뜨리며 신음을 뱉어냈다.

"부탁해. 먹어. 모두들 그걸 바라. 그 사람들 몫까지 모두 먹어."

아아, 하고 히라오카는 금기를 깨뜨리는 순간의 갈등을 한숨으로 내뱉은 다음, 리조또 한 숟갈을 입에 넣었다. 그 순간, 천의무봉의 미각이 히라오카의 입 속으로 퍼져나갔다.

히라오카는 목소리를 죽이고 탄식하면서 걸신들린 듯 리조또를 퍼 먹기 시작했다.

"맛이 어떠세요?"

히라오카는 대답하지 않았다. 그 대신에 냄비를 깨끗이 비운 다음 가만히 속삭였다.

"그 사람에게 이길 먹여주고 싶어. 정말 잘 먹었네."

12

산 사나이의 건장한 어깨 위에서 다로는 눈을 떴다.

머리에는 첼트자크가 덮여 있다. 돌풍이 불어올 때마다 남자는 발걸음을 멈추고, 등에 매달린 다로에게 불어오는 바람을 막아주려는 듯 몸을 돌렸다.

바람이 갑자기 방향을 바꾸어도 남자는 쓰러지지 않았다. 바람이 잔잔해지는 틈을 노려 다시 일직선으로 눈길을 뚫고 나아간다.

옆구리와 허벅지에 걸린 자일이 피부를 파고들며 달그락거리는 소리를 냈다. 첼트자크 안으로 빛이 스며든다. 벌써 날이 밝은 모양이다.

어느 날 산에서 죽으면

친구여, 내 말 전해주게

산 사나이의 목소리가 눈보라 속에 흩어졌다. 그의 등에 귀를 대고 다로는 남자의 목소리를 듣고 있었다.

어머니에게는 편히 잠들었노라고
아버지에게는 사나이답게 죽었노라고

"눈 떴냐."
다로를 흔들며 남자가 말했다.
"이 능선만 넘으면 바람이 잦아들 거야. 조금만 참아."
그렇게 고통스럽지는 않았다. 손발은 마비되었지만 남자의 등은 따스하고 기분 좋았다.
"왜 돌아왔어요, 아저씨?"
"너 때문에 돌아온 게 아냐. 암벽의 룬제에 도착하자마자 이렇게 바람이 심하게 불더란 말이야. 오카구라에서 바람에 날아가 죽으면 최고의 알피니스트 체면이 말이 아니지."
"아저씨한테도 무서운 게 있어요?"
"무섭고말고. 오카구라 산이나 에베레스트나, 바람에 날아가면 죽기는 마찬가지야."
힘차게 눈길을 뚫고 나아가면서 무토 다케오는 다시 노래하기 시

159

작했다.

　　내 말 전해주게, 사랑하는 아내에게
　　내가 돌아오지 않아도 꿋꿋이 잘 살아달라고

　　자식들에게는, 고향의 바위산에
　　내 발자국이 남아 있노라고

　　네 박자와 세 박자가 어우러진 이상한 멜로디가, 달그락거리는
자일 소리와 함께 다로의 심금을 울렸다.
　　"슬픈 노래네요. 산 노래?"
　　"응. 시신을 화장하면서 부르는 노래야. 산의 진혼곡이지. 벌써
이 노래를 몇십 번이나 불렀는지 몰라."
　　"나를 위해 불러준 거예요?"
　　무토는 어깨 너머로 피켈을 휘둘러, 첼트자크를 덮어쓰고 있는
다로의 머리를 때렸다.
　　"건방진 소리 하지 마. 네놈은 그럴 자격도 없어. 잘 새겨들어,
이 노래는 로제 듀프라라는 등산가가 만든 〈그 어느 날〉이라는 노
래야. 작자가 히말라야의 난다데비에서 죽은 후로 산 사나이들의
진혼곡이 된 거지. 이 노래를 들을 자격이 있는 사람은 온갖 위험을
무릅쓰고 높은 곳을 향하다 목숨을 잃은 사나이들뿐이야."

자식들에게는, 고향의 바위산에

내 발자국이 남아 있노라고

반복되는 그 한 구절은 특히 다로의 가슴을 아프게 했다. 산장에서 졸다가 뉴욕에 있는 아버지의 꿈을 꾸었던 것이다.

"지금 죽어봤자 네놈 발자국은 어디에도 남아 있지 않아."

"그건 누구나 마찬가지잖아요. 죽으면 남는 건 아무것도 없으니까. 뭐, 아저씨는 다르겠지만요."

갑자기 강한 바람이 좌우에서 휘몰아치자 무토는 무릎을 꿇었다. 다로의 엉덩이를 떠받치고 있는 팔의 근육이 바르르 떨렸다.

"괜찮아요?"

"움직이지 마!"

무토는 외쳤다. 주르륵 미끄러져내리는 듯한 느낌이 들면서, 양발의 아이젠이 심한 소리를 냈다. 두 사람은 납작 엎드린 채 바람이 잦아들기를 기다렸다.

다시 일어서자, 무토는 낮고 얼어붙은 목소리로 말했다.

"꼬맹이, 머리 내밀어봐."

마비된 손가락으로 첼트자크를 열자마자 다로는 비명을 지르고 말았다. 그곳은 오카구라 산의 정상을 바로 눈앞에 둔 능선 위였다. 좌우를 수직으로 깎아내린 듯 경사가 급하고 고작 일 미터도 안 되는 산등성이에서, 무토 다케오는 피켈 하나로 버티고 서 있었던 것이다.

"뭐예요, 왜 이런 데로 왔어요?"

"저녁에 걸어왔던 길로 가다가 만에 하나 눈사태라도 만나면 끝장이니까. 이 류진 능선을 넘어서 오쿠유모토로 내려가는 편이 안전해. 자, 가자."

무토는 피켈로 땅을 짚으면서 얼어붙은 사면으로 신중하게 발걸음을 옮기기 시작했다. 뿌연 연기 사이로 계곡이 내려다보였다.

"버둥거리지 마. 이제 바람은 괜찮을 테니까."

바람은 머리 위 저 너머로 불어가고 있었다. 그것은 마치 다 잡은 사냥감을 놓쳐 애석해하는 사냥꾼의 처절한 울음소리 같았다. 고개를 돌려 돌아보니, 안개 사이로 능선에서 내려온 발자국이 보였다.

"어이, 움직이지 말라니까. 어때, 내 발자국이 보여?"

"네, 봤어요."

"그건 네놈 발자국이 아냐. 이대로 절벽 아래로 떨어져 죽어도 네놈 발자국은 하나도 남지 않아."

"그렇지만 울어줄 사람은 있어요. 신문에라도 나면 왕따 같은 것도 없어질지 몰라요."

"왕따? 뭐야, 너 고작 그런 거 때문에 죽으려 한 거야?"

무토는 발걸음을 옮기면서 기가 차다는 듯 말했다.

"고작 그런 거라니…… 아저씨는 산에만 있으니까, 신문이나 텔레비전을 보지 않아서 모르는 거예요. 왕따가 뭐냐면,"

"사회문제니 뭐니 하는 거겠지. 흥, 웃기고 있네. 나와는 아무 상
관 없어. 너 참 한심한 놈이로구나. 일부러 이런 데까지 와서 죽으
려 할 정도니까 좀 그럴듯한 이유가 있는 줄 알았지. '참, 어이없는
놈일세."

경사가 완만해지면서 발아래에 관목들이 나타나기 시작했다. 살
았다, 하고 다로는 속으로 외쳤다.

숲으로 접어들자 쌓인 눈의 높이도 많이 낮아졌지만, 무토는 다
로를 내려놓으려 하지 않았다.

"아까 그 노래 말인데요."

남자의 어깨에서 풍겨오는 땀냄새를 맡으면서 다로가 물었다.

"아저씨, 자식 있어요?"

"그런 거 없어."

"몇 살이에요?"

"1947년 생, 돼지띠야."

"어, 우리 아버지하고 똑같네."

"이거나 좀 들어봐."

무토는 피켈을 다로에게 건네주고 두 손으로 다로의 엉덩이를 위
로 끌어올렸다.

"갑자기 무거워졌네. 그래, 네 아버지하고 동갑이란 말이지. 아
버지는 무슨 일 하셔?"

"회사에 다녀요. 계속 뉴욕에 있다가 일 년에 한두 번씩 나를 혼내주러 와요."

다로는 근엄한 아버지의 무뚝뚝한 얼굴을 떠올렸다.

아버지의 귀국은 일종의 의식이었다. 정월 초하루도, 명절이란 것보다도 아버지가 돌아온다는 의미에서 특별한 날이었다. 아버지는 웃을 때도 미간에 주름을 잡았다. 그리고 아들과 떨어져 있던 시간의 공백을 일거에 메우려는 듯 끝도 없는 설교를 늘어놓고는 회오리바람처럼 떠나버렸다.

운 좋으면 올봄부터는 국내 본사로 발령받을지 모른다고 어머니가 말했지만, 다로에게는 그렇게 즐거운 일도 아니었다. 오히려 일 년 사이에 갑자기 하강곡선을 그리기 시작한 성적과 결석일수가 아버지에게 들킬 것이 더 큰일이었다.

이번 정월에 태어나서 처음으로 아버지와 캐치볼을 했을 때, 다로가 던지는 공을 받지 못하는 바람에 아버지의 안경이 깨졌었다.

"흠, 엘리트로구나."

감탄하는 듯한 무토의 말이 다로에게는 의외였다. 다로는 무토의 건장한 목덜미에 코를 박았다.

"그렇지만 아버지 발자국도 남지 않을 거예요. 만일 당장 아버지가 죽는다 해도, 난 아버지에 대해 아무것도 모르는걸요. 샐러리맨이란 다 그런 거니까, 뭐."

"시건방진 소리 하지 마."

무토 다케오는 눈 속에 우뚝 멈춰 서서 껄껄 웃었다. 나무 사이로 내려다본 계곡 저 바닥에, 눈 덮인 호텔 지붕이 보였다.

"오, 지난번에 왔을 때는 목조 여관이었는데 새로 지은 모양이군."

능선을 타고 세차게 불어오는 눈보라가 음산한 휘파람 소리를 내며 나무 사이를 헤집었다.

다로는 다시 이야기를 이었다.

"아까 아저씨가 부르던 노래, 멋지기는 하지만 무슨 뜻인지 잘 모르겠어요."

"네놈에게 들려주려고 부른 게 아냐. 네 귀가 멋대로 들은 것뿐이지. 어이, 목 조르지 마."

경사가 느슨해지면서 무토의 숨결은 오히려 더 가빠지기 시작했다. 구불구불한 숲길의 눈길을 헤치는 것이 지겨워졌는지, 호텔이 가까워지자 무토는 숲의 경사면을 헤엄치듯 빠져나와 일직선으로 내달리기 시작했다.

삼나무를 잡은 손이 미끄러지면서 두 사람은 눈 속에 엉덩방아를 찧었다. 머리 위에서 눈덩어리가 떨어져내렸다.

무토는 다로를 업은 채 목까지 눈에 파묻혀 잠시 가쁜 숨을 몰아쉬었다.

"설교할 생각은 없지만 말이야, 꼬맹아. 분명 네놈의 아버지도 근사한 발자국을 남기고 있을 거야. 네놈 눈에만 그게 안 보일 뿐이지."

내 해머는 친구에게 보낸다네
피통*의 노래를 들려주게

슬픈 노래를 다 부르고 나자 무토 다케오는 무겁게 몸을 일으켜,
온천에서 피어오르는 하얀 김을 내려다보았다.
"이런, 네놈 덕분에 마을로 내려가게 생겼잖아."
얼어붙은 머리카락을 뒤로 넘기고, 무토는 분통이 터진다는 듯
볼이 미어지도록 입 속에 눈을 밀어넣었다.

곤잘레스의 아침 일과는 빨리 시작한다.
작년 크리스마스에 오너가 고향의 가족에게 앞으로 십 년은 편히
먹고살 만큼의 거금을 보내준 후로, 의리에 죽고 의리에 사는 전직
코카인 밀매꾼 곤잘레스는 몸이 부서져라 일하리라고 다짐했다.
동트기 전 어두컴컴할 때부터 자리에서 일어나 청소를 시작한다.
층계참에 서 있는 선대 총장 사가라 나오키치의 동상을 광이 나게
닦고, 현관의 눈을 치운다.
적도 바로 아래에 있는 고향에서 살아온 그는, 찬바람이 불기 시
작하는 초가을부터 이미 이번 겨울을 넘기기 힘들 것이라 마음을

---

* 암벽 등반 시 바위에 박아서 지점을 확보하는 데 쓰이는 큰 쇠못.

다잡고 있던 터였다. 그러나 인간이란 꽤 튼튼한 동물이다. 팔을 제대로 움직일 수 없을 정도로 옷을 수십 겹이나 껴입은 덕분에 감기 한번 걸리지 않았다.

유일한 고민거리가 있다면 주방장이 주재하는 '수국 산악회'에 억지로 떠밀려 가입한 것이었다. 주방 식구 다섯 명만으로는 자일을 나르기 힘들다는 하소연 때문에 어쩔 수 없었다. 옷을 잔뜩 껴입은 채 산을 오를 수는 없는 노릇이라 등산하는 날이면 늘 죽을 맛이었다.

핫토리 셰프가 애용하는 통신판매회사를 통해 장비도 구입했다. 오늘처럼 계속 날씨가 나쁘면 다행이지만, 밤이면 밤마다 별로 재미도 없는 산악 비디오를 봐야 하는 고통도 만만치 않다.

곤잘레스는 여러 겹 껴입은 옷 때문에 뚱뚱해진 몸을 억지로 구부려 승차장에 쌓인 눈을 치웠다.

"아가씨, 내 말 들어봐, 산 사나이에게 반하면 안 돼요오~"

그때, 어젯밤의 폭설로 허리까지 쌓인 눈길을 헤치며 호텔 쪽으로 다가오는 수상쩍은 그림자가 눈에 들어왔다.

"산에서 바람을 만나며언…… 우왓! 급습이다! 대장, 긴급출동!"

곤잘레스는 현관으로 황급히 뛰어들어와, 평소 훈련받은 대로 프런트에 붙어 있는 반격 버튼을 눌렀다.

로비의 큰 유리창을 울리며 강철 셔터가 내려오기 시작했다. 천창에 달린 비상등이 깜박이고, 건물 전체에 버저가 삐삐 울렸다.

손에 무기를 하나씩 든 홑바지 차림의 젊은이들이 번개처럼 달려

나왔다.

총알받이 야스는 자주색 방탄 조끼에 콜트 권총 두 자루를 찔러넣고 오야붕이 기거하는 별채 쪽으로 달려간다. 권총 조는 과연 침착한 동작으로 트레이드 마크인 가죽 코트를 걸치고, 기둥 뒤에 몸을 숨긴다. 젊은이들은 로비의 소파를 끌어와 바리케이드를 친다.

구로다는 리볼버를 얼굴 높이까지 들어올리고, 현관의 방탄유리 창을 노려보고 있다.

"그래, 와봐라. 어쭈구리, 라이플까지 들었네. 한 놈? 좋아, 아침부터 쳐들어오는 저격수 해치우기 정도야 식은 죽 먹기지. 짜식, 벌집으로 만들어줄 테다."

사람 그림자는 드넓은 정원 앞의 설원을 믿을 수 없는 속력으로 달려오고 있었다.

"잠깐. 뭐야, 저건? 곰이야?"

"고, 고, 곰! 으앗, 큰일이다. 대장, 사람 잡아먹는 곰이야."

"으흐흐, 이게 웬 떡이냐. 오늘 저녁은 곰고기 전골이다…… 어라? 사람이잖아? 등에 뭘 업고 있네. 저, 저건 라이플이 아니라 피켈이야. 사격자세 중지!"

팽팽하던 공기가 풀어졌다.

식칼을 허리춤에 꽂고 복대에는 쇠꼬챙이를 꽂은 채, 명물 흑참치 회칼을 든 가지 주방장은 눈을 가늘게 뜨고 수상쩍은 방문객을 멀리서 바라보고 있다.

"앗, 조난자다! 류진 능선을 내려왔나봐."

조난자라는 말을 듣자 가지 주방장 뒤를 따르는 제자들의 눈이 빛나기 시작했다. 즉시 구출 작전을 감행하려는 주방 식구들을 구로다가 손을 들어 제지했다.

"기다려. 산을 사랑하는 자는 누구보다 신중해야 한다고 그 유명한 라인홀트 메스너가 말하지 않았나. 우리의 오너께서도 산을 넘는 자는 누구보다 신중해야 한다고 말씀하셨다. 조난자를 가장한 새로운 수법의 자객일지도 몰라."

구로다가 그렇다고 하면 검은 까마귀도 희다고 말할 마음의 자세를 갖추고 있는 종업원들의 눈에는 다시 긴장감이 감돌기 시작했다.

사람 그림자는 눈보라 속에서 서서히 접근해왔다. 무릎까지 파묻히는 눈을 헤치며 성큼성큼 다가서는 모습은 마치 맹렬하게 돌진하는 제설차 같았다.

이윽고 조난자를 자일로 묶어 등에 업은 채 피켈을 짚은 건장한 사나이가 유리창 너머에 우뚝 섰을 때, 종업원들은 도저히 인간이라고는 생각할 수 없는 그 용맹함과 성스러움에 머리털을 쭈뼛 세웠다.

"뭐, 뭐야, 저 인간?"

"역시 곰이었어! 사람 잡아먹는 곰이다!"

"멍청이, 곰이 어떻게 이를 드러내며 웃어?"

"저격수라기에는 너무 당당한데."

"그럼 뭐란 말이야. 도대체 뭐야, 저건?"

"역시 곰이야."

"아니야, 사람이야."

"아냐, 오카구라의 산신령이다."

"우왓! 무토 다케오! 틀림없어. 히말라야의 영웅, 무토 다케오다!"

주방장이 정답을 찾아냈다. 열심히 비디오를 보았던 터라 모두들 그 얼굴을 알고 있었다. 고고한 산악인, 무토 다케오. 알프스 삼대 북벽의 정복자. 에베레스트의 영웅.

산을 알고 모르고를 떠나, 늘 사회에서 버림받은 소수에 속하는 그들에게, 무토 다케오는 계곡의 어둠을 기어올라 태양이 빛나는 정상에 우뚝 선 사나이의 꿈 그 자체였다.

사람들은 평소의 예의 바른 자세도 환영의 말도 잊은 채, 서로 경쟁하듯 무토 다케오에게 달려가 그의 몸을 만져보았다.

카메라 플래시가 터지고 비디오카메라가 돌아가기 시작했다. 그러는 동안 안타깝게도 어색한 인간 세계로 발을 디딘 무토 다케오는 산에서 길을 잃은 평범한 중년 산책객처럼 어쩔 줄 몰라 당황했다.

구로다는 곤잘레스에게 명령했다.

"어이, 곤잘레스. 오야붕을 깨워. 드디어 우리 호텔에도 이렇게 유명하신 분이 오셨군. 팸플릿에 '무토 다케오가 묵은 호텔'이라고 적어야지. 동상도 세우고."

"예잇. 그렇지만 대장, 지난주에 주문한 '기도 고노스케가 묵은 호텔' 팸플릿은 어떡할까요?"

"멍청이. 그런 건 당장 취소다, 취소! 급이 다르잖아. 응, 그렇지, 그 기도 선생도 불러와. 보기와는 달리 유명인을 얼마나 좋아한다고. 아마 좋아서 날뛸 거야. 아무도 모르게 여가수 뒤를 졸졸 따라다닐 정도니까."

"변장하고 따라다니다 들켰지. 어휴, 이 곤잘레스가 창피할 정도였어."

무토 다케오는 눈을 덮어쓴 채 우뚝 서서 사방에서 터지는 카메라 플래시에 일일이 그닥 세련되지는 못한 포즈를 취해주었다.

"무토 씨, 이쪽도 부탁합니다."

"……이, 이러면 돼?"

"눈길을 멀리, 그래요, 산을 바라보는 느낌으로."

"어렵군…… 이렇게, 이럼 돼?"

무토의 얼굴을 타고 흐르는 구슬땀이 진땀으로 변해간다. 어느새 잠옷 차림의 여급들까지 가세해 꺄꺄거리며 탄성을 질러대고 있다. 평소 여자들과는 인연이 없는 산 사나이의 얼굴은 어택 캠프에서 눈사태를 만나도 그러지 않을 정도로 긴장하고 있었다.

"어이, 너희들, 정도껏 해. 무토 씨가 피곤해하시잖아. 자, 다들 비켜."

구로다가 사람들을 밀치고는 손을 내밀었다. 평소처럼 격식에 찬 인사를 올릴까 했지만, 세계적인 알피니스트를 환영하는 데는 역시 악수가 최고라고 생각했던 것이다.

"정말 잘 오셨습니다. 이 호텔의 부지배인 구로다 아키라라고 합니다. 잘 부탁드립니다."

"반갑소."

무토는 새하얀 이를 드러내고 웃었다. 사람들은 비디오로도 인상 깊게 보았던 그 웃는 얼굴에 도취되어 일제히 한숨을 내뱉었다.

그러나 무토가 장갑을 벗고 구로다의 악수에 응하자, 갈채는 침묵으로 돌변하고 말았다.

아무 부끄럼도, 그렇다고 잘난 척하는 기색도 없이 내미는 무토 다케오의 오른손에는 달랑 엄지와 검지밖에 없었다.

"이, 이럴 수가……"

구로다는 웃음을 잃고 말았다. 하지만 무토 다케오는 그 괴상한 손을 당당하게 내민 채 여전히 미소를 띠고 있었다. 이 얼마나 숭고하고 아름다운 웃음인가.

구로다는 있는 힘을 쥐어짜내 두 손으로 무토의 손을 잡았다. 뜨거운 손이었다.

"오, 당신도 산악인인가보군요."

아무렇지 않게 내뱉는 무토의 말에 구로다는 등골이 서늘해졌다. 새끼손가락이 잘려나간 왼손을 서둘러 호주머니에 집어넣었다.

"뭘 부끄러워하십니까. 등산가의 훈장인데."

172

"아니…… 그런 게 아니라……"

"어느 산에 두고 오셨소? 오카구라?"

자신에 찬 말이었지만, 거구에서 뿜어져나오는 승자의 아우라는 조금도 불손하게 느껴지지 않았다. 이 사람이야말로 진정한 사나이 중의 사나이라는 생각이 드는 순간, 구로다의 손은 힘없이 미끄러져내렸다.

"당신은 찾으러 가지 않았군요. 그러니까 회한이 서리는 겁니다."

껄껄 웃으면서 농담처럼 던진 그 말의 무게에 구로다는 고개를 푹 떨어뜨렸다.

"자, 그럼 이놈을 어떻게 좀 해주셔야겠소이다."

무토는 이제야 생각났다는 듯 자일을 풀었다.

"아, 잊고 있었습니다. 그런데 뭡니까, 이 꼬맹이는?"

"산장에 홀로 있는 걸 데려왔지요. 잘 부탁하오."

"예, 예입. 그건 문제가 아닙니다만, 상처는요?"

"괜찮소. 눈 속을 걷게 할 수 없어서 업고 온 거니까. 동상도 별것 아닐 게요."

"잘 알았습니다. 마침 의사도 있고 간호사도 있으니까요."

"몸에 난 상처는 별것 아니지만, 여기가 조금 문제예요."

무토는 자일을 푼 가슴 쪽을 가리켰다.

"예. 그런 문제라면 더더욱 자신 있습니다."

무토의 등에서 내려온 소년은 비 맞은 생쥐처럼 첼트자크 밖으로 얼굴만 쏙 내밀고 서 있었다.

13

"제길, 이게 무슨 꼴이람! 아침부터 꽃가게 주인을 깨워서 붉은 장미를 있는 대로 다 달라고 하다니. 얼굴에서 불이 나는 줄 알았네."

시게루는 굴욕감을 떨쳐버리려는 듯 액셀러레이터를 밟으며 눈보라 속을 내달렸다. 무릎 사이에는 장미 다발이 가득하다.

"그런데, 누나! 정말 이 눈 속을 걸어서 호텔까지 갈 생각이었어요? 내가 우연히 지나가지 않았더라면 조난당하고 말았을 거예요!"

비쩍 마른 여자는 등뒤에 착 달라붙은 채 대답도 하지 않았다.

오야시라즈 고갯마루에 들어서자 눈보라에다 두꺼운 안개까지 끼어 한치 앞도 보이지 않았다. 여자는 사신처럼 등뒤에 착 달라붙어 있다.

옛날에 제3 교헤이 고속도로에서 죽은 폭주족 동료 하나가, 사고 때 누가 등뒤에 타고 있는 듯한 느낌이 들었다고 말한 것을 떠올리며, 시게루는 몸을 부르르 떨었다.

액셀러레이터를 풀고, 조심스럽게 오야시라즈의 일곱 굽이 고갯길을 통과한다.

"누나. 미안하지만, 살아 있는 사람 맞지?"

여자는 시게루의 등에서 얼굴을 들었다. 얼어붙은 긴 머리카락이 시야를 가리고 온기 없는 숨결이 귓불을 간질인다.

"무슨 뜻이야?"

"……그러니까, 난 아직 열일곱이고, 봄이 오면 학교에 가서 공부도 해야 돼. 아직 해야 할 일이 많단 말이야!"

"그런 건 내가 알 바 아냐."

시게루는 엄습해오는 공포에 정신이 아득해졌다.

안주인의 심부름으로 꽃집에 붉은 장미를 사러 갔다가 돌아오는 산길에서 여자를 만났다.

산속 성황당 옆에 쭈그리고 앉아 바람을 피하고 있던 여자는 거의 쓰러지기 직전이었다. 여자는 오쿠유모토 수국 호텔로 간다고 했다.

자기를 만난 게 천만다행이라며 스노모빌 뒤에 태운 것까지는 좋았는데, 아무리 생각해봐도 뭔가 이상하다. 예약도 하지 않고 첫차에서 내리자마자 도저히 걸어갈 수 없는 거리의 산길을 혼자서 걷기 시작했다는 이야긴데.

게다가 여자는 검은 타이츠 위에 검은 스웨터를 입고, 검은 모자를 쓰고 검은 망토를 걸치고 있었다. 긴 머리카락은 고드름처럼 얼어붙었고, 우유병 바닥 같은 동그란 안경 때문에 표정을 알아볼 수가 없다.

커브를 돌 때마다 검은 가죽장갑을 낀 여자의 손이 시게루의 가슴을 세게 눌러왔다.

"저기, 누나. 한 가지만 물어봐도 돼?"

"응, 뭔데?"

"별로 묻고 싶지는 않지만 물어보지 않으면 더 무서울 것 같아서, 오기로 물어보는 거야."

시게루는 마른침을 삼키고, 있는 힘을 다해 이렇게 물었다.

"누나, 사실은 나한테 볼일이 있는 거 아냐?"

"너한테는 용건 없어. 난 기도 선생님께 볼일이 있는 것뿐이야."

휴, 다행이다. 시게루는 검문을 통과한 듯한 기분이었다. 생각해보면 기도 고노스케 선생은 언제 피를 토하고 죽어도 조금도 이상하지 않을 정도로 허약한 사람인 것 같긴 하다.

"그렇다면 기도 선생도 이제 끝장이란 말이지."

"그래, 이번에는 절대로 놓치지 않을 거야. 이제 슬슬 한 해 결산을 해야 하거든."

시게루는 어금니를 달그락거리면서 웃었다. 무서워서 웃는 건 머리털 나고 처음인데다, 이렇게 복잡한 기분도 평생 다시는 경험할수 없을 것 같았다.

"불경기야. 우리도 구조조정이라고. 성적 나쁜 사람은 지하에 있는 배송과로 가야 해. 거긴 지옥이야, 지옥."

의학이 진보했으니 저승사자도 힘들 거라고 시게루는 생각했다. 명을 다한 병자들을 한 사람씩 데리고 가는 건 쉬울지 몰라도, 그들을 지옥에서 한꺼번에 감시하기란 정말 힘들 것이다. 누구든 힘든 일은 하기 싫은 법이다.

계곡에서 세찬 바람이 솟구쳐오른다. 시게루는 운전하면서 여자의 손목을 잡았다. 슬플 정도로 가느다란 뼈였다. 이런 몸으로 어찌 죽은 자의 혼을 바늘지옥으로 몰아넣고 피의 연못에 빠뜨리는 중노동을 견딜 수 있을까.

"누나도 고생이 많구나."

"그래, 이번 구조조정당하는 건 나 아니면 시바타 씨야. 그렇지만 시바타 씨는 아기도 있고 아파트 부채도 상환해야 하니까 좀 봐줄 가능성이 있어. 그런 점에서 나는……"

여자는 시게루에게 매달려 울기 시작했다.

"난 서른이 넘은 독신이라 여기서 한건 못 올리면 바로 잘려. 끝이야. 무슨 수를 쓰든 기도 선생님을……"

깊은 사정은 모르겠다. 그러나 저승사자의 눈물이 목덜미를 적시자 시게루는 불쌍해서 견딜 수가 없었다.

바람이 잠잠해진 낙엽송숲에 이르러 시게루는 스노모빌을 세웠다.

"왜 그래?"

"누나, 춥잖아. 누나가 죽어버리면 꼴이 뭐가 되겠어. 자, 이거."

시게루는 머플러를 풀어 여자 목에 둘러주고, 얇은 망토 위에 다운재킷을 입혀주었다.

"너도 추울 텐데."

"난 괜찮아. 깡다구가 있으니까. 이래봬도 작년 이맘때는 미친개 폭주연맹의 돌격대장이었거든."

시게루의 온기를 가슴으로 느끼며 여자는 다시 훌쩍이며 울기 시작했다.

"왜 그래, 누나?"

"……나, 이런 친절에 익숙지 못해. 우리 직장은 아주 음험한 곳이야. 마음 상냥한 사람도 별로 없어."

"……그야 음험하겠지. 상식적으로 생각해봐도 상냥한 사람 따위 없을 테고."

"그래서…… 그래서 말인데, 기도 선생님 일을 어떻게든 처리해야 해. 대학 졸업한 후로 여태 이 모양인데, 구조조정이라도 당하면 다른 직장으로 옮길 수도 없을 거야."

"엣, 대학을 나왔어? 역시 세상을 사는 데는 학력이 제일이라고 아버지가 늘 말했지만, 정말이구나. 나도 대학 가야겠네."

"지하 배송과로 내려가라는 말은 곧 일을 그만두라는 소리야. 대학 나온 여자가 중간에 퇴직하면 다른 직장은 구할 수도 없어. 게다가 난 형제도 없는데 아버지 어머니는 벌써 나이 드셔서……"

좀 무섭기는 했지만, 시게루는 떨고 있는 여자의 어깨를 감싸안았다.

"아무래도 누나의 일은 특수한 분야니까, 재취업은 절대로 불가능하겠지…… 흠, 어려운 문제야. 어떡하면 좋담."

구로다 대장이라면 이럴 때 어떤 말로 위로해줄까. 적어도, 도저히 방법이 없다는 따위의 말은 하지 않을 것이다.

"기도 선생님 일을 해결 못 하면 난 끝장이야. 벌써 결론은 나와 있어. 빈손으로 돌아갔다가는 지하세계로 가야 해."

시게루는 입술을 깨물고 눈 쌓인 낙엽송을 올려다보았다. 언제 어떤 경우라도 여자와 어린아이와 노인을 울려서는 안 된다, 야쿠자의 정체성이란 바로 거기에 있다, 라고 구로다 대장이 말하지 않았던가. 그렇다면, 지금 자신의 품에 얼굴을 묻고 울고 있는 이 여자를 어떻게든 구원해주어야 한다. 그것이 사나이의 의무이다.

아버지와 어머니의 얼굴이 뇌리를 스쳐가 슬퍼졌지만, 시게루는 용기를 내서 말했다.

"누나, 나라도 괜찮으면 데리고 가."

"……"

"아직 열일곱이고, 하고 싶은 일도 있고, 이 세상에 미련도 많지만, 난 별볼일 없는 놈이니까. 내 목숨으로 누나 상황이 나아진다면 그것도 괜찮아."

"……무슨 말인지 모르겠지만, 너 참 마음씨가 착하구나."

"뭣하면 일곱번째 굽이로 돌아가서 눈 질끈 감고 그대로 달려버릴까? 그게 제일 간단하고 좋을 것 같은데."

"……나와 동반자살을 하겠다는 말이야? ……고마워. 그렇지만 너 갖고는 안 돼. 꼭 기도 선생님이라야 해."

"흠."

시게루는 실망했다. 역시 똘마니 꼬맹이와 소설가 선생은 생명의 무게도 다르다는 것일 게다.

"그렇지만 너, 이 얘기 절대 다른 사람에게 하면 안 돼. 이것도 일종의 장사니까."

"으헷! 장사라. 정말 리얼하네. 알았어, 누나. 아무한테도 말하지 않을게. 힘내! 이럴 때는 깡이 있어야 한다고."

"알고 있어. 나도 한때는 단세이 출판사에서 알 만한 사람은 다 아는 필살의 원고 독촉 편집자 오기와라 미도리였어. 구조조정 따위에 걸려들 내가 아니지."

"엣?"

"네 말 한마디에 용기가 났어. 좋아, 가자! 『의리의 황혼 PART 9 ― 눈보라 속의 맹세』, 반드시 원고를 받아내고야 말겠어. 지하 근무는 시바타 씨가 적격이야!"

수많은 물음표를 남기면서, 스노모빌은 전속력으로 달리기 시작했다.

그 멋진 호텔은 험준한 산봉우리를 향해 갈라진 계곡의 끝자락에 서 있었다.

앞뒤로 능선이 가로막고 있어서인지 바람은 잔잔했다. 하지만 그런 만큼 눈이 많이 쌓여 있어 스노모빌은 힘겹게 헉헉거리며 천천히 앞으로 나아가야 했다.

눈 속에 폭 파묻힌 호텔은 마치 빙원에 좌초된 배처럼 보였다.

부드러운 소년의 어깨 너머로 그 호텔이 가까이 다가왔을 때, 오기와라 미도리는 이상한 기시감에 사로잡혔다. 먼 옛날에 꼭 이곳에 와본 적이 있는 것 같았다. 지금처럼 누군가의 등에 달라붙어, 쏟아져내리는 눈 속을 뚫고 와본 듯한 느낌이 들었던 것이다.

그럴 리 없다. 그러나 호텔은 아련한 기억의 창을 열고 미도리를 기다리고 있었다.

눈길을 드니 저 멀리 머리 위로 바람이 불어갔다. 마치 호텔 주변만 등불을 밝힌 듯 밝게 떠올라 있었다.

눈에 덮인 돌문을 지나고 정원 앞의 완만한 언덕길을 올라, 스노모빌은 현관의 승차장으로 미끄러져 들어갔다. 미도리는 안개가 걷힌 호텔의 외관을 다시 한번 천천히 둘러보았다. 기시감은 한순간에 사라졌지만, 설명할 수 없는 그리움은 아직 가슴에 남아 있다.

뭐 하러 왔니. 호텔이 자애로운 어머니처럼 물어왔다. 현관으로 들어설 용기를 내지 못하고, 미도리는 자신이 또 비겁한 수단을 써서 여기까지 찾아오게 되었다는 후회에 사로잡혔다.

기도 선생이 도망친 후, 작은 바의 카운터에 앉아 고민했다. 빈손으로 출근하는 자신을 바라보는 주위 사람들의 싸늘한 시선을 상상하자 그 자리에서 죽어버리고 싶었다. 이런 기분으로 집에 가봐야 늙으신 부모님 앞에 웃는 얼굴을 보일 수 없을 것이다.

작년 봄에 교직에서 물러난 아버지는 그 옛날의 문학청년으로 되돌아가고 말았다. 딸과 얼굴만 마주하면 끝도 없이 신간 서적의 비평을 늘어놓는다. 어머니는 자신이 거절한 맞선 상대에 대한 미련을 버리지 못하고 입방아를 찧는다. 거실에 앉기만 하면 두 귀로 흘러들어오는 두 노인의 말은, 말투는 부드러워도 늘 자신을 질책하는 내용들뿐이었다.

오늘만큼은 아버지의 문학론에 고개를 끄덕여주거나 어머니의 불평을 슬쩍 넘겨버릴 여유가 없다고 생각했다. 바로 그때, 미도리의 뇌리에 번쩍하고 멋진 아이디어 하나가 떠올랐다.

수화기를 들어 기도 선생의 자택으로 전화를 걸었다. 그렇게 황급히 도망쳤으니 집으로 돌아갔을 리는 없을 것이다. 게다가 아름다운 여인과 함께였으니까.

어머니인지 가정부인지 짐작이 가지 않는 사람이 전화를 받았다. 미도리는 가능한 한 냉정하고 침착하게, 사무적인 목소리로 물었다.

"일본웅변사의 이마이라고 합니다. 『주간시대』의 교정지가 나왔는데 지금 팩스로 보내드려도 될까요?"

수화기 저편의 여자는 당혹스러워했다. 그럴 수밖에. 소설가에게 오는 연락을 받아주는 정도라면 주간지 원고 교정이 얼마나 다급한 일인지 잘 알고 있을 것이다. 게다가 기도 선생이 『주간시대』

182

에 연재중인 에세이 「황야의 무법자」는 대호평을 받고 있다. 몇 줄만 읽어도 선생이 얼마나 원고에 정성을 들이는지 알 수 있다. 부재중에 갑작스럽게 교정지가 나왔다고 하면, 연락책이 당황할 것은 뻔한 일이다.

아니나 다를까, 여자는 선생의 은신처를 알려주었다. 팩스 번호와 전화번호, 그리고 '오쿠유모토 수국 호텔'의 주소까지.

미도리는 우에노 역의 대합실에서 새벽이 오기를 기다렸다가 첫차에 몸을 실었다.

기도 선생은 소문만큼 나쁜 사람은 아니라고 생각했다. 데뷔 당시부터 줄곧 애독해온 독자의 한 사람으로서 잘 알고 있다. 다소 뻐딱한 점은 있지만 소년처럼 순수한 영혼의 소유자다. 거칠기 짝이 없는 조폭소설의 여기저기서, 상상도 할 수 없는 천진무구한 아이의 시선이 느껴진다. 말로 표현하긴 어렵지만, 엄마에게 버려져 기찻길을 헤매는 어린아이의 슬픔, 혼자서 동물원을 찾아가 우리 앞을 떠날 줄 모르는 순수한 소년의 시선이 엿보였던 것이다.

이런 말을 하면 다들 웃을 것 같아 입을 다물고는 있지만, 사실 자신은 기도 고노스케의 은밀하면서도 열렬한 신봉자였다.

다시금 호텔이 속삭이듯 물었다.

'뭐 하러 왔니?'

제 한몸 지키기 위해 작가들에게 원고를 닦달하는 편집자였다면 이런 짓도 하지 않을 것이다. 편집자로서의 실력에 자신은 있다. 수

많은 명작을 세상에 내보냈다. 상사들의 평가도 좋다.

구조조정은 그저 망상일 뿐이다. 자신은 다만 한 사람의 애독자로서 『의리의 황혼』의 속편을 학수고대하고 있을 따름이다. 세번째 복역을 마치고 눈보라 속에서 복수를 맹세하는 주인공이 이번에는 과연 어떤 활약을 보여줄까? 그 다음 이야기를 읽고 싶어서 안절부절못하고 있었다. 그런 거의 강박에 가까운 갈망이 오기와라 미도리에게 망상을 품게 했던 것이다.

망설일 틈도 없이 그 상냥한 소년은 장미 다발을 품에 안고 현관문을 열었다.

"에에, 혼자 오신 손님 안내해드립니다! 대장, 대장, 손님이 오셨어요."

인상 더러운 부지배인이 입을 멍하니 벌리고 프런트에서 얼굴을 내밀었다.

"뭐라고? 또 손님? 농담하지 마, 기습이라면 몰라도."

"농담 아녜요. 봐요, 보통 손님이잖아요."

"보통? 야, 대체 어떻게 된 거야?"

"어떻게라니요. 어느 호텔로 갈까 하다가 우리 호텔로 방향을 잡으신 손님이지요."

"세상에 그런 사람도 다 있어? 좋은 길로 가도 되는 걸 일부러 진흙탕에 발을 밀어넣는…… 엣! 정말이잖아. 정말 운 나쁜 사람이군. 에, 아무튼 어서 옵쇼!"

부지배인은 그렇지 않아도 괴상망측한 얼굴을 한껏 찡그리며 수상쩍은 눈초리로 미도리를 노려보았다.

"대장, 이상하게 생각하지 마세요. 기도 선생을 만나러 왔대요."

친절한 소년의 말을 흘려버리고 부지배인은 미도리의 코앞에 얼굴을 바짝 들이댔다.

"사정은 묻지 않겠습니다. 그렇지만…… 어이, 아니타! 이리 와서 손님 신체검사!"

부지배인은 지나가던 여급을 불러세웠다.

"에, 정말 실례인 줄은 알지만, 우리 호텔의 규정에 따라 세계평화와 공공질서 유지를 위해 몸수색을 실시하겠습니다."

예, 하고 옥구슬 굴러가는 목소리로 대답하며 외국인 여급이 달려왔다.

"왜, 왜 그러세요? 난 수상한 사람이 아니란 말예요."

여급은 미도리의 몸을 능숙한 손놀림으로 더듬기 시작했다.

"처음에는 다들 그렇게 말해요. 괜찮아요. 위험한 물건은 책임지고 보관해요. 슬쩍하거나 빼돌리지 않아요. 부지배인, 이상 무, 보통 사람 분명해!"

프런트에서 검은 양복을 입은 평범한 호텔맨을 발견하고 미도리는 그제야 마음을 놓았다. 어떤 모순이나 의문도 금세 잊게 만들듯한 웃는 얼굴로 그는 이렇게 말했다.

"잘 오셨습니다. 정말 추운 날씨에 고생이 많으셨지요. 우선 온

185

천이라도 하시는 게 어떨까요. 아니타, 손님을 삼층 삼나무실로 모셔다드려."

예, 하고 맑은 목소리로 대답하고, 아니타는 미도리의 꽁꽁 언 손을 잡았다. 아무런 저항감도 느낄 수 없는 자연스런 동작이었다. 검은 피부에 키가 작은 여급은 꽃밭에 나타난 요정처럼 미도리를 엘리베이터 쪽으로 이끌었다.

"손님, 괴로운 일이 있군요. 그렇지만 웃으며 살아요. 웃으면 저 승사자도 도망갈 거예요. 힘내세요. 고생한 만큼 반드시 행복해질 수 있어요."

여급은 그렇게 말하고는 마치 기도하는 듯한 자세로 미도리의 꽁꽁 언 손을 쪽빛 윗도리의 가슴께에 가져가 꼭 끌어안는 것이었다.

14

마리아는 슬픈 꿈을 꾸었다.

창가에 시클라멘 화분이 가지런히 놓인 레스토랑에서 사치코와 마주 앉아 있다.

사치코는 유리창 너머에서 깜빡이는 작은 등불 빛에 하얀 볼을 비추면서 웃고 있다.

"안 돼, 사치코. 죽으면 안 돼. 이제야 겨우 행복을 손에 넣었잖

아. 다들 놀고 있을 때도 넌 늘 일만 했잖니. 그러니 이제부터 멋진 연애도 하고 결혼도 해서, 예쁜 아기를 낳고, 지금까지 고생한 것만큼 더 행복해져야 해."

사치코는 커다란 눈을 아래로 내리깔고 웃으며 천천히 고개를 가로저었다.

"고마워요, 부장님. 그렇지만 전 괜찮아요. 충분히 행복한걸요."

마리아는 테이블 위에서 사치코의 작은 손을 잡았다.

"괜찮지 않아. 넌 고등학교 때부터 하루도 빠짐없이 여기서 일만 했잖아. 데이트한 적 있니? 여행은? 스키는? 쇼핑은? 다른 아이들처럼 재미있게 놀아본 적 있어? 없잖아."

사치코는 입을 삐죽 내밀었다.

"데이트는 한 적 있어요. 고등학교 선배와 편지도 주고받고요. 혼자 짝사랑하고 있는 줄 알았는데, 편지를 보냈더니 답장을 주었어요. 디즈니랜드에도 같이 간걸요. 손도 잡아주었는데, 전 그때, 이제 죽어도 여한이 없겠다고 생각했어요."

"그런 바보 같은 소리는 하지 마."

"수학여행도 갔고, 스키 캠프에 간 적도 있어요. 월급날에는 늘 엄마하고 동생하고 외식도 하고, 쇼핑도 했어요. 저, 너무 행복했어요."

한밤중의 레스토랑에는 인기척 하나 없었다. 이름표가 붙은 유니폼을 입은 사치코는 어깨를 으쓱하며 마리아를 쳐다보았다.

"그리고 말예요, 부장님. 어머니에게는 비밀인데, 작년 크리스마

스이브 때 아빠를 만났어요."

"어? 정말?"

사치코의 아버지와 어머니는 사치코가 초등학생 때 이혼했다. 아버지는 새 장가를 들었고, 그후로 소식이 끊어졌다고 했다.

"앗, 그만 말해버렸네."

사치코는 갑자기 입을 꼭 다물었다.

"누구에게 들었는지 모르겠지만, 여길 찾아왔었어요. 카운터에서 커피 한 잔만 마시면서, 이제 술은 마시지 않는다고 하셨어요."

사치코는 유니폼 가슴께에서 하트 펜던트가 달린 목걸이를 꺼내 보여주었다.

"이것 봐요. 예쁘죠? 진짜 은이에요. 여동생 건 내년에 주신댔지만, 실은 아빠는 돈이 없었던 거예요. 그쪽에서도 애가 둘이나 생겨서 우리한테 약속했던 생활비도 부쳐줄 수 없었으니까. 너무 무리할 필요 없다고 했지만, 정말 기뻤어요. 이제 죽어도 좋다는 생각이 들었어요."

"자꾸 그런 말 하지 말라니까."

"그리고 아빠가, 정말 좋은 이야기를 하나 해주었어요."

"무슨 이야기?"

"제 이름, 아빠가 지어주셨대요. 아빠의 첫사랑 이름을 따서요."

"그게 좋은 얘기야?"

"그럼요. 아빠가 제일 좋아하던 사람의 이름을 내게 준 거니까

188

요. 마음속으로만 좋아하던 사람인데, 평생 사치코란 이름을 부르고 싶어서 내 이름으로 붙여줬대요. 멋진 이야기죠, 그렇죠?"

"그래서 이제 죽어도 좋다고 생각했단 거야? 허참, 정말 효녀 났구나, 효녀 났어."

사치코는 잠시 공허하게 웃더니, 갑자기 웃음을 거두고 고개를 떨어뜨렸다.

"아, 미안, 미안. 내가 말이 너무 심했다."

"……그러니까, 부장님. 전 이제 괜찮아요. 아빠도 미워하지 않고요. 엄마는 슬퍼하시겠지만, 전 이제 괜찮아요."

"엄마만 슬퍼하는 게 아냐. 나도, 병원 의사 선생들도, 간호사들도, 환자들도, 택시 기사도, 역무원도, 이 레스토랑 손님 모두가 슬퍼할 거야. 그러니까 사치코, 안 돼. 죽지 마."

그 웃는 얼굴이 얼마나 아름다운지 본인만 모르고 있는 것 같았다. 사치코는 그 웃음으로, 피로에 전 손님의 가슴을 어루만져주었다. 그러나 자신의 웃는 얼굴을 볼 수 없는 사치코는, 불행한 환경 속에서 이윽고 작은 행복 하나를 찾아냈던 것이다.

인기척 없는 레스토랑에는 어두컴컴하고 슬픈 음악이 흘러나오고 있었다.

"자, 가게 문 닫고 집으로 가자. 괜찮아, 사치코. 네 고생과 저울질할 수 있을 만한 그런 행복은 세상에 없단다. 신은 그렇게 불공평하지 않아."

그때, 계단을 뛰어올라오는 불길한 발소리가 들렸다.

"아, 손님이다."

사치코는 만면에 미소를 머금고 자리에서 일어섰다. 나비처럼 한밤중의 손님을 맞이하는 사치코를, 마리아는 있는 힘을 다해 불러 세웠다.

"안 돼, 사치코! 가면 안 돼!"

그러나 그 말은 입 밖으로 터져나오지 않았고, 손발도 움직이지 않는다.

"어서 오세요. 혼자이신가요? 담배는 피우십니까?"

모자와 마스크와 짙은 선글라스로 얼굴을 가린 남자는 그림자처럼 소리도 없이 카운터 자리에 앉았다. 앞으로 내민 메뉴판은 볼 생각도 않고 "커피" 하고 말했다.

"춥죠? 밤일이 얼마나 힘드세요. 자, 물수건 여기 있어요."

가죽장갑을 낀 남자의 손에 물수건을 건네주며 사치코는 상냥하게 말을 걸었다. 겉치레가 아닌, 진심을 담은 미소와 따스한 말투였다.

마리아는 가위에 눌린 채, 이건 꿈이야, 하고 중얼거렸다.

'안 돼, 사치코. 도망쳐, 빨리, 도망쳐야 해!'

검은 그림자의 남자는 사치코의 짧은 인생을 마감시키는 최후의 불행이었다. 마스크를 살짝 풀고 커피를 마시며, 선글라스 너머로 사치코를 바라본다.

'손님이 아냐, 사치코. 보면 모르니? 그놈은 강도야!'

사치코는 아마도 세상의 모든 악의를 결코 믿으려 하지 않았을 것이다. 자신의 평생을 지배했던 이 세상의 악의를 절대로 믿지 않고, 개미 발톱만한, 너무도 보잘것없는 선의만 보아왔던 것이 틀림없었다. 그 누구도 흉내낼 수 없는 미소는 바로 거기서 나오는 것이었다.

남자는 이윽고 자리에서 일어나 계산대로 다가갔다.

'귀신. 악마. 돈이 필요하면 그냥 가져가면 되잖아. 제발 그애만은 데리고 가지 마, 부탁이야!'

사치코는 여전히 미소를 지은 채 계산기를 두드렸다.

"감사합니다. 사백십이 엔입니다."

코트 주머니에서 남자가 꺼내든 것은 검게 빛나는 권총이었다.

사치코는 별로 놀라는 기색도 없이, 단지 미소만을 거두고 슬픈 표정으로 남자를 올려다보았다.

강도는 재빠른 동작으로 사치코의 손을 뒤로 묶고 테이프로 입을 막았다.

'제발 죽이지 마. 그애만은 죽이지 말아줘.'

테이프를 뜯어내려 하는 순간 총성이 울렸다. 남자는 혀를 차면서 사치코의 얼굴을 들여다보았다.

"괜찮아?"

남자는 당황하면서 그렇게 말했다. 사치코는 "네" 하고 일어서려다가 그대로 바닥에 무너져내리듯 쓰러졌다.

계산대에서 돈을 꺼내든 남자는 뛰어 달아났다.

가위눌림에서 벗어났다. 마리아는 사치코 쪽으로 달려갔다.

"움직이지 마. 금방 구급차가 올 거야."

그러나 사치코는 있는 힘을 다해 몸을 일으켰다. 마리아에게 몸을 기댄 채 피로 물든 카펫에 무릎을 꿇고, 사치코는 손님이 사라진 방향으로 고개를 숙였다.

"감사합니다. 또 오세요."

힘없이 몸을 기대오는 사치코를 안으며 마리아는 나무랐다.

"바보. 저런 놈, 저런 놈에겐 인사하지 마."

드러누워 있는 사치코의 작은 가슴을 누르면서 마리아는 생각했다. 이애는 필시 아버지에게 버림받은 그날부터, 만나는 모든 사람에게 '감사합니다'라는 말을 계속해왔을 것이다. 그렇게 말하며 늘 미소짓는 것이 자신이 살아갈 수 있는 유일한 방법이라고 믿었을 것이다.

그러나 마리아는 알고 있다. 이 세상의 선의를 다 끌어 모아도 부모의 사랑에는 미치지 못한다는 것을.

"왜 그런 말을 하니. 왜 아무에게나 그런 말을 하는 거야?"

구급대원이 와서 의식이 있는지 확인하면서 이름을 물었다.

"사치코, 입니다."

최후의 힘을 짜내 소녀는 말했다.

그것은 술에 취한 아버지가 붙여준, 타인의 이름이었다.

작은 가슴을 한 차례 위로 치켜올리더니 사치코는, 아니, 정확히 말해 사치코라 불리던 소녀는 숨을 거두었다. 애정이 무엇인지도 모른 채, 모든 부조리를 애정이라고 믿으며 사치코는 죽었다.

숨을 거둔 얼굴도 웃고 있었다.

고함을 지르며 마리아는 눈을 떴다.

"닥터! 닥터! 빨리 전기 충격기!"

침대에서 벌떡 일어나 마리아는 복도로 달려나갔다.

옆방에서 뛰어나온 히라오카가 마리아를 끌어안았다.

"닥터! 빨리, 보스민 투여해! 그게 아냐, 정맥 하나 더 잡아! 멈추지 마, 절대로 멈추면 안 돼!"

"마리아, 정신 차려!"

히라오카는 마리아를 힘껏 끌어안았다. 마리아는 잠시 동안 올가미에 걸린 새처럼 히라오카의 가슴에서 버둥거렸다.

눈 내리는 아침이었다.

"당신이 싫어, 정말 싫어."

"싫어해도 괜찮아. 잠시만 그대로 있어줘."

마리아는 히라오카의 가슴에 얼굴을 묻고 흐느껴 울었다.

이렇게 작은 몸이었던가. 헤어지고 난 후 십 년간 한시도 잊은 적이 없다. 아마도 오랜 세월의 망상 속에서 연인의 몸은 실물보다 더 크게 기억되었을 것이다.

그러나 히라오카는 꿈에서도 잊지 못했던 마리아의 몸을 안고 있는 것이 아니었다. 끌어안고 있는 것은 다름아닌 의사의 양심이었다.

마리아도 그것을 느꼈을 것이다.

"왜 그런 짓을 한 거야?"

연인의 팔을 꼭 부여잡고, 마리아는 가슴으로 말했다.

"내답해줘, 왜 주사를 놓았는지. 당신은 의사잖아. 병을 낫게 하는 것이 당신이 할 일이잖아."

"그건 환자의 의지야."

"그럼 난 어떡하면 좋아? 매일매일, 자살 시도한 사람들을 살려야 해. 스스로의 의지로 죽으려던 사람들을 말이야."

마리아는 히라오카가 그 사건 이후 줄곧 고뇌해오던 모순을 입에 담았다. 그것은 아무리 애를 써도 무너뜨릴 수 없는 성채와도 같은 논리였다.

"나로서는 더이상 방법이 없었어. 진통제도 수면제도 듣지 않았지. 내가 할 수 있는 의료행위라고는 그것밖에 남아 있지 않았어."

"죽이는 것이 의료행위라는 말이야?"

"그렇게 판단했어. 나는 이 나라에 몇 안 되는 터미널케어* 전문의야. 나의 사명은 환자의 병을 낫게 하는 게 아니라 고통을 제거하는 거야."

---

* 말기 암 환자 등 치유의 가능성이 없는 환자를 돌보는 것.

"그럼 의사 그만두고 스님이라도 되지그랬어? 당신에게는 그쪽이 더 잘 어울릴 것 같은데."

그런 말을 입에 담고 나서야 마리아는, 내가 왜 이렇게 심한 말을 하는 걸까, 하고 후회했다.

헤어진 이후로는 히라오카의 소식을 전혀 알 수 없었다. 근무처가 바뀌어도 바람결에 소문 하나 들려오지 않는 조용한 성격이었다.

마리아는 떨어져 있던 세월 속에서 히라오카가 살아왔을 모습을 상상해보았다. 그것은 어려운 일이 아니었다.

외래 진료실에서 무엇 하나 확신에 찬 말을 하지 못해 환자를 동요케 하고, 간호사들도 그런 그를 결코 좋게 보지 않았을 것이다. 주사기 한 대를 놓아도 서툰 손길로 정맥을 찾느라 팔을 더듬고, 카르테를 바라보며 한참 동안 생각에 잠기는 나쁜 버릇도 여전했을 것이다.

환자들에게는 돌팔이 의사라는 말을 듣고, 거칠고 활달한 성격의 외과의사들에게서는 왕따를 당하고, 내과 의국에서도 신뢰를 얻지 못한 채 수녀 같은 호스피스 여의사 틈에 끼어, 선진 의술이 포기한 환자들을 돌보고 있었을 것이다.

말주변 없고 느려터지고 구제불능일 만큼 성실한 의사. 평생 단 한 번 했던 프러포즈 때조차 더러운 가운 가슴팍에 매점에서 산 꽃다발을 끌어안고 계단을 뛰어올라왔던 남자.

첫번째 데이트 때 식사 메뉴를 정하지 못해 애인의 눈치를 살피면서 신주쿠 거리를 한 시간이나 헤매다가, 결국 싸구려 정식집에 들어갔던 남자.

"두 시간 동안이나 뭘 하고 있었어……"

말을 하고 나서 마리아는 입술을 꼭 깨물었다. 사실은 '십 년간 뭘 하고 있었어'라고 말하고 싶었다. 단 하루도 그를 잊은 적이 없었다.

"이야기를 하고 있었지. 곁에 있어주고 싶었어."

"당신 같은 사람이 곁에 있다고 무슨 소용이 있어?"

"그건 나도 알아. 그렇지만 혼자 죽으면 너무 쓸쓸하잖아. 내가 할 수 있는 일이라고는 그것밖에 없었어."

마리아는 사람들이 모두 잠들어 정적에 싸인 병동의 한 병실에서 침대의 커튼을 닫고, 겨우 20cc밖에 안 되는 염화칼륨 원액을 두 시간에 걸쳐 주사하는 히라오카의 모습을 생생히 떠올릴 수 있었다.

그것은 최첨단 의료기기와 많은 스태프들을 거느리고 메스를 휘두르는 외과의사의 모습보다도, 피바다 속을 뛰어다니는 구급의사의 모습보다도 훨씬 더 처참한 광경이었다.

"두 시간씩이나 무슨 이야기를 나눴어?"

"음식 이야기, 자식 이야기, 남편의 취미생활 이야기. 나이가 비슷해서 그런지 이야기가 잘 통하더군."

창밖에는 눈이 내리고 있었지만 춥지는 않았다. 유카타를 입은 등을 꼭 부여안은 히라오카의 손은 따스했다.

"괴로웠을 거야. 당신, 정말 착한 사람이니까."

"계속 웃는 얼굴을 보여야 한다는 것이 정말 고통스러웠어. 호흡이 거칠어지자 내게 이런 말을 하더군. '선생님, 가슴을 만져줘요' 하고. 그때가 제일 고통스러웠어."

"그래서, 만져줬어?"

히라오카는 말없이 몇 번이나 고개를 끄덕였다.

"훌륭해, 의사 선생님. 정말 잘했어."

몇 번이나 만나서 섹스를 하면서도, 그때마다 수줍은 소년처럼 어색하게 가슴을 더듬던 히라오카의 손 감촉이 마리아의 마음속에 생생하게 되살아났다.

"그렇지만, 마지막 순간에 이렇게 말해주었어."

"뭐라고?"

"고마워요, 라고. 틀림없이 마지막 한 호흡을 남겨두고 그렇게 말해줬어. 그것만이 나에게는 구원이었어."

갑자기 히라오카는 뼈가 으스러져라 마리아를 끌어안았다.

"어쩔 수 없었어. 그것밖에 없었으니까. 그렇지만 난 사람을 죽였어. 마리아가 목숨 걸고 매일 피바다 속을 헤매며 구하는 그 사람들과 똑같은 생명을 이 손으로 죽인 거야. 난, 살인자야."

부르르 떠는 히라오카의 어깨에 턱을 괴고, 마리아는 창밖에 내리는 눈을 바라보았다.

십 년 전의 병동 옥상에서 그가 모든 진심을 담아 바쳤던 꽃다발을 거부할 수밖에 없었던 이유를, 마리아는 사실 알고 있었다.

보이지 않는 위대한 손이 그들을 갈라놓았던 것이다.

15

전화벨 소리에 나는 눈을 떴다.

기요코는 새록새록 사랑스런 숨결을 내쉬며 잠들어 있다. 깨지 않게 조심조심 팔을 빼내, 벌거벗은 어깨에 담요를 덮어주었다.

습관적으로 아침마다 하반신의 건강을 확인한다. 난 아직 젊다.

수화기를 들자 지배인이 부드러운 목소리로 외부 전화가 들어와 있음을 알린다. 언제나 변함없는 완벽한 마음 씀씀이다. 이 지배인은 때와 장소에 따라 목소리도 달라지는 모양이다. 아침에 눈을 뜰 시간에는 속삭이는 듯, 아침에는 발랄하게, 저녁에는 은근하게, 밤에는 차분하게.

지배인의 목소리 대신, 낯설지 않은 밝은 목소리가 귀를 파고들었다.

"안녕하십니까! 일본웅변사의……"

순간, 전화를 끊으려 했다. 그러나 목소리의 주인은 단행본 편집부 담당자가 아니었다. 그렇다면 겁낼 필요는 없다. 일본웅변사는 손에 꼽히는 대형 출판사이므로 부서가 다르면 회사가 다른 것이나 마찬가지다.

아니나 다를까, 전화는 『주간시대』에서 온 것이었다.

"이마이입니다. 다음주에 나갈 「황야의 무법자」 교정지가 나왔는데 팩스로 보낼까요? 아니면 퀵서비스로 보내드릴까요?"

늘 생각하는 거지만, 주간지 놈들은 왜 이리도 하나같이 명랑한 걸까. 그런 자세로 만들지 않으면 주간지의 오락성이 손상되기 때문일까. 「황야의 무법자」에는 혼신의 힘을 기울이고 있다. 만에 하나 소설가로 밥 벌어먹지 못하면 에세이스트로 변신할 요량으로, 보험을 들어둔다는 생각에 성심껏 쓰고 있다. 경제학적으로 볼 때 에세이스트는 지구상에서 가장 편한 직업이다.

"딱히 빨간 펜으로 고칠 곳도 없어. 자네들이 워드프로세서 작업을 잘못해서 생긴 것들뿐일 거야. 알아서 적당히 고쳐."

나는 단행본 편집자에게라면 절대로 입에 담지 않을, 주간지 상대 전용의 거친 어투로 말했다.

"그런데 말입니다, 조금 부적절한 표현이 있어서, 그걸 좀……"

솟구치는 분노 때문에 내 하반신은 쏙 쪼그라들고 말았다.

"또 그거야?! '농사꾼'을 '농사꾼'이라고 하는 게 뭐가 나빠!"

"아, 그게, 편집 코드라는 게 있어서 말입니다. 이게 그 대표적인 예인데……"

"어이, 이마이! 내가 늘 말했잖아. '농사꾼'이란 말을 쓰면 안 된다면 '샐러리맨'은 어떡할 거야? '글쟁이'는 또 어떡하고? '산파'

는? '어부'는? '호스티스'는? '보이'는? 그런 쓸데없는 것 때문에 꼭 이렇게 사람 성질 건드려야겠어, 엉!"

"그렇지만 '농사꾼'은 좀 그런데요."

"그럼 뭐라고 하면 되는데?"

"용어 대조표를 보면, '농업 종사자' 또는 '농가 사람들'이라 되어 있습니다."

"뭐야, 그게? '농업종사자'라고? 그건 누가 정한 건데? 본인들이 그렇게 불러달라고 부탁이라도 하든?"

"아, 아닙니다. 제가 듣기로는 NHK에서⋯⋯"

"제까짓 것들이 뭔데 멋대로 정한다는 거야! 농사꾼이 무슨 악한이라도 된다는 말이야? 잘 들어, 이마이. 그 사람들은 천 년 이 천년 동안이나 자랑스럽게 그 말을 사용해왔어. 그런 말을 고작 십 년이십 년 도시에서 살아온 놈들의 양식 따위에 맞춰야 해? 차별이라는 말보다 더 심한 차별은 없다는 걸 알아야지."

"아, 대단하신 논리군요. 듣고 보니 그런 것도 같지만⋯⋯ 그렇지만 오늘이 마감이라 논쟁은 나중으로 미루고."

"아냐, 난 받아들일 수 없어. 이번주는 급환으로 싣지 못하는 걸로 해둬."

"으앗! 잠깐, 잠깐만요, 선생님! 작년에도 네 번이나 급환이었잖습니까. 이번만은 제발, 바로 팩스로 보낼 테니 다시 한번 잘 생각해주세요. 부탁드립니다. 번호가 몇번입니까?"

나는 탁상 위의 성냥을 만지작거리면서 머리를 굴렸다. 돈과 권위와 시간에는 절대로 굴복하지 않는다는 것이 나의 신조다.

"이 호텔에는 팩스가 없어. 퀵으로 보내."

"아, 그렇습니까. 정말 감사합니다. 그럼 바로 보내겠습니다."

"괜찮을까? 좀 멀 텐데. 편도 백 킬로미터는 될걸."

"저희 출판사 오토바이 부대에 불가능이란 없습니다. 편도 백 킬로미터 정도야 누워서 식은 죽 먹기죠. 통근거리 정도밖에 안 되는 걸요. 하하핫, 간단합니다."

"하하핫, 그렇군. 다행이야, 이마이. 내가 급환에 안 걸려도 돼서. 그럼 건투를 비네."

나는 수화기를 내려놓고 맨살이 드러난 무릎을 끌어안고 웃었다.

그렇게 웃고 나자 갑자기 슬픔이 북받쳐올랐다. 나는 왜 이렇게 아무 죄도 없는 사람들을 골탕 먹여야 속이 시원한 걸까. 이마이는 성실한 사람이다. 주간지의 용어 교열 담당자도, 목숨을 걸고 수백 킬로미터를 달려오는 퀵서비스맨도, 모두 성실한 사람들일 것이다.

"선생님, 농사꾼이 어떻게 되었다고요?"

등뒤에서 눈의 요정이 움직이는 듯한 느낌이 들어 돌아보니, 기요코가 베개를 끌어안고 서 있었다.

"아, 잠을 깨웠군. 그냥 자. 너하고는 상관없는 일이니까."

"상관 있어요. 우리 할아버지가 농사꾼이었거든요."

아무 상관 없다. 도대체 이 여자의 머릿속은 어떤 구조로 되어 있는 걸까? 나보다 먼저 죽으면 대학병원에 보내 해부라도 해보아야 겠다.

나는 시험 삼아 물어보았다.

"네 할아비가 농업 종사자였다고?"

생각할 것도 없이 기요코가 말했다.

"할아버지는 그런 게 아니었어요. 농사꾼이었다고요."

지당하신 말씀. 이마이가 내게 욕을 먹어도, 오토바이가 넘어져 사람이 다쳐도, 결코 부당한 대우가 아니다.

"선생님, 감기 걸리겠어요."

기요코는 침대에서 담요를 끌고 왔다. 무릎을 끌어안고 눈경치를 감상하는 나의 등에 담요를 덮어주고, 자신도 사람 품이 그리운 고양이처럼 쏙 기어들어온다.

우리는 잠시 그런 자세로 창밖에 내리는 눈을 바라보았다.

"네 할아버지는 몰락했었다지?"

할아버지 이야기를 할 때마다 기요코가 눈물을 글썽인다는 것을 나는 잘 알고 있었다. 기요코는 대답 대신에 어깨를 축 늘어뜨리고 하얀 입김을 뿜어냈다.

언젠가 나이 들어 이야깃거리도 말라버리면, 기요코가 태어나서 자란 오래된 농가를 사들여 둘이서 살아야겠다고 생각했다. 내가 죽은 할아버지와 같은 나이가 되어 낮에는 밭을 갈고 밤에는 팔베개를 해주면, 기요코는 필시 나를 사랑해줄 테니까.

고향을 떠나 병든 어머니를 모시는 동안 기요코는 도대체 얼마나 많은 남자의 품에 안겼을까. 그래도 나는 기요코를 사랑하고 있다. 무수한 남자들이 그랬듯이 기요코의 몸을 나룻배 삼아 저편으로 건너갈 수는 없다. 이 여자는 나의 보물이다.

눈이 내리고 있는데도 밖은 밝았다.

건너편 가파른 산의 중턱까지는 눈에 덮인 낙엽송숲이고, 그 위에는 울창한 삼나무숲이다. 낙엽송숲을 따라 공룡의 등처럼 이어지는 능선을 쫓아가면 이윽고 나무들의 행렬이 끊어지고, 험준한 바위산이 모습을 드러낸다. 암벽이 높아지면서 바위들은 겹겹이 층을 이루고, 능선들이 모두 꼬리를 드러내는 그 한구석에 신비로운 봉우리 하나가 우뚝 솟아 있다.

자연은 이렇게 흔들림 하나 없이 위대한데, 그리고 나 또한 신이 창조한 그 자연의 일부분인데, 왜 나만 물 위에 떠도는 거품처럼 갈 곳 없이 흔들리고 있는 걸까.

난, 사랑의 말을 모른다. 내가 가슴 깊이 사랑해 마지않는 기요코에게도, 주변의 어떤 사람에게도, 나는 사랑한다는 말을 하지 않는다. 하고 싶어도 그것이 가시처럼 목에 걸려 터무니없는 말로 바뀌고 만다. 또는 폭력으로 돌변하여 작렬해버린다.

"알 리가 없지. 배운 적이 없으니까."

나는 내뱉듯이 혼잣말로 중얼거렸다.

왕후장상의 아침상도 이 정도는 안 되겠다 싶을 정도로 호화로운 아침을 배불리 먹은 다음, 나는 커피를 마시러 로비로 내려갔다.

큰 유리창 앞의 넓은 천창 아래에는 악취미라고밖에 할 수 없는 장식품이 늘어서 있다. 새빨간 입을 벌리고 있는 호랑이 박제, 사람 키만한 그림 항아리, 무소의 뿔, 투구와 검 등의 괴상망측한 예술품에 둘러싸여, 비단 위에 수를 놓은 필요 이상으로 화려한 소파에 앉아 커피를 마신다.

등을 맞대고 앉은 초라한 노인 하나가 싸구려 엽차를 마시고 있다. 지금 당장에라도 쓰러져버릴 듯한 불길한 예감이 들어 뒤를 돌아보니, 은발이 마구 헝클어진 나카조 삼촌이었다.

나는 별생각 없이 등 너머로 말을 건넸다.

"잘 잤어요, 삼촌? 좀 여윈 것 같네요."

말이 떨어지기가 무섭게 나카조 삼촌은 찻잔을 떨어뜨렸다. 그렇게 놀랄 필요는 없을 것 같은데. 혹시 자객이 노리고 있다는 정보라도 입수했나? 아니, 어쩌면 드디어 지명수배 명단에 올랐는지도 모른다.

"그렇게 보이는군, 역시……"

"응, 말랐어요. 어디를 보나 오 킬로그램은 족히 빠진 것 같은데요. 좋겠네요, 혈당치도 내렸을 테니까."

"좋기는 뭐가 좋아. ……그런가, 그렇다면 넌 아직 이야기를 듣지 못했다는 건가. 그러면 역시 구로다 그놈이야. 그놈에게만 말한 거군. 자식이, 그래놓고 시치미만 뚝 떼고 말이야."

으으, 하고 나카조 삼촌은 머리카락을 마구 쥐어뜯으며 신음했다. 이 세상에서 피를 나눈 유일한 혈족이니 고민거리가 있으면 들어주는 것도 나쁘진 않지만, 어차피 별볼일 없는 고민일 것이다.

"고짱…… 너, 빨리 결혼해. 내가 죽기 전에 기요코와 가정을 꾸려. 지금이라도 늦지 않아. 개과천선해야지."

쓸데없는 참견이다. 특히 마지막 말은 더욱 마음에 들지 않는다.

"걱정해줘서 고맙군요, 삼촌. 하지만 난 기요코를 아내로 삼을 마음은 털끝만큼도 없어요. 어느 세상에 노예를 아내로 삼는 귀족이 있단 말예요?"

"……너라는 놈은 정말 못돼먹었어. 이전부터 그럴 것 같다는 생각은 했지만, 역시 나쁜 놈이야."

"삼촌하고 피를 나눴으니 조금도 이상할 것 없죠. 맨정신으로 그런 말을 잘도 하시네요."

나카조 삼촌은 반발도 하지 않고 고개를 푹 숙였다. 나는 추가로 일격을 날렸다.

"애당초, 나를 이런 나쁜 놈으로 만든 게 대체 누구란 말입니까? 누구부터 개과천선해야 하는지 생각해보세요."

"……집어치워, 네놈 멋대로 해!"

나카조 삼촌은 대답을 하는 대신 갑자기 티 스푼을 집어던졌다. 스푼은 우리 둘의 머리 위에 은색의 포물선을 그리더니 기둥 아래까지 날아갔다.

과연 나카조 삼촌이다. 인테리어 센스는 최악이지만, 이런 세련된 퍼포먼스에 대해서는 나도 내심 존경해 마지않는다.

"아, 애꿎은 스푼까지 던지시네. 이제 끝장이다."

나는 그냥 장단을 맞추려 그런 말을 했을 따름인데 도대체 뭐가 그리 기분 나쁜지, 나카조 삼촌은 갑자기 자리에서 벌떡 일어서더니 고함을 질렀다.

"그만 해, 고짱. 환자를 놀리는 게 그리도 재밌어? 그래, 네놈도 알고 있었지! 알고 있는 거지!"

도대체 뭐가 뭔지 모르겠지만 하여튼 귀찮았다. 나카조 삼촌이 암이건, 에이즈건, 내 알 바 아니다.

"안됐네, 삼촌. 빨리 죽어서 유산이나 남겨줘. 장례식은 근사하게 치러줄게."

나카조 삼촌은 선 채로 와들와들 떨었다. 그러나 내가 그런 악담을 하는 데는 다 이유가 있다. 나카조 삼촌은 조금 여위었다고 해서 죽을 사람이 아니니까.

나는 투덜거리며 스푼을 주우려고 자리에서 일어섰다. 그때 기둥 뒤에서 갑자기 여자의 하얀 발이 불쑥 튀어나왔다.

유카타의 옷자락을 따라 발끝에서부터 올라가다가 냉혹하게 내려다보는 여자의 시선과 마주친 순간, 나는 너무 놀라 메뚜기처럼 펄쩍 뛰어올랐다.

"너, 너는!"

"안녕하세요, 선생님. 여기서 드디어 만나게 되었군요."

여자는 저승사자 같은 목소리로 말했다. 방금 온천을 했는지 머리카락은 촉촉이 젖어 있고, 가녀린 몸은 차게 식어서 바르르 떨고 있다. 기둥 뒤에 숨어서 내가 나타나기를 기다리고 있었을 것이다.

"너, 넌, 오기와라 미도리! 왜 여기 있는 거야? 어떻게 알았어?"

크크크, 하고 여자는 백 년 만에 원수를 만난 귀신처럼 웃었다.

"믿을 수가 없어. 일본웅변사조차 이런 사정을 모르고 퀵서비스를 출발시켰는데……"

"크크크, 이것이 바로 마이너리티의 저력이지요. 이제 아셨어요?"

엉금엉금 기어 도망치려는 나의 허리춤을 오기와라 미도리의 손이 홱 낚아챘다. 그러고는 내 얼굴 앞에 무릎을 꿇고 앉더니 슬픈 표정으로 애원하기 시작했다.

"제발 부탁이에요, 선생님. 전 이 호텔에 와서야 깨달았어요. 회사의 명령 따위 아무래도 상관없어요. 정말 진심으로 『의리의 황혼』을 읽고 싶어서 미칠 지경이에요. 그래서 단세이 출판사의 나약한 태도를 보다 못해, 제 발로 원고 독촉 담당을 자원한 거예요."

미도리는 마치 셰익스피어 연극의 배우처럼 과장된 몸짓으로 한쪽 무릎을 세우고, 유리창 너머로 눈 쌓인 경치를 바라보며 두 팔을 활짝 벌렸다.

"그래요. 눈 내리는 형무소를 나선 주인공은 이렇게 중얼거리죠. '네놈에게는 팔 년 전의 싸움이겠지만 내게는 바로 어제의 일이다. 기다려라……' 그렇지만 전 기다릴 수 없어요! 못 기다려요!"

완전히 빠져들어 있다. 내 소설은 보편적인 호소력 따위는 전혀 없지만, 극히 일부의 독자를 완전히 빠져버리게 만드는 힘을 가지고 있다.

마음의 안정을 되찾자 참을 수 없는 분노가 치솟았다. 분노의 근거는 명백했다. 이런 독자 때문에, 결코 스스로 원한 적도 없는 '조폭소설 작가'라는 딱지가 내게 붙어버린 것이다.

"자네 마음은 정말 고맙네. 하지만 나는 이제 조폭소설은 쓰지 않아. 『의리의 황혼』은 영원히 미완으로 남을 거야."

"어떻게 그런…… 주인공이 아직도 눈보라 속에 서 있잖아요. 그러다 얼어 죽으면 어떡해요?"

"그럼 죽여버리지, 뭐. 좋아, 세 줄만 더 쓰도록 하지. 이런 건 어때? '나에게는 바로 어제의 일이다. 기다려라…… 바로 그때 눈보라를 뚫고 한 발의 총성이 울려퍼졌다. 사나이는 눈 위에 무릎을 푹 꺾었다. 희미해져가는 의식으로 눈을 한 움큼 거머쥐면서, 사나이는 붉은 모란꽃이 피어 있는 것이라고 생각했다.' 디 엔드. 멋진 결말이잖아."

"싫어요!"

오기와라 미도리는 굴욕당한 소녀처럼 몸을 비틀었다.

"그건 너무해요. 나도 죽어버릴 거예요."

나는 여자의 손을 뿌리치고 바닥에서 일어섰다.

"죽고 싶으면 네 맘대로 해. 난 너 같은 여자 딱 질색이야. 삐딱하고 끈질기고 음침한 게 꼭 무슨 사이비 종교 신자 같아. 무슨 특별한 집안 사정이라도 있는 거야? 아마 정년퇴직한 말 많은 아버지와 사윗감 찾느라 혈안이 된 어머니라도 둔 거겠지. 그래서 마음 줄 곳 없어 별볼일 없는 조폭소설에 빠져들었을 테고. 너 따위는 죽어버려도 상관없어. 독이라도 쭉 한잔 들이켜보지그래?"

뭐가 그리도 충격적이었는지, 여자는 동상처럼 그 자리에서 굳어버렸다.

"……어이, 고짱. 그래도 되는 거야? 꽤나 충격받은 것 같은데. 아무리 일을 거절한다지만 그런 식으로 말을 하는 건 좀 심하잖아."

나카조 삼촌은 나의 옷소매를 끌어당기며 걱정스럽게 말했다.

"흥. 상관없어요. 인간은 수난을 겪으면서 강해지는 거니까요. 눈이 그치면 돌려보낼 테니 숙박비는 내 앞으로 해두세요."

나는 멍하니 서 있는 오기와라 미도리의 눈앞으로 눈 하나 깜짝하지 않고 여봐란 듯이 가슴을 활짝 펴고 걸어갔다. 연극도 이 정도 경지에 이르면 저세상의 셰익스피어도 놀랄 것이다.

그러나 나의 손을 꼭 붙잡던 여자의 작은 손바닥의 감촉은, 마치 요절한 공주의 손길처럼 언제까지고 내 가슴을 슬픔에 젖어들게 했다.

16

　대욕탕 '극락탕'은 전통 있는 일류 여관의 그것에 결코 뒤지지 않는 근사한 시설이다.

　징역에서 돌아온 남자들은 온천에 몸을 담그고 앞으로의 인생을 생각하고, 곧 자수할 범죄자들은 세상의 때를 벗겨낸다. 오너가 표방하는 이런 테마는 그렇다 치더라도, 이 산골짜기 호텔에 어떻게 이런 멋들어진 시설을 갖출 생각을 했을까 하고 하나자와 지배인은 늘 감탄한다.

　　어느 날 산에서 죽으면
　　친구여, 내 말 전해주게

　욕탕에서 들려오는 그리운 옛 노래에 지배인은 파우더룸을 정리하던 손길을 멈췄다. 옷 바구니에는 등산가의 방한복과 조난당한 중학생의 옷이 담겨 있다.

　바짓자락과 셔츠의 소매를 걷어올리고 양말을 벗은 다음, 지배인은 탕 안으로 들어섰다.

　　어머니에게는 편히 잠들었노라고
　　아버지에게는 사나이답게 죽었노라고

등산가는 단단한 몸을 탕 안의 바위에 기대고, 낮고 거친 목소리로 노래하고 있었다. 소년은 그 발치에 몸을 담그고 있다.

지배인이 그 노래를 그리워하는 데는 사연이 있었다. 등산이 유행이었던 학창 시절, 산을 좋아하던 한 친구가 늘 흥얼거리던 노래였던 것이다.

"아, 신세 많이 지고 있습니다."

산 사나이는 하얀 이를 드러내며 웃었다.

"정말 기분 좋군요. 몸만 덥히면 바로 떠나도록 하겠습니다."

"떠나시다니요?"

"예, 산으로 돌아가야죠."

진심일까, 아니면 미안해서 그러는 걸까, 지배인은 잠시 생각해보았다.

"그러지 마시고 오늘밤은 편히 쉬고 가십시오. 숙박비는 안 내셔도 되니까요."

산 사나이는 곤혹스러워했다. 정말 산으로 돌아가고 싶은 모양이라고 지배인은 생각했다.

"등을 밀어드릴까요?"

"예? 아뇨, 괜찮습니다. 이거 원 미안해서."

지배인은 의자와 물통을 들고 재촉했다.

"손님의 등을 밀어드리는 게 저희 호텔의 규정입니다. 원래는 오너가 해드리는 일이지만, 오늘은 몸이 불편하셔서 제가 대신하겠습니다."

허어, 하고 손님은 감탄하면서 탕에서 몸을 일으켰다.

"그럼 부탁드리겠습니다."

조금 부끄러워하며 바닥에 앉는 무토 다케오의 넓은 등을 보고, 지배인은 깜짝 놀랐다. 단지 건장한 것만이 아니었다. 마치 센노쿠라자와에서 올려다본 오카구라 산의 위용 그 자체였다.

등산에 대해서는 잘 모른다. 무토 다케오라는 이름은 들은 적이 있지만, 세계적인 알피니스트라는 것 말고는 아무것도 몰랐다.

방금 전에 종업원들은 손님의 정체를 알고서 미친 듯이 좋아했다. 남자의 업적에 대해서는 하나도 아는 게 없지만, 그 등을 보는 순간 지배인은 그들의 멈출 수 없는 흥분을 이해할 수 있을 것 같았다.

긴장된 손길로 등을 씻는다. 무토의 등에서는 눈사태라도 난 것처럼 때가 밀려나왔다.

"아까 그 노래, 계속 좀 들려주실 수 없을까요?"

무토의 등에서 부끄러움이 배어난다.

"아닙니다. 목소리가 형편없어서."

"산을 좋아하던 친구가 늘 부르던 노래라서요. 삼십 년 만에 듣는 거지만 금방 기억이 나는군요. 고등학교 삼학년 여름에 조난당했답니다."

무토는 창밖으로 눈길을 돌렸다.

212

"아, 그런가요…… 어디서?"

"남알프스의 북악이었습니다. 사실은 그곳으로 떠날 때 제가 신주쿠 역 플랫폼에서 그 친구를 전송했었지요. 그 녀석은 외톨이라 친구도 별로 없었어요. 산악부에도 들지 않았고요."

손님에게 할 말이 아니라는 생각에 지배인은 거기서 입을 다물었다. 자기 자신도 오랫동안 잊고 있었던 일이었다.

"나이가 어떻게 되시지요?"

무토 다케오는 한숨 섞인 목소리로 물었다.

"47년생입니다. 손님도 비슷한 연배로 보이시는데요."

"동갑이군요. 등산 붐은 딱 우리 세대까지였죠. 그후로는 굳이 산이 아니라도 재미있는 일들이 많았으니까요. 지금 젊은이들은 별로 산에 가질 않아요."

"그러고 보니 그 당시에는 산악부가 최고 인기였어요. 손님도 학교 산악부로 등산을 시작하셨나요?"

무토의 널찍한 등에서 사나이의 향기가 피어올랐다. 오랫동안 맡아보지 못한 냄새였다. 이를테면 운동부 부실에서 피어오르는 시큼하고 육감적인 남자 냄새. 지배인은 그런 청춘의 냄새를 아직도 간직하고 있는 무토가 부러웠다.

"난 중졸이라서요. 산악부이긴 하지만 공장의 산악회 출신입니다. 그때는 말이죠, 세 명만 모이면 산악부를 만들었고, 오카구라 산으로 향하는 야간열차는 주말만 되면 항상 콩나물 시루였죠."

"아, 그러셨군요. 그렇다면 손님께서도 처음에는 오카구라 산을 오르신 건가요?"

"그렇습니다. '만남의 산장'에서 잠깐 눈을 붙이고, 날이 새기 전에 암벽에 올랐지요. 하켄이 꽂혀 있는 등산 루트를 일부러 일 미터 정도 벗어나서, 거기를 '오카구라 암벽 제3문제 B루트'라고 멋대로 이름을 붙이고 첫 등정이라며 자랑하곤 했어요. 그런 젊은이들이 개미떼처럼 달라붙어 암벽을 오르곤 했죠. 그래요, 북악의 버트레스도 명소였죠. 거기서 죽은 사람도 많아요."

소년이 일어나 노송나무 욕탕 가장자리에 걸터앉았다. 조난당한 것을 무토가 구해줬다고 하는데, 애당초 어떻게 이런 소년이 설산에 있었는지 지배인은 이해할 수 없었다.

"난 잘 모르겠어요…… 산에 오르고 싶으면 등산로를 따라가면 되고, 오카구라 산에는 관광 리프트도 설치되어 있는데, 왜 일부러 암벽을 타고 올라가는 건지. 아저씨, 왜 그러는 거예요?"

소년은 총명해 보이는 눈을 반짝이며 물었다. 소박한 의문이다.

"그건 말이야……" 무토는 적당한 말을 찾는 듯 입을 다물었다.

잠시 생각하더니 무토는 엉뚱한 말을 꺼냈다.

"꼬맹이, 너희 반은 모두 몇 명이냐?"

"에, 우리 반요? 서른다섯 명이에요."

"한 학년은 몇 반이나 돼?"

"세 반인데요. 근데 그건 왜요?"

그와 동시에 무토는 뭐가 우스운지 근육까지 떨면서 웃었다.

"나와 동갑인 당신은 어떻소?"

지배인은 바로 대답했다.

"우린 베이비붐 세대잖습니까. A, B, C, D, E······ 뭐, 어쨌든 열 반 이상이었지요. L하고 M하고 N을 구별하지 못해서 곤란했을 정도니까요. 게다가 한 반에 칠십 명이나 있었고요."

"그럴 겁니다. 난 시골 출신이라 교실도 선생도 부족해서 한 반을 오전반 오후반으로 나누어서 썼지요. 한 책상을 두 명이 번갈아 사용한 겁니다."

"거짓말!"

소년이 말했다.

"거짓말이 아니랍니다. 그 정도로 어린애들이 많았던 거지요. 학교에 따라서는 이부제 수업을 하는 곳도 있었습니다. 칠십 명이 한 반에 모이면 정말 대단했지요. 두세 사람 없어져도 몰라요. 선생님 말이 제대로 들리는 건 앞에 앉은 학생들뿐이고. 그렇지 않았습니까, 손님?"

그렇게 동의를 구했을 때, 그제야 지배인은 무토가 무슨 말을 하려고 하는지를 알 수 있을 것 같았다.

한 반에 칠십 명이나 있다보니 교사들이 일일이 학생들을 보살펴줄 수 없었다. 잘 적응하는 학생도 있었지만 뒤떨어지는 학생도 많았다. 집에서는 형제들이 여럿이서 밥상에 둘러앉아 서로 앞다투어

반찬을 집어먹었다. 그들은 그런 열악한 환경 속에서도 어쨌든 어른으로 성장한 것이다.

"……과연. 그럴지도 모르겠군요. 등산 붐은 바로 그 때문이었어요."

때를 다 밀고 등에 물을 끼얹자, 무토는 고맙다고 인사하고는 웃는 얼굴로 소년을 바라보았다.

"알겠니? 아마 모를 거야. 한 반에 서른다섯 명밖에 없는 널널한 교실에서 공부하고, 집에 돌아가면 자기 밥그릇으로 저녁을 먹는 요즘 꼬맹이가 알 리가 없지."

소년은 눈을 동그랗게 뜨고 있다.

"무슨 말이에요?"

"매일 어딜 가든지 사람들에게 부대끼면서 뭐가 뭔지도 모르고 살았다는 말이야. 공부는 물론이고, 음식이 맛있는지 맛없는지도 몰랐지. 자신이 어디서 온 누구인지도 몰랐어. 그래서 산에 갔던 거야. 암벽은 자신이 누구인지 정확히 가르쳐주니까. 자일로 서로의 몸을 묶으면 바로 그 사람이 둘도 없는 소중한 친구가 되는 거지. 밥도 자신이 준비해온 것만으로 찬찬히 먹을 수 있고."

지배인은 무토의 말을 충분히 이해할 수 있었지만, 과연 이 소년은 얼마나 이해할 수 있을까. 소년의 가느다란 등을 씻어주면서, 지배인은 예전에 아들 시게루에게도 같은 이야기를 하며 설교를 했던 것을 떠올렸다.

"그럼, 우리 아버지도 그렇게 자랐을까요? 들은 적은 없지만."

"그랬겠지. 네 아버지는 분명 교실 앞자리에 앉았을 거야. 그렇다고 해도 말이지……"

무토는 욕탕 가장자리를 베개 삼아 기분 좋게 몸을 쭉 뻗었다.

"여태까지 실컷 잘 길러준 은혜도 모르고 별다른 이유도 없이 죽겠다고 나서다니. 너도 참 배부르게 자랐나보구나, 꼬맹아."

소년은 등을 움츠렸고 지배인은 손길을 멈추었다. 그제야 사정을 알 수 있었다.

"왕따를 당했다고 했나요?"

"그렇다네요. 어떻게 생각하시오? 나로서는 도저히 이해할 수가 없군요."

지배인은 대답을 피했다. 그 대신 소년이 항의했다.

"아저씨는 신문이나 텔레비전 같은 걸 보지 않으니까 그런 말을 하는 거예요. 아버지하고 똑같아. 외국에는 일본의 사회문제 같은 건 보도되지 않으니까, 그러니까……"

"그만둬. 네놈의 그 말도 안 되는 변명은 이제 듣기도 싫어."

무토가 목소리를 높이자 소년은 입을 꾹 다물어버렸다. 쉴새없이 피어오르는 온천의 김을 바라보며 무토는 말을 이었다.

"난 너를 구한 게 아니야. 방해가 되니까 치운 거야. 쓰레기는 눈에 거슬리니까."

"말이 너무 심하잖아요."

"그래서 쓰레기의 변명 따위는 듣지 않아. 옛날에는 거리마다 쓰레기가 넘쳐났으니까 줍는 놈도 없었지. 지금은 모두가 눈길을 던져줘. 사회문제로도 삼아주고. 그 덕분에 쓰레기들이 자기 주장을 하기 시작한 거야. 나를 주워줘, 정리해줘, 하고 말이야. 참 어이없는 세상이지."

"그럼 아저씨도 쓰레기였단 말이네요."

소년이 반발하자 무토는 노골적으로 화를 내며, 멍청한 자식! 하고 으르렁거렸다.

지배인이 말참견을 하지 않은 것은 무토의 태도가 진지했기 때문이었다. 무토는 명백하게 자일로 소년과 한몸이 되어 있었다.

"그래. 나는 쓰레기였어. 네 아버지도, 여기 있는 이 호텔의 지배인도, 모두 마찬가지야. 자신의 일은 자기 스스로 생각해서 정리해야만 했어."

"그래서 나도 정리하려고 여기 온 거란 말예요."

"거짓말하지 마. 그런데 지금 그 꼴이 뭐야? 왜 그렇게 행복해 보이는 얼굴을 하고 있는 거냐고? 나에게 구출돼서 온천에서 몸을 씻고, 이제 곧 보고 싶은 어머니가 데리러 오겠지. 그 정도면 대성공이잖아?"

"그만둬요, 아저씨."

소년은 몸을 틀어 지배인의 손에서 벗어났다.

소년은 마침내 위험한 발밑을 차고 올라 자일에 매달렸다.

"그럼 다시 한번 설명해봐요. 내가 알아듣기 쉽게. 어젯밤에 아저씨가 말했죠. 죽고 싶다는 것과 죽어도 좋다는 건 하늘과 땅 차이라고. 최악의 남자와 최고의 남자의 차이라고. 그래서 난 밤새도록 생각해봤어요. 모르니까, 죽을 수도 없었단 말예요."

무토는 암벽 위에서 힘차게 자일을 끌어당겼다.

"좋아, 알기 쉽게 가르쳐주지. 인간은 말이야, 언젠가는 죽게 되어 있어. 그건 조금도 이상한 게 아냐. 오히려 살아 있다는 게 신기한 일이지. 자신의 눈으로 루트를 읽고, 귀로 바람 소리를 듣고, 혼자서 용기를 일으켜서, 손으로 홀드를 잡고, 발로 스탠스를 확보하고, 전심전력을 다하지 않으면 금방 목숨을 잃게 돼. 네놈은 그런 걸 몰라. 인간이 이 가느다란 뼈와 말랑말랑한 근육 덩어리라는 것을, 넌 도무지 모르고 있다고."

"난 산 따위는 타지 않아요. 흥미도 없어요. 더 알기 쉽게 말해보세요."

소년의 힘은 예상외로 강했다. 두 사람의 몸을 한데 묶은 자일은 팽팽히 당겨지면서 삐걱거리고 있다.

"산이나 마을이나 마찬가지야. 인간은 평평한 길을 걷고 있다고 해도, 살아갈 의지를 잃어버리면 돌부리에 걸리기만 해도 그대로 넘어져 죽고 말아."

"난 있는 힘을 다해 생각해보았어요. 죽지 않아도 될 방법을 오랫동안 생각해보았단 말예요."

소년은 울먹거렸다. 그러나 무토는 물러서지 않았다.

"생각하긴 뭘 생각해. 네놈은 아버지나 어머니, 선생님, 친구, 수 많은 파트너들이 건네준 자일에 그저 매달려 있는 것뿐이야. 누군가가 당겨주기를 기다리고 있는 거라고. 홀드와 스탠스를 찾아내려고 도 하지 않고, 자일을 당길 생각도 하지 않아. 왕따라는 바람을 맞고 서는 그저, 죽고 싶어, 죽고 싶어, 하고 울먹이고 있을 따름이지."

"아버지는 이야기도 들어주지 않아요. 왕따당하고 있다고 말해 도 피식 웃기만 하고, 공부해라, 공부해라, 그런 말밖에 안 한단 말 예요."

"네 아버지는 자일 맨 위에 있어. 암벽에 하켄을 박아넣고, 네놈 의 체중을 확보하고, 자, 이제 올라와, 하고 부르고 있는 거야. 바람 을 읽을 여유가 어디 있겠어?"

소년은 대답하지 않았다. 말이 막히는지 무토의 날카로운 눈길을 노려보고 있을 뿐이었다.

"아직도 모르겠어? 어려울 건 하나도 없어. 넌 아직 어린아이니 까, 네 힘으로 하켄을 박아넣을 필요는 없어. 눈앞에 아버지의 발자 국이 있잖아. 그걸 따라서 자일을 단단히 당기고, 홀드를 잡고, 스탠 스를 확보해."

결국 소년은 벌거벗은 등을 둥글게 웅크린 채 울음을 터뜨리고 말았다. 무토는 손가락이 잘려나간 손을 뻗어 소년의 머리를 흔들 었다.

"누구라도 두려움을 느낄 때가 있어. 자기가 어디 서 있는지 모를 때도 있단 말이야. 그러나 당황하면 안 돼. 당황하지 말고 조금씩 몸을 일으켜세우는 거야. 넌 머리도 좋고, 자일도 튼튼해. 네 스스로 손을 놓지 않는 한 떨어질 걱정은 없어."

소년은 무릎을 끌어안고 울면서 중얼거렸다.

"노래나 불러줘요."

무토는 지배인의 얼굴을 힐끗 보더니 겸연쩍은 듯 가볍게 기침을 하고 노래를 부르기 시작했다.

　　자식들에게는, 고향의 바위산에
　　내 발자국이 남아 있노라고

　　내 해머는 친구에게 보낸다네
　　피통의 노래를 들려주게

좋은 노래라고, 지배인은 고개를 끄덕였다.

"피통이 뭔데요?"

소년은 얼굴을 들고 물었다. 무토는 창 너머로 저 멀리 눈 내리는 하늘을 올려다보았다.

"하켄을 프랑스어로 피통이라고 해."

"피통의 노래…… 그 부분이 무슨 뜻인지 모르겠어요."

그것도 몰라? 하며 무토는 자랑스럽게 대답했다.

"피통은 노래를 불러. 여러 가지 목소리로. 따스한 봄날에는 부드럽게 노래하고, 눈보라치는 빙벽에서는 쇳소리를 내지. 오카구라의 슬래브에서도, 히말라야에서도, 나는 항상 피통의 노랫소리를 들어왔어."

"에베레스트에서도요?"

"그래, 물론이지. 멋진 소리였어. 나는 정상에 오르고 싶어서 갔던 게 아냐. 산에 메아리치는 하켄의 노랫소리를 듣고 싶었을 뿐이야. 낭가파르바트에서도, 그랑드조라스에서도, 난 이 손가락을 바치는 대신 피통의 노랫소리를 들었어. 조금도 후회하지 않아."

"그럼 어제는 내가 방해를 했겠네요."

"당연하지, 꼬맹아. 얼마나 황당했다고."

"미안해요, 아저씨."

소년은 작은 목소리로, 그러나 확실하게 말했다.

무토는 새하얀 이를 드러내며 웃었다. 그러다가 문득 심각한 표정으로 혼잣말처럼 중얼거렸다.

"젊은 시절에는 오카구라 산에서 많은 동료를 잃었지. 갑자기 나혼자만 영웅이 되어 세상 사람들의 주목을 받는 기분이었어. 그래서 충동적으로 마지막 열차를 탄 거야. 피켈, 해머, 아이젠, 내가 쓰는 모든 도구는 죽어간 그 친구들의 형상이야. 옛날처럼 미친 듯이 빙벽을 오르고 싶었어. 암벽의 룬제를 타고 오를 수 있는 곳까지 올라가서, 녀석들에게 피통의 노랫소리를 들려주고 싶었던 거야."

지배인은 어느새 자신이 소년과 같이 머리를 숙이고 있다는 것을 깨달았다.

"아니, 그런 게 아냐. 네가 딱히 내게 피해를 준 건 아냐. 응, 그렇고말고."

저 혼자 납득하고 나서 무토는 큰 소리로 껄껄껄 웃었다. 무토는 소년의 울먹이는 얼굴을 눈부신 듯 돌아보면서 말했다.

"그 당시의 우리는 너와 그다지 다르지 않았어. 재미없는 설교를 하고 말았군. 그걸 이제야 깨닫다니."

지배인은 그 자리에서 일어서서 두 사람을 향해 가볍게 머리를 숙였다.

문을 닫고 돌아보았을 때, 잔뜩 피어오른 수증기 안에서 서로의 가슴을 끌어안는 두 사람의 모습이, 안개 낀 암벽 위에서 서로의 호흡을 맞추는 자일 파트너처럼 보였다.

17

"그럼 출발하겠습니다. 주방장, 선두를 부탁합니다."

"뭣? 선두는 너잖아. 난 나이도 들었고, 몸무게도 네가 더 나가니까. 자, 출발해."

"아뇨, 등반기술로 봐도 역시 선배가 하켄을 잡아야죠."

"시끄러워. 대장은 나야. 대장의 판단에 따르는 것이 주방의, 아니, 산의 규율이다. 어서 가, 핫토리."

평소 메뉴를 정할 때는 기회만 있으면 경쟁을 벌이는 주방장과 셰프가 꽁무니를 빼며 서로 앞으로 떠미는 모습을, 제자들은 실망스러운 눈길로 지켜보고 있다.

"으으, 자신 없는데. 떨려 죽겠네. 가긴 가겠지만, 만일 스탠스를 놓치면⋯⋯"

"알았어, 알았어. 내가 제대로 확보할 테니까 나를 믿어."

제자들의 설산찬가를 뒤로하며 두 사람은 주방을 나섰다. 장비는 완벽하다. 헬멧을 쓰고, 피켈을 잡고, 자일로 몸을 묶었다.

"그런데 주방장. 갑자기 이런 모습으로 찾아가서 빙벽 등반을 가르쳐달라고 하는 건 좀 뻔뻔스럽지 않을까요? 기절초풍할 거예요."

"그럼 어떡할까? 요리사 복장에 모자를 쓰고 가? 그게 더 놀랄걸."

그것도 그렇다고, 핫토리는 복도를 눈길 헤치는 시늉을 하며 나아가 계단 입구에 도착했다.

"어이, 핫토리. 좀더 빨리 걸어봐. 무릎이 벌벌 떨리잖아."

"그러는 주방장은 또 어떤데요. 자일 좀 당기지 말아요. 어! 왜 난간을 잡고 그래요?"

"생각해봐, 상대는 저 유명한 무토 다케오야. 알프스 삼대 북벽

224

을 동계 단독등정. 히말라야 팔천 미터급 네 봉우리의 정복자. 아아, 난 벌써 가슴이 두근거려서 심장이 터질 것 같아."

"고산병이 아니고요?"

"지금이 농담할 상황이야? 자, 피치를 올려."

핫토리는 피켈에 힘을 넣고 한 걸음씩 계단을 올랐다.

"저, 주방장. 아이젠만이라도 벗는 게 좋지 않겠어요? 걷기도 힘들고, 카펫도 망가질 겁니다. 지배인이 보면 기절할 거예요. 담뱃불 자국 하나 발견해도 비명을 질러대는 사람이니까요."

"흠. 그러고 보니 우리 차림이 좀 비상식적인 것 같긴 해. 그렇지만 어쩌겠어. 이런 차림으로 슬리퍼를 신을 수는 없잖아."

뒤를 돌아보니 붉은 카펫 위로 두 사람의 발자국이 길게 이어져 있었다.

겨우 삼층까지 올라오자 둘은 이윽고 한숨을 돌렸다.

"핫토리, 잠시 쉬자. 이제 드디어 공격이다. 침착하게, 마음을 가라앉히고……"

복도 앞의 단풍나무실 문이 열려 있다. 마치 정상 바로 아래에 돌출된 바위 같다.

"있을까?"

"물론이죠, 대장. 지원대의 보고로는 방금 목욕을 마치고 들어갔다고 합니다. 자, 여기서부터는 선두를 바꾸기로 하죠. 영광의 첫 등정은 선배부터."

"아냐, 괜찮아. 사양하지 말고 먼저 올라가."

"……평소와 다르게 왜 이러세요."

"가라면 갈 것이지 웬 말이 그렇게 많아? 이렇게 불안정한 스탠스에서 멈추는 바보가 어딨어? 용기를 내, 핫토리!"

그때 갑자기 무토 다케오가 방문을 열고 얼굴을 내밀었다. 두 등산가는 돌풍이라도 만난 듯 그 자리에 엉덩방아를 찧고 말았다.

당연하게도 무토는 눈앞의 풍경을 영문을 모르겠다는 표정으로 바라보았다.

"어! 누구, 시죠?"

"헉, 아, 사실 저희들은 이 호텔의 수국 산악회 회원으로……"

"그, 그렇습니다. 선생님, 제발, 그, 뭐라고 하나요, 산의 거시기 말입니다. 뭐라는 거시기, 그 거시기를 가르쳐주실 수 없나 해서……"

무토는 방을 나서서 복도 끝을 바라보았다. 저 멀리 봉우리를 올려다보는 듯한 눈. 정말 멋지다.

"무슨 사연인지는 모르겠지만, 다른 사람들 보기에도 뭣하니 일단 안으로 들어오시죠."

무토는 손가락 없는 손을 흔들어 참으로 괴이쩍은 공격팀을 안으로 불러들였다.

"어떤 사정이 있는지는 몰라도, 다다미와 아이젠은 어울리지 않소."

무토의 표정에는 여유가 있었다. 아마도 광신적인 젊은이들의 공격에 익숙해서일 것이라고 핫토리는 생각했다.

주방장은 아이젠을 벗어던지고는 그야말로 주방장다운 태도로 방 한구석에 무릎을 꿇고 앉았다.

"아, 저, 갑자기 이런 말씀 드려서 죄송하지만, 산의 거시기를 말입니다, 꼭 거시기를 해주셨으면 해서……"

"마음을 좀 가라앉히세요. 장비를 보아하니 이번 기회에 겨울산 등반기술을 가르쳐달라는 말이로군요. 맞나요?"

"간단히 말씀드리자면, 그렇습니다."

무토 다케오는 당혹스러운 듯 목덜미를 손으로 툭툭 치면서 창가의 등나무 의자에 앉았다. 방금 온천을 하고 나왔을 텐데도 유카타가 아닌 낡은 울 커트 셔츠와 니커보커스 바지를 입고 있었다.

날이 선 무토의 눈길을 받고서야, 아무리 흥분했기로서니 역시 너무 비상식적인 차림이라고 핫토리는 반성했다.

"수국 산악회라고요?"

"옙, 저희 호텔 종업원들이 만든 겁니다. 쉴 틈이 생기면 센노쿠라자와의 암벽을 탑니다."

우리는 산악인이다, 라고 선언하는 듯한 주방장의 말에 핫토리는 순간 찔끔했다. 피켈 끝으로 주방장의 등을 찔렀지만, 지구가 거대한 도마 위에 올려져 있다고 믿는 고집불통 중년 남자의 등은 꼼짝도 하지 않았다.

"오호, 벽을 타시는군요."

두 사람의 모습을 유심히 바라보는 무토의 눈에는 분명 경멸감이 깃들어 있었다. 핫토리는 무릎으로 주방장의 등을 툭툭 치면서, 겸손하게, 겸손하게, 라고 속삭였다.

"알았다니까…… 예, 그렇습니다. 누가 뭐래도 산의 진정한 맛은 벽입지요. 그것도 겨울에 타는 게 제맛이고요. 저는 산골 출신인지라 오카구라 정도는 앞마당이나 다름없습니다. 아핫핫핫."

저도 모르게 따라 웃던 무토의 얼굴은, 하룻밤 신세지는 자의 의리로 일그러졌다.

"……그랬군요. 하지만 겨울의 센노쿠라자와를 오르기에는 장비가 좀……"

"네? 어디 이상한가요? 저로서는 최고로 신경 쓴 건데."

무토는 어이없다는 듯 한숨을 내쉬고, 파이프에 불을 붙였다.

"예를 들면 말입니다, 그 아이젠. 징이 네 개밖에 없는 아이젠으론 오카구라는 무리예요."

주방장의 어깨가 휘청했다. 사실 겨울의 오카구라 암벽에 간신히 달라붙어보긴 했지만 고작 몇 미터 오르다가 그냥 내려오는 솜씨였다.

마각이 드러났음을 알고, 무토는 재미있다는 듯 웃었다.

"그 아이젠은 단자와나 오쿠치치부 산에서나 사용하세요. 센노쿠라자와 등정은 고사하고 류진 능선을 종주하기도 힘들 겁니다.

누가 권해주던가요?"

"누구라기보다는…… 잡지의 통신판매를 보고……"

저도 모르게 진실을 고백하고 만 주방장의 머리를 핫토리가 피켈로 콕 찔렀다.

무토는 히터 위에 놓인 나일론 케이스를 열더니, 자신의 아이젠을 꺼내 두 사람 앞에 놓았다. 괴물 같은 도구를 보고 두 사람의 눈이 휘둥그레졌다.

"엄동설한의 센노쿠라자와에는 이런 버클식의 징 열두 개짜리 아이젠이 필요합니다. 앞쪽 징도 이 정도로 튀어나오지 않으면 박아넣을 수 없지요. 수직 빙벽은 말입니다, 아이젠이 발판 그 자체예요."

핫토리와 주방장은 침을 꼴깍 삼켰다. 두 사람은 약속이나 한 듯 수직 빙벽에 박힌 아이젠의 앞쪽 징에 자신의 전 체중을 싣는 느낌을 생생히 떠올리고 있었다.

아아, 현기증을 일으키고 뒤로 쓰러지려 하는 주방장의 등을 핫토리가 뒤에서 떠받쳤다.

"그리고 피켈. 설마 그것도 통신판매는 아니겠죠?"

"아…… 예…… 실은 이것도, 그 설마에 속하는 겁니다."

핫토리는 벽에 걸린 무토의 피켈로 시선을 돌렸다. 완전히 다르다. 자신의 피켈과는 회칼과 과일칼 정도의 차이였다.

"그 피켈은 종주용이지요. 다시 말해 보행을 보조하고 미끄러짐을 방지하는 역할밖에 못 해요. 벽을 타려면 저기 걸린 것 같은 빙벽 등정용이어야 합니다. 보세요, 아주 짧으면서 픽의 각도가 급하고, 날도 날카롭지 않습니까? 수직 벽에서는 저런 것과 아이스바일을 양손에 들고, 헤드의 타격력만으로 홀드를 확보해야 합니다. 아시겠어요?"

주방장은 아이젠 앞쪽 징으로 버티고 있던 스탠스에서 겨우 몸을 수직으로 일으키자마자 피켈의 헤드로 빙벽을 치는 자신의 모습을 상상하고는 그만 반쯤 정신을 잃고 말았다.

"……그 말씀은, 저…… 두 손과 두 발만으로 도마뱀처럼 기어오른다는……"

"그렇지요. 빙벽에 자연스럽게 형성된 홀드나 스탠스가 있을까요? 아이젠의 징을 박아넣어 스탠스를 확보하고, 피켈과 아이스바일을 서로 번갈아 박아서 홀드로 삼아야 한다는 겁니다. 아이거 봉이나 그랑드조라스 산은 처음부터 끝까지 그렇게 올라가야 합니다. 일주일이고 열흘이고 그런 식으로 계속 올라가는 겁니다. 무시무시하죠!"

으헤엑, 하고 핫토리가 기절하려는 바로 그 순간이었다.

갑자기 옆방 문이 벌컥 열리더니 복도에서 심상치 않은 신음 소리가 들려왔다.

"어, 무슨 일이지?"

두 사람이 정신을 차리고 무토를 따라 복도로 나와서 본 것은, 무슨 일이 일어나도 이상하지 않을 이 호텔에서조차 상상하기 어려운 비참한 광경이었다.

깡마른 여자가 선혈이 낭자한 유카타의 가슴께를 끌어안고 고통스러워하고 있었던 것이다.

"큰일이다, 피를 토했어. 어이, 멍청히 서 있지 말고 빨리 사람을 불러와!"

새파랗게 질린 여자의 얼굴을 안아 일으키며 무토가 외쳤다.

마리아는 깊은 생각에 잠겼다.

도대체 이 무슨 기구한 운명인가. 모든 것을 잊으려고 찾아온 산골짜기 온천에서, 그렇게나 그리던 옛남자와 재회하고 말았다.

게다가 얄궂게도 응급환자 간호 전문가인 자신에 비해, 남자는 안락사 사건의 피고로 기소중인 것이다.

지금도 히라오카 마사시를 사랑한다. 그건 남자도 마찬가지일 터이다. 그러나 두 사람은 발밑에 시커먼 죽음의 입을 벌리고 있는 크레바스를 사이에 두고 재회한 것이다.

복도에서 기나긴 포옹을 하면서 가슴속은 활활 타올랐지만, 몸은 손가락 끝까지 얼어붙고 말았다. 히라오카의 품에서 빠져나온 마리아는 도망치듯 계단을 뛰어내려가 욕탕 쪽으로 달려갔다.

혼자서 생각해보고 싶었다. 타오르는 순간의 감정으로 히라오카를 받아들여서는 안 된다고 생각했다. 두 사람 사이에 가로놓인 크레바스는 그 정도로 깊고 위험한 것이었다.

계단 중간에서 정체불명의 산 사나이와 스쳐 지나갔지만, 눈에 들어오지 않았다.

로비를 재빨리 가로질러가려는데, 초라한 은발 노인이 마리아를 불러세웠다.

"손님, 잠깐만요."

마치 무대 한구석에서 기다리다 나타난 듯한 낭랑한 목소리였다.

"저 말씀인가요?"

"예, 그렇습니다. 저는 이 호텔의 오너입니다. 제가 듣기로는 손님께서 히라오카 선생님과 잘 아시는 간호부장님이라고 하던데요. 갑작스럽게 죄송하지만, 잠깐 의논드리고 싶은 일이 있어서요."

남자는 뭔가 문제를 끌어안고 있는 얼굴이었다. 그것이 삶과 죽음의 갈림길에 선 사람의 표정이라는 것을 마리아는 누구보다 잘 알고 있었다.

"사실 히라오카 선생은 제 주치의랍니다. 좀 의논할 일이 있어서 이 호텔에 초청했지요."

자, 앉으세요, 하고 남자는 자리를 권했다.

"히라오카 선생을 보호해주고 계신 거로군요."

마리아는 직감적으로 그렇게 생각하고 말했다. 대신 감사를 표할 입장은 아니었지만, 자연스럽게 머리가 숙여졌다.

공판을 앞두고 히라오카를 둘러싼 세간의 여론이 격하게 소용돌이치고 있는 상황이다. 필시 이 사람은 히라오카 의사의 사람됨됨

이를 너무도 잘 알고 있기 때문에 은밀히 보호해주고 있는 것이다. 말주변 없고 성실하면서도 절대로 비겁하게 살려 하지 않는 히라오카에게, 그것이 최상의 방책임에 틀림없다. 아무것도 없는 산골짜기 호텔에 있다보면 고뇌가 점점 더 커져갈지도 모르지만, 적어도 그가 가장 난감해할 매스컴의 공격에서 벗어날 수는 있다.

노인은 하고 싶은 말을 잘 표현하기 힘들다는 듯한 표정으로, 두 팔을 초조하게 쓰다듬고 있었다. 유카타 소매 안으로는 새파란 문신이 엿보였다.

"앗, 이런 걸 보여드려서 죄송합니다…… 겁내지 마세요. 히라오카 선생을 어떻게 할 생각은 아니니까요."

"겁내지 않아요. 나는 숨을 쉬는 인간이라면 누구라도 무섭지 않으니까요."

"아, 그러십니까. 정말 멋진 대답이로군요. 부지배인에게 전해 들었습니다. 응급센터에서 활약하신다고요. 텔레비전에서 봤지요, 〈응급센터 24시〉 어쩌고 하는 프로그램. 그런 일을 하시는구먼요."

"그런 거하고는 달라요. 감동적인 구석이라고는 하나도 없다고요."

깊은 눈길로 마리아를 응시한 채 노인은 몇 번이나 고개를 끄덕였다. 이 사람은 모든 것을 꿰뚫어보고 있다고 마리아는 생각했다. 필시 이름 있는 거물 오야붕일 것이다. 모든 사람의 가슴속을 인자한 아버지처럼 살펴보는 눈. 거짓도 위선도 착각도 거드름도 한눈에 간파해버리는 눈. 마리아는 이렇게 따스하고 고상한 눈길을 여태 만나본 적이 없었다.

그런 생각을 하고 있는데, 갑자기 그의 눈이 뿌옇게 흐려지는 것이 아닌가.

"당신…… 알고 있지요? 히라오카 선생에게 들어서……"

"네? 무슨 말씀이세요?"

"시침 떼지 마시게. 내 눈은 동태눈이 아냐. 단도직입적으로 말해주지 않겠소? 나 암이지요? 간암일 거요. 그것도 이미 복막에 전이되어 손을 쓸 여지도 없을 거요. 부탁이오, 부장. 난 아직 해야 할 일이 산더미처럼 쌓여 있다고. 얼마나 더 살 수 있나? 일 년, 아니면 반년?"

마리아는 잠시 오야붕의 안색을 살펴보았다. 이런 종류의 '건강 염려증후군'은 지겨울 만큼 봐왔다. 그리고 오랜 경험에 비추어볼 때, 주변 사람들이 강하게 부정하면 할수록 중증에 빠져든다는 것도 잘 알고 있다.

그래서 마리아는 어떤 매뉴얼에도 나와 있지 않은 오리지널 카운슬링을 시작했다. 그럴듯하게 맥을 짚어보고, 눈을 살펴보고, 혀의 색을 보았다. 그러고는 갑자기 밑도 끝도 없는 말을 던졌다.

"오야붕, 상황이 심각하네요. 일 년이고 반년이고가 문제가 아니라 오늘밤이 고비예요."

오야붕은 아무 대꾸 없이 으헉, 하고 비명을 지르고는 소파에 맥

없이 주저앉았다. 차라리 이게 낫다. 오늘은 밤새 고민하겠지만 날이 새면 생각을 고쳐먹을 것이다. 그 고비를 넘기는 순간, 노이로제에서 벗어날 테지.

입을 멍하니 벌리고 눈 한번 깜박이지 않고 하늘을 올려다보는 오야붕을 곁눈질로 살피며 마리아가 일어선 바로 그 순간, 시끌벅적한 소리가 텅 빈 로비에 울려퍼지기 시작했다.

조금 전 마리아의 곁을 스쳐 지나간 등산복 차림의 남자들이 빙벽이라도 타고 내려오는 듯한 자세로 서로의 몸을 밀치면서 계단 아래로 뛰어내려오는 것이었다.

"앗, 저기 있다. 핫토리, 저기!"

"간호사, 큰일났어요. 빨리 와주세요. 손님이 피를 토했어요!"

마리아는 눈을 치켜뜨고 유카타의 소매를 걷어붙이면서 달려갔다.

목욕을 끝낸 뒤 포렴을 걷고 밖으로 나온 순간, 다로는 갈 곳을 잃고 말았다.

대체 이 사태를 어떡하면 좋을까. 호텔 측은 필시 경찰에 연락할 것이다. 곧 경찰차가 와서 자신을 보호해주려 할 것이다. 가족들도 달려올 것이다.

죽으러 온 것이었지만 죽지 못했으니 아무것도 변한 게 없다. 온갖 설교를 듣고 머리 숙여 사과하고 나면, 내일부터는 다시 평소와 다를 바 없는 나날들이 지나갈 것이다. 어머니와 누나를 어떤 얼굴로 봐야 할까.

빨간 카펫이 깔린 마루 끝에 걸터앉아 풋내나는 조릿대잎차를 마신다.

"아, 실례합니다, 손님."

진공청소기 소리가 복도를 따라 다가오는가 싶더니, 이마를 밀어 올린 폭주족 같은 소년이 기둥에서 얼굴을 내밀었다.

소년은 눈을 날카롭게 부릅뜨고 다로를 노려보았다. 이런 놈하고는 눈을 마주쳐서는 안 된다. 소년은 청소기의 스위치를 끄더니 주위를 둘러본 다음 기세등등하게 다로에게 다가왔다.

"너로군, 센노쿠라자와에서 죽으려 했다는 멍청이가. 허참, 기가 차서 원. 야, 대체 무슨 생각을 하는 거야? 이 문어 대가리 같은 놈아."

소름이 돋았다. 찻잔을 두 손으로 꼭 잡은 채 다로의 몸은 뻣뻣하게 굳어버렸다.

"나, 돈 없어요. 전차표밖에 없다고요."

"돈?"

"돈, 돈 달라는 거죠? 그렇지만 정말 없다니까요."

소년은 바닥에 털썩 주저앉더니, 미간에 한껏 주름을 잡으며 다로를 노려보았다.

"난 돈 뺏으러 온 게 아냐. 그런 짓은 진작에 그만뒀어. 하하하,

알았다. 너, 왕따를 당했구나."

크크크, 하고 사람 놀리는 듯한 웃음을 날리면서 소년은 손가락으로 다로의 이마를 콕 찔렀다.

"너, 학교에서 무시당하고 있지? 용돈도 빼앗기고 말이야. 그렇게 맹한 얼굴을 하고 있으니까 당하는 거야, 인마."

"맹하다고요?"

"거울 좀 봐, 이 문어 대가리야."

소년은 자리에서 일어나 기둥에 걸린 거울 쪽으로 다로의 얼굴을 돌렸다.

"이런 얼굴을 보고 맹하다고 하는 거야. 완전히 얼이 빠졌군. 있는 대로 다 드리겠어요, 하는 얼굴인데."

"그래요?"

"보면 몰라? 넌 머리도 좋아 보이고 가정환경도 괜찮은 것 같지만, 어디를 보나 반항할 타입은 아냐. 깡다구라고는 찾아볼 수가 없어."

"난, 폭력은 싫어요."

소년은 갑자기 믿음직스러운 형님처럼 팔짱을 꼈다.

"너, 절대로 안 죽어도 되는 방법 가르쳐줄게."

다로는 매달리는 듯한 눈길로 소년을 바라보았다. 어른들의 설교나 걱정은 그냥 스쳐가는 바람처럼 무의미한 것이었지만, 이 폭주족 형의 말은 꽉 와 닿는 데가 있었다.

"가르쳐줘요."

다로는 애절하게 말했다.

"다른 놈들한테는 절대로 말하지 마."

"말하지 않을게요."

"있잖아, 나도 요즘 들어서야 알게 된 건데, 불량한 놈들은 원래 모두 약한 놈들이야. 깡다구라는 게 없는 놈들이지. 난 좀 예외지만."

"거짓말, 얼마나 세다고요."

"세긴 뭐가 세다고 그래? 생각해봐. 그런 놈들은 자기가 이길 수 없을 것 같은 상대에게는 절대로 시비를 걸지 않아. 선생에게는 고개를 숙이고, 선배만 봤다 하면 벌벌 떨잖아. 깡다구 있는 놈은 절대로 불량해질 수 없어. 놈들은 약해서 그러는 거니까. 콤플렉스 덩어리란 말이야."

"그럼 어떡하면 돼요?"

간단해, 하고 소년은 다로의 어깨를 두드렸다.

"첫째, 놈들보다 큰 소리로 말하는 거야. 폭력 따윈 필요도 없어. 이 자식아, 하고 시비를 걸어오면, 있는 힘껏 고함을 치는 거야. '뭐야, 짜식아!' 하고. 시험 삼아 해봐, 간단하니까."

"그런 걸 내가 어떻게…… 난 못 해요."

"떨지 마. 나쁜 건 그놈들이야. 나쁜 짓을 한 놈이 벌벌 떨어야지, 네가 왜 떨어? 자, 한번 해봐."

"……뭐야, 자식……"

238

"아냐, 아냐, 그렇게 하는 게 아니라. 자, 다시 한번!"

"……뭐야, 이 자식!"

"아직 멀었어. 내 눈을 보고 해봐. 이렇게, 옆으로 비딱하게 꼬나보며, 턱은 당기고. 그렇게 말고, 옆으로 돌아보라는 게 아니라. 좋아, 그 상태로, 자식!"

"이렇게?……뭐야! 이 짜식아!"

다로가 힘껏 소리치자, 소년은 깜짝 놀라 뒷걸음질쳤다.

"아이고, 무서워라."

"정말 무서워요?"

"무섭고말고. 방금 네 고함 소리에 놀란 사람이 누군지 알아? 난 이래뵈도 미친개 폭주연맹의 돌격대장이었던 몸이야. 네 주위에서 어슬렁거리는 반푼이 중삐리 따위는 안중에도 없던 사람이라고. 잊지 마, 절대로 잊지 말고 연습해둬."

소년은 그렇게 말하고, 아무 일 없었다는 듯 다시 청소기를 돌리기 시작했다.

그때 갑자기 스피커에서 다급한 차임벨 소리가 울렸다.

"업무연락! 긴급사태 발생! 혈액형 O형 조직원, 앗, 죄송, 종업원, 지금 즉시 삼나무실로 집합! 반복한다."

"급습이다!"

청소기 파이프를 든 채 달려가는 소년의 뒤를 따라 다로도 달렸다.

18

"대체 이게 어떻게 된 거야? 우연이라고 해도 좀 너무하잖아!"

소매를 걷어붙인 마리아의 유카타는 피투성이였다. 자신의 기백에 눌려 직립부동 자세로 복도에 늘어선 야쿠자들을 서슬 퍼런 눈길로 둘러보면서, 마리아는 삼나무실 문을 향해 소리쳤다.

"믿어지지가 않아, 닥터! 팔팔한 남자 야쿠자가 스무 명이나 있는데, 전원 B형이라니! 게다가 산 사나이도 B형, 소설가도 B형, 주방장도, 셰프도 B형! 도대체 뭐야, 이게!"

피로 얼룩진 방바닥에서 응급조치를 취하면서 히라오카 의사는 절망적인 얼굴을 들었다.

"……우연이라고 하면 설명 못 할 것도 없겠지만, 혹시 직업 분류상 필연적인 결과일지도…… 이게 사실이라면 충분히 연구해볼 가치가 있겠어."

"그런 쓸데없는 소린 집어치워. 소방서도 자동응답기나 틀어놓고 있고, 경찰은 대뜸 전화를 끊질 않나, 도대체 어떡하란 거냔 말이야."

"설령 연락이 닿는다 해도 이런 폭설 속에……"

필리핀 여급은 전원 자신의 혈액형을 몰랐다. 오로지 홀로 O형임을 자부하는 아니타는 만성빈혈이다. 프랑켄슈타인 야스는 자신이 O형일지도 모르지만, 이상한 균에 감염되어 있을지도 모른다고

했다.

두 소년이 계단을 뛰어올라왔다.

"잠깐, 너희들 O형이지!"

"아녜요, 난 B형이에요."

둘 중 형으로 보이는 소년이 말했다.

"그럼 거기 있는 꼬맹이, 너는?"

"저는, O형인데요……"

그 말이 떨어지기 무섭게 사람들은 일제히 환성을 질렀다.

"근데…… Rh마이너스예요."

환성은 한숨으로 바뀌었다.

방 안에서는 하나자와 지배인과 구로다가 신음하는 여자를 꼼짝 못하게 꽉 누르고 있다.

"지배인, 당신은 어디를 보나 B형은 아닌 것 같았는데……"

"사람을 겉보기로 판단해서는 안 돼, 구로다. 나의 이 견실하고 성실한 성격은 모두 호텔에서 터득한 후천적인 거야. 내 아들놈만 봐도 알 수 있잖아."

"과연. 그러나 지금 말투는 그렇게 상냥하지 않군요. 마치 B형 인간이란 한결같이 괴상한 기인들이란 말 같잖습니까."

그 말을 하고 구로다는 문 앞에 죽 늘어선 종업원들의 얼굴을 보더니 체념 섞인 한숨을 쉬었다.

핏기 하나 없는 여자의 팔에서 혈압계를 떼어내고, 히라오카는 왕진 가방을 마구 뒤졌다.

"출혈은 그쳤지만 혈압이 회복되질 않아. 어떻게 생각해? 마리아."

너무도 내과의사다운, 지극히 침착한 히라오카의 모습은 보기에도 든든했다. 십 년간, 그는 그 나름대로 어려운 증상들과의 싸움을 계속해왔음이 분명하다.

"처음엔 동맥류 파열인가 했는데, 그건 아닌 것 같아."

"응, 소화기에 지병이 있는 것 같지도 않아. 아마 스트레스성 궤양이지 싶은데."

마리아는 방 안을 둘러보았다. 돌발적인 토혈의 흔적이 처참하다. 환자의 안색은 창백하고, 사지는 싸늘하게 식었다. 이마에는 식은땀이 흐르고 있고, 맥박은 빠르면서 약하다. 출혈성 쇼크 상태는 의심할 여지가 없다.

히라오카는 왕진가방 안에서 주사기와 약품을 꺼냈다.

"이것저것 꽤 많이 들고 다니네, 닥터."

"오너의 주치의니까. 일단 링거주사와 포도당은 있어. 그 다음은 비타민 K."

"응, 지혈에 좋겠군. 그리고 비타민 C도 넣는 게 좋겠어. 혈관 강화제가 되니까."

대량 각혈에 의한 혈압 저하는 순환부전과 조직의 대사장애를 일으킨다. 쇼크 상태에서 빨리 벗어나게 하지 않으면 폐, 간, 신장이 불가역성 부전증을 일으켜 죽음에 이르고 만다.

"이뇨제는?"

"없어. 산소라도 있으면 좋겠는데."

젖산 첨가 링거와 오 퍼센트 포도당 주사만으로 쇼크 상태에서 벗어날 수 없다는 것은 출혈량만 봐도 너무나 명백했다.

"역시 수혈을 해야 돼, 닥터!"

"그렇지만 없는 걸 어떡하나. 전원 B형이라니, 믿을 수가 없군. 응?······마리아, 당신은 무슨 형이야?"

"······미안하지만 나도 B형이야. 그러니까 언제까지고 일반병동으로 돌아가지 못하는 거야. 융통성이 없는 성격이라서······ 응? 그러는 당신은?"

히라오카는 주사기를 챙기던 손을 멈추고 낙심한 표정을 지었다.

"미안해. B형이야. 그래서 환자를 죽이기도 하는 모양이야. 핫핫 핫······ 아, 웃을 일이 아닌가······"

피로 얼룩진 삼나무실은 절망적인 분위기에 빠져들었다. 무서운 장면을 구경하고 싶어하는 B형 인간들이 어느새 방 안으로 밀고 들어오는 것이었다.

"어이, 구경거리가 아냐. 나가!"

뒤를 돌아보며 주의를 준 히라오카는 군중 속에서 나카조 오야붕의 얼굴을 발견하는 순간, 앗! 하고 소리쳤다.

"아, 있다! 있었잖아! 기도 나카조 씨, 당신 O형이죠! 왜 모른 척하고 있어요!"

오야붕은 말이 떨어지기가 무섭게 고개를 움츠리며 도망치려 했지만, 금방 사람들에게 붙잡혀 방 안으로 끌려들어왔다.

"엣, 아냐, 아냐. 난 O형이 아니라고. 에, 그러니까…… AB형, AB형입니다. 성질만 봐도 알잖아요. 천재가 많다는 AB형."

나카조 오야붕은 팔에 주사를 맞을래 배에 칼을 맞을래 하고 물으면 서슴없이 배에 칼을 맞겠다고 할 정도로 병원을 싫어하는 사람이다. 비타민 주사 한 대를 놓을 때도 부하들이 총출동해서 온몸을 누르지 않으면 안 될 정도다.

"오야붕, 얌전하게 구세요! 보기 흉합니다!"

두 팔을 붙들며 구로다가 질책했다.

구로다는 예전에 간토 사쿠라회 간부들의 건강진단을 할 때도, 병원이라면 질색하는 나카조 오야붕 때문에 된통 고생한 적이 있었다. 엑스레이 사진을 찍을 때 냅다 묶어버린 것까지는 좋았는데, 그만 바륨을 토해서 석고상이 되어버렸다. CT 촬영 때는 정신을 잃어서 간호사들을 당황하게 했다. 그뿐 아니라 위내시경 카메라를 넣은 채 갑자기 미친 듯이 날뛰며 검사실을 뛰쳐나가 온 병원을 공포의 도가니로 몰아넣기도 했다.

"기도 씨, 저한테 거짓말을 해도 소용없어요. 전 당신의 주치의가 아닙니까."

히라오카의 한마디에 오야붕은 검사 앞에 선 범법자처럼 어깨를 축 늘어뜨렸다. 그러더니 갑자기 새로운 증거라도 발견한 것처럼 목소리를 높였다.

"선생! 난 C형 간염이야. C형 간염에 간경변에다, 간암까지 걸렸 잖아. 하하핫, 이래선 무리야, 무리. 내 피를 받은 사람은 그날로 C 형 간염에 걸리고 말 테니까. 자, 어떡할 거요."

갑자기 찬물을 끼얹은 듯 조용해졌다. 불길한 침묵의 시간도 잠 시, 히라오카는 조용하면서도 단호하게 선언했다.

"……일단 수혈부터 합시다. 마리아, 넉넉하게 뽑아도 괜찮아."

눈물을 질질 흘리면서 목숨만은 살려달라고 애원하는 나카조 오 야붕을 쫄따구들이 사정없이 찍어눌렀다.

두 소년은 작은 방으로 옮겨가, 죽어가는 생명이 다시 살아나는 모습을 가만히 지켜보고 있었다.

"너, 다시는 죽고 싶다는 둥 그만 소리 하지 마. 천벌을 받을 거 야."

"응." 다로는 고개를 끄덕였다.

오기와라 미도리의 상태가 안정을 되찾은 것은 날이 샐 무렵이 었다.

마리아와 히라오카는 고른 숨소리를 내는 환자를 사이에 두고 말 없이 눈 내리는 소리에 귀를 기울이고 있었다.

지배인은 묵묵히 방바닥을 닦고 있다.

"히라오카 선생, 대단해. 정말 놀랐어."

히라오카의 솜씨는 완벽했다. 왕진가방 안의 몇 안 되는 의약품과 수혈만으로, 대량 각혈로 쓰러진 환자를 쇼크 상태에서 살려낸 것이다. 의사라고 해서 아무나 할 수 있는 솜씨가 아니었다. 날카로운 감각과 정확한 지식, 그리고 무엇보다 풍부한 임상경험이 없다면 결코 해낼 수 없는 치료였다.

이 사람은 천하의 명의다, 하고 마리아는 생각했다.

"내가 뭐 언제까지고 인턴일 줄 알았어? 그렇지만 이런 일에는 별로 소질이 없어. 난 늘……"

히라오카는 환자의 이마에 손을 올리고 잠시 말을 멈췄다가 다시 이어나갔다.

"늘 죽어가는 환자만을 상대하니까."

혈색이 돌아온 환자의 이마를 짚는 히라오카의 손길은 너무도 부드러웠다.

죽음을 눈앞에 둔 환자의 고통을 제거해주는 일만을 생각하고, 환자와 함께 울고 웃는 의사의 손. 결코 이길 수 없는 저승사자와의 싸움을 계속해나가는 용감한 자의 손. 패배를 선언할 수밖에 없는 그 순간에도 인간의 존엄을 지켜주는 천사의 손.

그리고, 나를 안아준 남자의 손이라고 마리아는 속으로 중얼거렸다.

"당신을 심판할 수 있는 사람은 아무도 없어."

"당신은 심판했잖아."

246

마리아는 고개를 가로저었다.

"절대로 올바른 방법이었다고는 생각지 않아. 그래서, 거부할 수는 있어도 심판할 수는 없지."

"그때와 똑같군."

히라오카는 수줍은 듯 웃었다.

"그때라니?"

"잊었어? 그때 일."

두 사람은 동시에 지배인을 바라보았다. 지배인은 아무 말도 들리지 않는다는 듯 방바닥에 생긴 핏자국을 닦아내고 있었다.

"아, 그때 말이지."

"응, 그때."

결국 자신과 조금도 다를 바 없이, 히라오카도 십 년 동안 그 병원의 옥상에서 한 발자국도 움직이지 못하고 있다는 것을 알았다.

"여태 잊지 않고 있었어?"

히라오카는 애인의 손을 잡는 것처럼, 환자의 하얀 손을 꼬옥 쥐었다.

"잊을 리가 없지. 의사로서의 내 인생은 바로 그때부터 시작되었으니까."

"그건 또 무슨 말이야?"

"의사 일이란 선택과 결단의 연속이야. 의사 집안에서 태어나 무엇 하나 부족함 없이 자란 내게는, 의사로서 가장 중요한 그 자질이 없었어. 자신이 선택하고 결단을 내리지 않으면 안 될 그런 일이 아무것도 없었으니까. 그래서 그때도 나는, 너무도 안일한 생각으로 당신을 내 사람으로 만들려 했었어. 도저히 돌이킬 수 없는 실수를 저지르고 말았지. 나는 그때 당신에게서, 교수나 선배도 가르쳐주지 않았던 의사라는 직업의 본질을 배웠던 거야."

"그런 게 아니었는데……"

그런 대단한 일이 아니었다. 갑작스런 사고로 세상을 떠난 부모는 청혼의 꽃다발을 받아드는 방법을 가르쳐주지 않았던 것이다. 불단에 모셔둔 누렇게 바랜 사진으로밖에 기억나지 않는 부모의 웃는 얼굴을 떠올리자, 마리아는 견딜 수 없이 가슴이 아파오고 서글퍼져 입술을 깨물었다.

"열심히 했지. 의국에서 쫓겨나다시피 해서 호스피스로 갔을 때도 나는 늘, 이럴 때 마리아라면 어떻게 할까, 그것만 생각했었어. 페인 클리닉이라면 누구에게도 지지 않아. 논문도 잘 못 쓰고, 학회에 나가서도 구석에 처박혀 있을 뿐이지만, 나는 내 환자를 고통스럽게 만들지는 않아. 오로지 그 방법밖에 없다는 확신이 들면, 환자를 죽이는 일도 할 수 있어. 저기, 마리아. 만일 당신이 내 입장이었더라도 역시 똑같은 선택을 하지 않았을까? 아닌가?"

마리아는 천천히 고개를 가로저었다. 그것만은 다르다.

"아냐, 의사 선생. 난 사람을 죽이지 않아."

히라오카는 충격을 받은 듯 등을 뻣뻣하게 세웠다. 말기 암 환자

248

에게 주사를 놓을 때도 히라오카는 줄곧 자신을 생각하고 있었을 것이라고 마리아는 짐작했다.

"왜? 마리아. 인간에게는 살 권리가 있잖아. 그렇다면 죽을 권리도 있는 거 아니야?"

"그건 아냐, 선생."

마리아는 고른 숨소리를 내는 오기와라 미도리의 손을 꼭 거머쥐었다. 되살아난 육체를 통해 히라오카의 상냥한 마음이 흘러나오는 것 같았다.

"인간이 살아가는 것은 하나의 의무야. 아무리 아프고 고통스러워도, 자신을 필요로 하는 사람, 슬퍼하는 사람이 있는 한, 일 분 일 초라도 더 오래 살아야 하는 거야."

길게 말하지 않아도 히라오카는 모든 것을 이해해주었다.

"알아, 마리아. 그건 잘 알아……"

"아무리 안다 해도 당신이 나의 아픔을 고칠 수는 없는 거야."

환자의 두 손이 동시에 두 사람의 손에서 미끄러져내렸다.

오기와라 미도리는 눈을 가늘게 뜨고, 얼굴을 돌려 문 쪽을 바라보았다.

"……안경, 안경……"

마리아는 테이블 위에 놓아둔 도수 높은 안경을 환자의 작은 얼굴에 씌워주었다.

"선생님, 기도 선생님. 원고 주세요. 제발 부탁이에요."

허공으로 내민 손가락 끝이 가리키는, 열린 문의 그림자 속에는 소설가가 우두커니 서 있었다. 마치 남의 얘기를 엿듣고 있는 사람처럼.

"아, 들키고 말았군. 고생이 많았지, 오기와라 양? 사실 말이야, 자네가 그렇게나 열심인 줄은 꿈에도 몰랐어. 편집장에게 잘 말해두겠네. 이야, 정말 놀랐어, 놀랐다고."

천박한 웃음을 남기고 자리를 떠나려는 소설가를 마리아가 큰 소리로 불러세웠다.

"잠깐! 원인은 당신이었군. 잠깐 들어와봐요."

"엣? 원인이라, 도대체 무슨 원인 말씀이신지……"

"시침 떼지 말아요. 당신이 스트레스성 궤양의 원인이란 말이야. 당신은 이애를 죽이려고 한 거라고. 이 악마, 더러운 살인자!"

소설가는 강철 문을 발로 걷어찼다. 분출구를 찾지 못한 분노를 터뜨리려는 듯 무릎으로 문을 걷어차고, 머리로 박았다.

"천하의 문화인을 붙잡아놓고, 뭐? 악마라고? 살인자라면 지금 당신 눈앞에 앉아 있잖소!"

"선생님!"

말없이 방바닥을 닦고 있던 지배인이 소설가에게 달려왔다.

"안 됩니다, 선생님. 그렇게 말씀하시면 안 됩니다."

"어이, 어이. 이런 심부름꾼마저 손님에게 설교를 하다니, 도대체 어떻게 돼먹은 거야, 이 호텔은! 너도 들었지? 들으면서 속으로 웃고 있었잖아. 아무리 안다 해도 당신이 나의 아픔을 고칠 수는 없다고? 흥! 웃기고 있네. 다른 사람의 아픔 따위를 어떻게 알아. 이놈이나 저놈이나 모두 그럴싸한 말이나 늘어놓고 난리야!"

소설가는 바닥에 침을 뱉고 뛰쳐나가버렸다.

"정말 죄송합니다, 손님. 저 선생님은 일에 쫓겨 너무 피곤하셔서 그러신 거예요. 그러니 부디 마음에 담아두지 말아주십시오."

소설가가 뱉은 침을 닦아내면서, 지배인은 마치 자신이 잘못하기라도 한 듯 머리를 조아렸다.

"……선생님, 원고, 주세요. 제발 부탁이에요."

잠꼬대처럼 중얼거리고 있는 환자의 팔을 마리아는 이불 속으로 넣어주었다.

"이제 그만 생각해. 또 기분이 나빠질 거야. 자, 조금 자둬. 그 이상한 선생에게는 내가 잘 말해둘게."

"……이상한 선생이 아녜요. 기도 선생님은 훌륭한 소설가세요. 천재예요. 다른 훌륭하신 선생님들도 한결같이 그렇게 말씀하세요. 기도 고노스케는 인간성은 도저히 감당할 수 없는 놈이지만, 작품 하나만은 괜찮다고요. 작가는 작품만 좋으면 되잖아요. 그래서나, 후속편을 읽고 싶어서……"

"말하지 마. 배가 아플 거라니까. 흠, 좋은 소설을 쓴단 말이지. 사람은 겉보기와는 다르군. 히라오카 선생은 읽은 적 있어?"

안경 너머로 자신을 뚫어져라 바라보는 히라오카의 시선에, 마리아는 두려움을 느꼈다.

바로 그때와 똑같은 눈이었다.

19

하나자와 지배인은 소설가의 뒤를 쫓았다.

욕을 퍼붓고 도망치듯 달려가는 소설가의 얼굴이 셀룰로이드 인형처럼 찌그러지는 것을 지배인은 놓치지 않았다. 분위기가 심상치 않았다.

필시 소설가는 문 뒤에 숨어 안에서 들려오는 이야기를 한참이나 듣고 있었을 것이다.

의사와 간호사가 어떤 관계인지는 모른다. 그러나 두 사람의 대화는 그들만의 깊은 사연을 모르는 지배인의 가슴까지 울렸다. 벽에 기대어 귀를 기울이고 있다가, 결국 그 자리에 주저앉아 고개를 떨어뜨리는 소설가의 모습이 눈에 보이는 것 같았다.

그렇게 맹렬한 속도로 달려가던 소설가는, 계단에 이르자 맥빠진 발걸음으로 천천히 내려가고 있었다.

"잠깐만요, 선생님. 잠깐만 기다리세요."

계단 위에서 불러세우자, 소설가는 뒤도 돌아보지 않고 갑자기 걸음을 빨리하기 시작했다. 풀 죽은 저 모습이, 언제나 그렇듯 그가 일으킬 소동의 전조라는 것을 지배인은 너무도 잘 알고 있었다.

쌓인 눈에 반사된 불빛이 어렴풋이 비쳐드는 이층 복도에서, 소설가는 막다른 골목에 몰린 사람처럼 뒷걸음질치면서 말했다.

"오지 마. 자네와는 상관없는 일이야. 저리 가."

"아녜요. 상관 있습니다. 저는 이 호텔의 지배인이니까요."

"대체 왜 이렇게 귀찮게 구는 거야? 왜 타인의 마음속까지 파고들려는 거냔 말이야? 자네에게 물어본 적도 없잖아. 상관없는 일이라고!"

"손님이 물어보시는 것에 대답하는 것만이 제 업무는 아닙니다."

"웃지 마. 웃을 일이 아니잖아. 왜 자네는 늘 싱글싱글 웃고 있는 거야? 꼭 사람을 비웃는 것같이."

"이 웃음은 제복과 똑같은 겁니다. 턱시도를 입으면 바로 이런 얼굴이 되는 걸 어쩝니까."

등뒤에 문이 닿자, 소설가의 얼굴은 마치 불에 닿은 셀룰로이드 인형처럼 심하게 일그러져갔다.

"이제 됐어. 어차피 자네가 알 수도 없는 일이니까. 자네가 알 리가 없다고."

소설가는 손잡이를 더듬더니, 몸을 뒤로 돌리면서 방 안으로 숨어버렸다.

안에서 자물쇠를 잠그고, 체인을 걸고, 나는 문 앞에 선 지배인의 발소리가 멀어지기를 기다렸다.

나는 현관을 밝히는 작은 전등 아래 오래도록 서 있었다. 내리는 눈의 정적 속에서 기요코의 나지막한 숨소리가 들려왔다.

언제 어디선가 지금과 똑같은 기분을 맛본 적이 있다. 착각이 아니다. 분명 언젠가 지금과 똑같은 처절한 기분을 맛보았던 적이 있었다.

그게 언제였던가.

감긴 눈 아래서 태양이 작열했다. 어느 여름날 오후의 시끌벅적한 거리. 마음을 뒤흔들며 지나가는 전차 소리. 한없이 내리퍼붓는 매미의 울음소리. 사람들의 땀에 젖은 냉담한 얼굴.

여름방학이 끝나는 날, 나는 밀린 숙제를 걱정하다가 공장으로 내려가는 사다리 위에서 처음으로 아버지에게 물어보았다.

엄마는 어디 갔어, 라고.

아버지는 묵묵히 재봉틀을 밟으면서 대답 대신 내 머리에 꿀밤을 먹였다.

나는 한여름의 거리로 뛰쳐나가 자전거 페달을 밟았다. 도미에가 맨발로 뛰어나와 핸들을 붙잡았다. 나는 바퀴를 돌려 도미에의 정강이를 치받고, 하염없이 자전거 페달을 밟았다. 도미에는 뜨거운 보도 위에서 다리를 질질 끌며 끝도 없이 내 이름을 부르고 있었다.

나는 어디에도 없는 어머니를 찾아 다녔다.

스다초의 전차 정류장, 간다 역의 개찰구, 미쓰코시 백화점의 기

모노 가게. 가출한 어머니가 그렇게 가까운 곳에 있을 리가 없음에
도 불구하고, 고무 슬리퍼를 신은 발의 물집이 터지고 러닝 셔츠를
입은 등이 새까맣게 탈 때까지 나는 어머니의 모습을 찾아다녔다.

만나는 사람마다 붙잡고 물어보았다.

"우리 엄마 못 봤어요? 입가에 점이 하나 있고, 파마머리에, 키가
작고 예쁜 서른 살 정도의 여자예요."

아무도 대답해주지 않았다. 길 가는 사람이나 가게 점원은 땀에
젖은 차가운 미소를 띠며 나를 내려다볼 따름이었다.

죽을힘을 다해 자전거 페달을 밟아 준텐도 대학병원의 대합실에
갔다가 간호사에게 야단을 맞고, 히지리 다리 위에서 뛰어내리려는
생각도 했다. 나는 이 세상의 악의에 내몰리고 있었던 것이다.

오차노미즈 역 앞에서는 차에 치일 뻔했다. 달려온 경찰관에게
눈물 쏙 빠지게 혼나고는 자전거를 내동댕이치고 도망쳤다.

완전히 공황상태에 빠져, 어머니를 애타게 부르며 하염없이 거리
를 돌아다녔다.

그 다음에 나는 어떻게 했던가.

그렇다. 나는 메이지 대학 옆의 언덕길을 뛰어올라, 작은 호텔의
로비로 들어간 것이었다.

조용한 로비에 서서 나는 발을 동동 구르고 팔을 마구 휘두르며
어머니를 불렀다. 왜 그랬는지 모르겠다. 찢어지는 가슴으로, 나에
게는 미지의 장소인 그 호텔 어딘가에 틀림없이 어머니가 숨어 있

다고 생각했던 것이다.

울부짖는 내 앞에, 나비넥타이를 맨 호텔맨이 한쪽 무릎을 꿇고 앉았다.

"무슨 일이세요?"

나와 눈높이를 맞추기 위해 꿇어앉아 분명히 그렇게 물었다.

그것은 내가 그날 처음으로 만난 선의였다. 웃음 띤 얼굴을 대하는 순간, 나는 더이상 참지 못하고 남자의 가슴에 얼굴을 파묻고 엉엉 울어버렸다.

"어머니를 찾고 있구나."

호텔맨은 나를 끌어안고 땀에 젖은 나의 등을 쓰다듬어주며 말했다. 부드러운 포마드 냄새를 맡으며, 이윽고 나는 제정신을 차렸다.

"이제 됐어. 어차피 아저씨는 모를 거야. 알 리가 없어."

호텔맨은 나를 프런트 뒤의 사무실로 데리고 가서, 도미에가 데리러 올 때까지 가만히 내 어깨를 감싸주었다.

'스스로 묻어두었던 기억을 또하나 떠올리고 말았어.'

역시 착각이 아니었다. 나는 삼십 년 전에 지금과 똑같은 기분을 맛보았던 것이다. 한 달에 몇 번은 반드시 그 호텔에 처박혀 일을 했으면서도 여태 기억해내지 못하고 있었다. 나는 아마도 나 자신을 위해 그 고통스런 여름날의 기억을 묻어버린 것이다. 그리고 그날 만난 유일한 선의를 잊을 수 없어, 지금도 그 호텔을 오가고 있는 것이리라.

나는 발소리를 죽여 방 안으로 들어갔다.

의사와 간호사의 절실하고도 진지한 사랑이 내 마음을 옭죄어오
고 있다.

도저히 이 세상의 것이라 할 수 없을 만큼 아름다운 기요쿄의 잠
든 얼굴. 밖으로 드러난 하얀 팔을 이불 안으로 넣어주고, 잔혹한
잠꼬대가 나오지 않기를 바라면서, 나는 수화기를 들었다.

방의 불을 끄고 창가의 등나무 의자에 앉아 미닫이문을 닫았다.
내리는 눈 속에서 수화기 버튼을 누른다. 도미에는 텔레비전을 켜
둔 채 자고 있을지도 모른다.

"……여보세요."

잠이 덜 깬 목소리로 도미에가 말했다.

"텔레비전 꺼야지, 새벽 한시야."

"아, 고짱. 어떻게 알았니? 응, 이제 껐어."

"안 맞아서 좋지? 도미에."

도미에는 소리 죽여 하품을 했다. 가벼운 오리털 이불에는 이제
익숙해졌을까. 오백 달러나 주고 산 실크 가운을 오늘은 입고 있으
면 좋겠는데.

그러나 도미에는 역시 아버지가 남겨준, 소매 없는 플란넬 잠옷
을 입고 있을 것이다.

"무슨 일이니, 고짱? 이런 시간에. 또 무슨 일이라도 생겼니?"

"아무 일 없으면 전화도 못 해?"

"그런 건 아니지만…… 고짱은 나카조 씨 호텔에만 가면 늘 문제를 일으키잖아."

"마음 놔. 여태 아무 일도 안 일어났으니까. 그냥 목소리나 들을까 해서 전화했어."

"거기도 눈 오니?"

"아, 그것 때문에 또 쓸데없는 기억을 떠올리고 말았어. 그런데 도미에……"

나는 숨을 한 번 들이쉬고 나서 용기를 내어 도미에에게 물었다.

"아주 오래 전, 야마노우에 호텔에 간 적 있었지? 아주아주 오래 전이야. 어릴 적에, 길 잃은 나를 데리러 왔었잖아."

"글쎄, 그런 일이 있었던가?"

"시침 떼지 마."

그렇지 않을지도 모른다. 도미에도 필시 행복하게 살기 위해서 나쁜 기억을 스스로 묻어버렸을 것이다.

도미에가 그런 과거사를 떠올리게 할 필요는 없다. 나는 그런 생각을 하면서 화제를 바꾸었다.

"그런 건 아무래도 상관없어. 그것보다, 도미에. 넌 아버지를 사랑했어?"

도미에는 전화 너머로도 알 수 있을 정도로 부끄러워했다.

"갑자기 그건 또 왜? 그야 싫어하는 사람하고 어떻게 같이 살 수 있었겠니."

"그럼 아버지는 어땠는데? 너한테 반했던 거야?"

도미에는 말이 없었다. 호박에다 느림보에다 원래 나이보다 열 살이나 더 들어 보이지만, 묘하게 사려 깊은 구석이 있다는 것을 나는 잘 알고 있다.

도미에는 나의 당돌하고 갑작스러운 질문에 오랫동안 생각에 잠겼다.

"그런 생각 하지 마. 아버지와 나는 고쨩을 위해서 함께 산 게 아냐. 그런 식으로 생각하면 안 돼."

"거짓말하지 마, 도미에. 넌 내가 너무 딱해 보여서 후처로 들어온 거였잖아. 아버지는 자기 손으로 학교 서류도 적기 싫고 학부형 회의에도 가고 싶지 않았으니까, 너를 마누라로 삼은 거잖아. 내 말 틀려?"

도미에는 바로 대답하지 않고, 땅이 꺼져라 깊이 한숨을 쉬었다.

"그런 게 아냐, 고쨩. 아버지는 정말로 나를 사랑해주셨어."

"믿을 수 없어, 그런 말 따위. 너같이 호박에다 느림보에다 잘하는 거라곤 오로지 밥 짓는 것밖에 없는 여자에게 반할 남자가 세상에 어딨어?"

왜 나는 꼭 이런 식으로 말하는 걸까. 난 도대체 도미에에게 뭘 물어보고 싶은 것일까.

"도미에 씨, 당신을 사랑합니다, 라고 아버지가 말한 적 있어? 결혼해주세요, 라고 말했느냔 말이야."

재봉틀 앞에 앉아 다리 부러진 안경을 억지로 귀에 걸치고, 잠시도 쉬지 않고 묵묵히 메리야스 천조각을 꿰매던 아버지의 모습이 눈앞에 선하다. 그런 아버지가 사랑의 말 따위를 입에 담을 리가 없다. 아내를 공장 직원에게 빼앗긴 직인과 그의 가정부 같은 여공이 사랑의 말을 주고받는 장면을 나는 도저히 상상할 수 없었다.

"봐, 대답 못 하잖아. 괜히 잘난 척하지 마. 너하고 아버지는 나 때문에 같이 산 거야. 분명히 그래. 아버지는 내가 집을 나가기라도 하면 큰일이다 싶어서, 저녀석의 어머니가 되어달라고, 재봉틀을 밟으면서 그렇게 말했을 거야. 그렇지, 도미에?"

"아냐, 고짱. 그건 아냐."

"그럼 뭔데?"

"증거가 있어. 보여줄까?"

바람을 타고 눈발이 창을 스쳤다. 내 몸은 바르르 떨리기 시작했다.

"금방 팩스로 보내줄게. 아무에게도 보여주지 말고 혼자 읽어. 읽은 후에는 반드시 버리고."

결코 화를 내지 않는 도미에가 화를 내고 있다. 여태 한 번도 본 적이 없는 도미에의 분노가 견딜 수 없이 두려웠다.

"괜찮아. 집에 가서……"

"안 돼. 읽어. 지금 당장 읽어."

"미안해, 도미에. 사과할게. 이제 더이상 이상한 말 안 할게. 용서해줘."

"고짱, 지금 수면제나 술 먹지도 않았잖아. 맨정신으로 그런 말을 하는 걸 보니 정상이 아니야. 잘 들어, 그건 아버지의 소중한 유품이니까 절대로 다른 사람에게 보이면 안 돼. 만약 어머니가 그걸 보기라도 하면 안 되니까. 꼭 읽고, 읽은 후에는 버리도록 해."

"기다려, 도미에……"

난폭하게 수화기를 내려놓는 소리가 들렸다.

나는 나 자신의 기분과 전혀 관계없이, 일단 밖으로 뛰어나가지 않을 수 없었다.

"선생님, 왜 그러세요? 무슨 일이에요?"

자리에서 벌떡 일어선 기요코는 확 끌어안아주고 싶을 정도로 사랑스러웠다. 그러나 안아주고 있을 여유 따위는 없다.

"시끄러워. 넌 가만히 자고나 있어."

예, 하고 다시 얌전하게 자리에 눕는 기요코의 몸을 끌어안는 대신 발로 한 번 걷어차고, 나는 방을 뛰쳐나갔다.

총알처럼 계단을 뛰어내려가는데, 프런트에서 팩스 신호음이 들렸다. 카운터를 사이에 두고 지배인과 구로다가 이야기를 나누고 있다. 삐ー하는 소리를 듣고 어머니가 사무실에서 나왔다. 최악이다.

"그거 만지지 마! 중요한 거야. 읽지 마, 읽으면 안 돼!"

나는 지배인을 들이받고 구로다를 어깨로 밀치며 카운터를 뛰어넘었다.

"저리 가!"

나는 어머니에게 고함을 쳤다. 위험할 뻔했다. 늘 나에게 야단을 맞아가면서 더듬더듬 팩스를 보내던 도미에로서는 믿을 수 없는 속도였다.

나는 도착한 팩스 용지를 잡아채서 프런트를 빠져나왔다. 호텔은 깨어 있다. 대낮에 벌어진 소동의 여운이 사람들의 잠을 빼앗은 것이리라.

로비의 소파에서는 두 소년이 어깨를 바싹 붙이고 이야기를 나누고 있었다. 주방에서는 물 트는 소리가 들려오고, 문이 열린 노래방 안에서는 여급들의 웃음소리가 새어나오고 있었다.

나는 갈 곳을 잃고 현관을 빠져나왔다. 눈 쌓인 승차장의 전등 빛에 팩스 용지를 비추었다. 영하의 바깥 공기는 나를 꽁꽁 얼어붙게 했다.

바람에 펄럭이는 하얀 종이 위에서, 나는 아버지의 필체를 확인할 수 있었다.

사토 도미에 님

갑작스런 무례를 용서해주십시오.

저는 당신을 사랑합니다. 깊이깊이 사랑하고 있습니다. 저와 결혼해주십시오.

계속 읽을 용기가 없어, 나는 눈보라 저편의 어둠 속으로 시선을 돌렸다. 세상을 뒤덮어버릴 듯 거대한 산들이 높고 낮은 울음소리를 흥흥하게 내지르고 있었다.

지렁이처럼 삐뚤삐뚤 오른쪽으로 기어올라가는 필적은 틀림없이 아버지의 것이었다. 아버지는 자기 생각에도 그 처참한 글씨체가 부끄러웠는지, 나의 체육복이나 윗도리에는 바늘과 실로 이름을 새겨주었었다.

인쇄라도 한 듯 정확하게 자수를 놓는 아버지가 글자 하나 똑바로 쓰지 못한다는 것은 수수께끼 중 하나였다.

오랜 세월 웃음거리였던 그 수수께끼의 해답을, 나는 지금에야 풀어냈다. 나 역시 소설 속에서는 그렇게 멋진 사랑의 말을 늘어놓으면서도 현실에서는 짐승이 울부짖는 것 같은 표현밖에 하지 못한다. 그것과 다를 바 없다. 때때로 도미에가 징그러워할 정도로, 나는 하나에서 열까지 아버지를 쏙 빼닮은 것이다.

나는 용기를 내어, 그 다음을 읽어내려갔다.

부녀 사이만큼 나이 차가 나는 당신에게 어울리지 않는 이런 고백을 하는 저를 당신은 경멸하겠지요. 그러나 좋아하는 걸 어떡하겠습니까. 어쩔 도리가 없었습니다.

저를 사랑해달라고는 하지 않겠습니다. 젊은 놈에게 아내를 빼앗기고, 남은 아이를 안은 채 어찌할 줄 모르는 중년 남자를 불쌍히 여겨주십시오.

저는 빤쓰 만드는 것 말고는 아무 능력도 없는 남자입니다. 고생스러울 겁니다. 그러나 난 별다른 취미도 없고, 군대에서 단련된 몸이라 건강에는 자신 있습니다. 생활에 불편하지 않을 정도의 돈도 모아두었습니다.

평생 다시는 이런 부끄러운 고백은 하지 못할 겁니다.

저는 당신을 사랑합니다. 깊이깊이 사랑하고 있습니다. 절대로 거짓말이 아닙니다. 부디 저와 결혼해주십시오.

두 번 다시는 볼 수 없을 아버지의 편지를 움켜쥔 채, 나는 무릎을 끌어안고 울었다.

날짜는 어머니가 가출한 지 이 년 후, 아버지 나이가 지금의 나 정도였을 때였다. 아버지는 분명 거짓도 위선도 없이, 허세도 광기도 없이, 마음 깊이 도미에를 사랑했을 것이다.

도미에의 말대로 나는 하나에서 열까지 아버지를 쏙 빼닮았다. 성깔 있어 보이는 매부리코, 가면처럼 옆으로 쭉 찢어진 눈매, 등을 긁은 후에 그 손가락 냄새를 맡는 버릇하며, 새우등, 팔자걸음, 편집자들을 아연실색케 하는 지렁이 글씨까지, 나는 아버지를 쏙 빼닮은 것이다.

단 하나, 다른 것이 있다면……

20

눈부신 아침이었다.

날이 밝자 고갯길 너머에서 제설차가 와서, 호텔 정문 앞까지 눈을 치워주고는 도망치듯 사라져버렸다.

삽을 든 젊은이들이 구로다의 구령에 맞춰 현관까지 길을 만들고 있다.

이별을 아쉬워하며 주방에서 전송을 나온 수국 산악회의 멤버들을, 무토 다케오는 지루한 눈길로 바라보고 있었다.

등산화를 신고 허리에 건 하켄과 카라비너를 찰랑찰랑 울리며 자리에서 일어나, 무토는 할 수 없이 한마디 했다.

"제4슬래브를 오른다. 나는 가르치는 건 싫어하지만, 견학은 얼마든지 허락한다."

백의의 산 사나이들은 서로의 얼굴을 바라보며 기쁨의 탄성을 질렀다.

승차장으로 나서자 무토는 저 멀리 우뚝 솟은 오카구라를 눈부신 듯 올려다보며 새하얀 선글라스를 꼈다. 피켈을 두 손으로 들고, 근육을 움직이며 팔다리 운동을 시작한다.

"잠깐만요, 아저씨."

사람들 사이를 헤집고 소년이 달려나왔다. 무토는 상관하고 싶지 않다는 듯, 눈이 치워진 길을 따라 걸어나왔다.

"잠깐만, 가지 말아요."

"왜 그래, 꼬맹이. 아직도 내게 용건이 남았나?"

다로는 정원 앞의 설원까지 달려나와 무토의 어깨에 걸쳐진 자일을 잡았다.

"난 어떡하면 좋아요?"

"기가 찬 놈이로군. 목숨은 구해줬으니 앞으로의 일은 스스로 생각해."

"어떡하면 좋을지 모르겠어요."

"쓸데없이 생각만 하지 마. 남자가 선택할 수 있는 길은 망설일 수 있을 만큼 많지 않아."

무토는 매달리는 다로를 질질 끌면서 걸어가더니, 선글라스를 벗으며 그 자리에 멈춰 섰다.

"좋아. 그럼 신에게 정해달라고 하지, 뭐. 네가 선택할 길은 두 가지 중에 하나밖에 없어."

"두 가지 중에 하나?"

"죽느냐, 사느냐. 그것만 확실히 정하면 어려운 건 아무것도 없어. 어제만 해도 너는 그것을 확실히 결정하지 않아서 그런 꼴사나운 상황을 만든 거야. 그렇지?"

선글라스를 든 왼손으로 무토는 찬란하게 빛나는 오카구라 산을 가리켰다.

"암벽 등반에서 가장 어려운 것이 바로 그거야. 산등성이의 베이스캠프에서 암벽을 올려다보며 몇 시간, 때로는 며칠 동안이나 등산 루트를 읽을 때도 있어. 루트 파인딩만 확실히 하면 아무것도 두렵지 않아. 그리고 결단을 내린 후엔, 절대로 도중에 망설여서는 안 돼."

"신이 어떻게 내 길을 결정한다는 거예요?"

무토는 피켈을 눈 속에 찔러넣고, 오른쪽 장갑을 벗었다.

"가위바위보를 하지. 자일 파트너와 의견이 엇갈릴 땐 이 방법을 써. 이기고 지는 게 아니야. 이렇게 해서 산신령이 최선의 루트를 결정해주는 거야."

"내가 이기면요?"

"초심으로 돌아가야지. 지금 바로 내려온 길을 되돌아가. 류진 능선에 드러누우면 저녁이 오기 전에 죽을 수 있을 거야. 나는 두 번 다시 널 구해주지 않을 거고."

"아저씨가 이기면요?"

"곧장 집으로 돌아가. 제설차가 눈도 치워놓았잖아. 전화할 필요도, 경찰을 귀찮게 할 필요도 없어. 도쿄에 돌아가서 지금까지 살아왔던 대로 사는 거야. 단판 승부, 원망하기 없기다."

생각해볼 틈도 없이 무토는 "가위, 바위" 하고 탁한 목소리로 외쳤다.

다로는 그 순간 무토의 의도를 알아챘다. 어깨 위로 치켜든 무토의 오른손에는 엄지와 검지밖에 남아 있지 않은 것이다.

손가락이 없는 무토는 보를 낼 수 없다. 바위와 가위밖에 낼 수 없으므로, 다로가 가위바위보에서 이기려면 바위만 계속 내면 된다. 그 반대로 가위만 계속 내면, 다로는 지게 되어 있다.

결국 스스로 결정하라는 말이었다.

"보!"

다로는 바위를 냈다. 무토는 권총 모양의 가위를 냈다.

"그런 거야, 꼬맹아. 신이 내린 결정이니 불만 없겠지?"

무토는 뒤도 한번 돌아보지 않았다. 정원에서 이어지는 설원을 따라 빨간 방한복은 낙엽송숲으로 사라지더니, 쉰 듯하면서도 신기할 정도로 맑은 노랫소리가 바람을 타고 전해져왔다.

친구여 내 무덤에
작은 돌을 쌓아주게
그 앞에 피켈을 세우고

나의 돌무덤
그 아름다운 바위 언덕에
아침 햇살이 반짝이는 넓은 테라스

내 해머는 친구에게 보낸다네
피통의 노래를 들려주게

다로는 위대한 솔로 알피니스트가 이윽고 오르게 될 오카구라 산의 가파른 암벽을 올려다보았다.

눈을 헤치고 작은 동산에 있는 정자에 올라, 젖은 벤치 위에서 곱은 무릎을 끌어안는다. 무토가 두 손가락으로 힘차게 내리꽂는 해머 소리를 들어보고 싶었다.

"빨리 가. 언제까지 그러고 있을 거야? 다른 남자들 시선이 그렇게 신경 쓰여?"

거울을 보며 립스틱을 칠하는 기요코의 목덜미를 힘껏 발뒤꿈치로 차버렸다.

"아얏! 죄송해요. 선생님. 금방 끝나요. 일 분, 일 분만 기다려주세요."

"좋아. 일 분만이야. 하나, 두울, 세엣."

나의 초읽기에 몰려 기요코의 입술은 명란젓처럼 되어버리고 말았다.

그래도 아름답다. 이 여자는 신이 이 세상에 보낸 걸작 중의 걸작이다. 울건 웃건, 잠을 자건 깨어나건, 일어서건 앉건, 이 여자는 언제 어디를 보나 아름답다.

초읽기 소리는 도중에 멈췄다. 나는 도대체 어떻게 해야 기요코를 내 것으로 만들 수 있을까. 내가 이 세상에서 가장 사랑하는, 태양보다도 물보다도 더 사랑하는 이 여자를, 도대체 어떻게 해야 내 마음속에 꼭 가둬둘 수 있을까.

나는 사랑의 말을 모른다. 아무도 그런 걸 가르쳐주지 않았다.

"선생님, 왜 그러세요. 왠지 슬퍼 보여요."

"너랑 있어서 슬픈 거야. 널 보고 있으면, 전생에 무슨 죄를 지어 너같이 닳고닳은 년과 함께 있는지, 뭘 그렇게 잘못했다고 딴 남자 자식과 병들어 골골대는 할망구까지 먹여 살려야 하는지, 너무 슬퍼서 울고 싶은 심정이라고."

나는 기요코의 머리카락을 잡고 그 자리에 쓰러뜨렸다. 내가 하는 대로 가만있는 기요코를 패면 팰수록, 눈물은 폭포처럼 쏟아져 나온다. 이렇게 하는 것 말고, 나의 야성적인 힘으로 때리고 차는 것 말고는, 기요코를 사랑하는 방법을 모른다.

기요코의 입술이 터지고 피가 흘러나왔다.

기요코를 사랑한 남자들은 모두 똑같이 이랬을 것이라는 생각이 들었다. 그런 사랑에만 길들여져 있어서, 기요코는 당연히 참고 있는 것이다. 울지도 소리치지도 않고, 몸이 부서져라 참고 견딜 따름 이다.

"네년을 때려 죽이고 말 테다. 그것만은 아무도 못 했을걸. 죽어 버려. 나중 일은 걱정하지 마. 할망구 장례식은 내가 잘 치러줄 테 고, 미카도 멋지게 키워주지. 그럼 너도 이 세상에 미련은 없을 거 야."

나는 기요코의 배 위에 기마 자세로 올라타, 미친 듯이 기요코를 두들겨 팼다.

갑자기 기요코는 생각지도 못한 강렬한 힘으로 내 손을 잡았다.

"그거, 정말이에요? 미카와 할머니를 행복하게 해주는 거죠?"

"그럼. 난 절대로 거짓말은 안 해. 거짓말과 불평은 내가 제일 싫어한다는 거 너도 잘 알잖아."

"알고 있어요. 그럼요, 잘 알고말고요."

그러더니 기요코는 부챗살 같은 기다란 속눈썹을 내리깔고, 단호하게 말했다.

"자, 죽여주세요."

나는 사형수를 맞이하는 사형집행인처럼 천천히 일어서서, 입가에 미소를 머금고 기요코를 일으켜 세웠다.

"알았어, 기요코. 산으로 가자. 너는 자살하는 거야. 내 앞에서 그렇게 사라지면 돼."

"약 주시면 안 될까요? 눈 속에서 잠을 자면 그대로 죽는대요."

"그렇군, 그게 좋겠어. 넌 정말 머리가 좋아."

거울을 보며 죽음의 화장을 하는 기요코의 모습은 또 얼마나 아름다운가. 마치 모든 속박에서 벗어난 사람처럼 기요코는 안도하고 있다. 죽음에 대해 어떠한 두려움도 없고, 그렇게 명령하는 나에 대해 어떠한 의구심도 품지 않는다.

이 여자는 불행의 표본이다.

"어이, 고짱. 벌써 외출하는 거야?"

로비의 카운터에서 커피를 마시던 나카조 삼촌은 하룻밤 사이에 마치 새로 태어난 사람처럼 밝은 웃음을 보냈다. 아마 피를 뽑아서 혈압이 내려간 모양이다.

"센노쿠라자와 구경이나 하려고요. 스노모빌을 좀 내주세요."

나카조 삼촌은 큰 유리창 너머로 푸른 하늘을 올려다보았다.

"그래? 그럼 나도 가볼까? 날씨도 좋은데."

"핫핫핫, 농담도 심하시지. 우리는 센노쿠라자와에서 사랑의 맹세를 할 겁니다. 게다가 스노모빌의 정원은 세 명뿐이라는 사실을 아셔야죠."

나카조 삼촌은 기쁜 표정으로 우리에게 축복을 보내고, 현관으로 나가 사람을 불렀다.

전직 폭주족 소년이 운전하는 스노모빌이 충실한 개처럼 달려왔다. 소년은 잘 닦인 애차의 물방울을 닦아내면서, 마치 우리의 파멸을 참관하는 것이 자신의 명예라도 되는 양 만면에 미소를 머금고 있다.

지배인과 구로다는 프런트에서 얼굴을 내밀고, 다녀오세요, 선생님, 하고 합창하며 웃었다. 내가 기요코의 손을 끌고, 그리고 공통의 목적을 향하여 걸어가는 것이 그들에게는 더없는 즐거움인 것이다.

운명의 문이 우리 앞에 차례차례 열리고 있다. 그것은 마치 내가 어느 문예지의 신인상을 수상한 이래 눈 깜짝할 사이에 인기작가의 대열에 들어섰던, 눈이 핑글핑글 돌 것 같은 시간의 흐름과 비슷한 것이었다. 고뇌와 망설임을 거듭하면서 그럭저럭 생활해왔던 그때까지의 시간이 마치 거짓말인 것처럼, 나는 힘 하나 들이지 않고 운명이 부르는 대로 흘러갔던 것이다.

세상 모두가 우리를 축복하고 있다. 오직 한 사람, 계단의 층계참에 멍하니 앉아 우리를 전송하는 안주인을 제외하고.

어머니는 기모노 차림에 어울리지 않는 장미 한 송이를 들고, 겁먹은 아이처럼 새끼손가락을 깨물고 있었다. 내가 과민한 걸까. 아무리 나를 낳아준 어머니라고 해도 나의 마음속까지 들여다볼 수는 없다. 아마 장미 가시가 어머니의 손가락을 찌른 것일 게다.

내 마음은 활짝 갠 겨울 하늘처럼 맑았다. 나는 기요코의 투명한 표정을 머플러로 감싸고 현관을 돌아보면서 층계참의 어머니를 향해, 어머니, 잠깐 다녀올게요, 하고 말했다.

시간도 풍경도, 푸른 하늘에 빛나는 태양 아래서 그대로 얼어버렸다. 나와 기요코를 태운 스노모빌은 그림처럼 움직일 줄 모르는 겨울 풍경 속을 일직선으로 미끄러져갔다.

일곱 굽이 고갯길을 왼쪽으로 오르면 센노쿠라자와로 뻗은 눈 쌓인 숲길이 나타난다. 눈이 다져진 갈림길 위에, 눈 아래 절경을 감상하는 두 사람의 그림자가 있었다. 간호사는 호텔을 떠나는 차림이고, 의사는 호텔의 고무장화를 신고 있었다.

나는 소년의 등을 두드려 스노모빌을 세우고, 두 사람을 향해 인사말을 던졌다.

앞으로 두 사람이 어떻게 될지 그런 건 내 알 바 아니다. 의사도 간호사도 침울한 표정이었다. 상냥하게 인사를 하면서도 나는 속으로, 웃기고 있네, 너희 둘이 잘 되면 내 손에 장을 지지겠다, 하고 중얼거렸다.

헤어질 때 간호사는 기요코의 어깨를 감싸안으며, 마치 성모 마리아처럼 부드러운 미소를 보냈다. 행복하세요, 하고.

그렇고말고. 우리는 우리에게 어울리는 방법으로 그 행복이란 놈을 붙잡을 것이다.

스노모빌은 깨끗한 눈을 가르며 숲길을 달렸다. 이윽고 숲길이 끊어지고, 여기저기 조릿대가 목을 내민 능선을 넘어서자, 갑자기 눈앞에 웅대한 조망이 펼쳐졌다.

오카구라가 건장한 어깨를 떡 벌리고 순백의 옷자락을 펼치고 있는 센노쿠라자와의 설원으로 우리는 미끄러져 내려갔다.

그곳은 세 방향에서 은색의 바위산에 둘러싸인 깊은 항아리의 바닥이었다. 오카구라의 위용 앞에 기가 꺾인 소년을 재촉하며 눈 덮인 산장 옆을 지나쳤다. 갈 수 있는 데까지 가자. 오를 수 있는 데까지 올라가자. 아래로 떨어지면 눈사태에 파묻혀, 이 세상에서 가장 아름다운 것을 아름다운 모습 그대로 영원의 빙하에 가둬버릴 높이까지 올라가자.

스노모빌은 이윽고 바위 긁는 소리를 내며 멈춰 섰다.

두 사람만의 공간이 필요했다. 눈앞에 떡 버티고 선 암벽을 보고 얼굴이 새파랗게 질린 소년에게 돌아가라고 말했다. 겁에 질려 말도 못 하는 소년을 나는 질타했다.

다행히 날씨는 좋았다. 스노모빌의 자취를 따라가면 돌아갈 수는 있을 것이다.

소년은 알아들을 수 없는 말을 혼자서 뭐라고 중얼거리며, 전속력으로 달려갔다.

나와 기요코는 잠시 저 멀리 바람 소리만 외로이 울려퍼지는 설원을 바라보며, 말없이 서 있었다.

21

"죄송해요, 선생님. 이렇게 수고를 끼쳐서…… 용서해주세요."

팔다리가 저려올 정도로 긴 침묵을 깨고, 기요코는 깊이 머리를 숙였다.

"어머니를 부탁해요. 문안은 가끔씩 하셔도 좋지만, 병원비만은 제때 내주세요."

"알고 있어. 지금까지 해온 대로 잘 할 테니까."

"미카에게는 가방 하나만 사주세요. 미술학원도 계속 보내주시고요."

"그래, 약속한 거니까 지킬게. 루브르 박물관에도 데리고 가고, 예술대학에도 보낼 거야. 멋진 화가로 만들어줄게."

기요코는 오랜 여행길의 종착역에서 비로소 무거운 짐을 벗은 듯, 후우 하고 길게 숨을 내쉬었다.

"그것 말고는 없어?"

"괜찮아요. 그걸로 됐어요. 마치 꿈을 꾸는 것 같아요."

나는 설원에 무릎을 꿇고, 개처럼 발아래 눈을 파기 시작했다.

"뭘 그리 멍하니 있어. 자기 구멍은 자기 손으로 파야지."

"예, 할게요. 선생님은 그냥 계세요."

"괜찮아, 나도 도와줄게. 난 너에게 아무것도 해준 게 없으니까 적어도 무덤 정도는 함께 파줘야지. 내 심정 알겠어?"

기요코는 기쁜 표정으로 무덤을 파기 시작했다.

"너, 무섭지 않아?"

"조금도 무섭지 않아요. 그런 말을 하면 천벌을 받을 거예요. 어머니를 좋은 병원에 보내주시고, 미카에게 그림을 배우게 해주실 거잖아요. 일본 최고의 소설가 선생님에게 가족을 모두 맡길 수 있는걸요."

"그러니까 이제 죽어도 여한이 없다는 말이로군. 도대체가 튕기는 맛이 없는 여자야, 너는. 때리면 때리는 대로, 차면 차는 대로.

죽으라고 하니까 고맙다고만 하고."

내 말의 의미를 모르겠다는 듯이 기요코는 동그랗게 뜬 눈을 깜빡였다. 이 얼마나 천진무구하고 눈부신 눈동자인가.

"그런데, 기요코. 난 일본 최고의 소설가가 아냐."

"죄송해요, 선생님. 세계 최고인가요?"

난 어이가 없어 그만 입을 다물어버렸다. 기요코는 농담도 모른다. 농담을 할 지혜도 여유도 없다. 가끔 열심히 생각해서 한 말이 농담으로 들릴 따름이다.

"전요, 선생님……"

기요코는 맨손으로 눈을 파면서, 새하얀 앞니를 보이며 웃었다.

"오랫동안 생각해왔어요. 전 머리도 나쁘고, 가난하고, 미인도 아니잖아요. 그래서 어머니를 좋은 병원에 모시고 가지도 못하고, 미카를 좋은 학교에 보내지도 못했어요. 만일 나 대신에 그렇게 해줄 사람만 있다면……"

"죽어도 좋다는 말이지."

"그렇잖아요. 내가 못 하는 일을 나 대신 해주니까요. 나는 사라져도 좋아요. 여태 그런 생각만 해왔는데, 남자 운이 나빠서……"

"다행이군, 기요코. 너의 남자 운도 그리 나쁘지만은 않은 모양이야."

"이 정도면 될까요. 머리는 내밀어도 괜찮겠지요. 얼굴이 너무 추운 건 싫어요."

"그래, 됐어. 그 정도가 딱 좋아."

내가 기뻐하자 기요코는 황홀한 표정으로 내 얼굴을 바라보았다.

"선생님은 너무 상냥하세요. 다른 남자들은 모두 때리기만 했지만, 선생님은 저의 부탁을 다 들어주셨어요."

암벽에 쌓인 눈이 바람에 휘날리며 불어와 얼굴에 닿자마자, 내 마음은 조각조각 부서져버릴 것처럼 얼어붙었다.

"자, 쓸데없는 말 그만 하고 들어가. 빨리."

기요코는 자신이 판 구멍 안으로 미끄러져 들어가더니, 무릎을 가지런히 하고 앉았다.

"선생님, 약이요."

"아, 그렇지."

나는 호주머니에서 수면제를 꺼내 한 알을 기요코의 입술에 갖다댔다.

"자, 아~ 해봐. 이건 할시온이라는 거야. 좋은 약이라 잘 들어."

"나쁜 꿈을 꾸는 건 아니겠죠?"

"꿈은 안 꿔. 난 잠이 와서 이걸 먹는 게 아냐. 나쁜 꿈을 꾸지 않으려고 먹는 거지."

그제야 마음이 놓인다는 듯 기요코는 어깨를 으쓱하고 할시온을 삼켰다.

"이제 묻을게."

"예, 하나부터 열까지 수고를 끼쳐 죄송해요."

나는 서둘러 눈을 끌어 모아 다져넣으면서, 기요코의 싸구려 부츠가, 코르덴바지가, 얇은 다운재킷이 시야에서 사라지는 것을 망막에 새겨넣었다.

이 여자는 불행의 표본이다.

다이아몬드 반지도, 캐시미어 코트도, 샤넬 핸드백도, 모두 사주겠다고 하는데도 사양했다. 그러한 여자의 행복이 자신과는 어울리지 않는다고 생각했던 것이다.

그리고 지나가는 사람 백이면 백이 돌아보는 천하의 절색조차 스스로 느끼지 못했다.

할아버지가 죽은 다음 악질적인 친척들에게 밭을 빼앗기고, 병든 어머니를 끌어안고 고향에서 쫓겨와, 다가오는 모든 남자들에게 능욕당하고 짓밟혔다.

이 여자는 세계의 불행이란 불행을 그 아름다운 몸 가득히 부적처럼 달고 다니는, 불행의 표본이다.

그리고 지금, 한 조각의 행복조차 맛보지 못하고, 자신의 생명을 담보로 어머니와 자식의 행복을 얻는 것을 무한한 영광이라 믿고 눈 속에 파묻힌다. 미소를 지으며.

설원 한가운데 얼굴만 내밀고, 기요코는 나를 배웅했다.

"안녕히 가세요, 선생님."

"그래, 안녕. 잘 있어."

나는 설원을 걸어가기 시작했다. 내가 버린 것, 내가 파묻은 것,

그것은 도대체 무엇일까.

차갑게 식은 몸을 팔로 끌어안으며, 나는 터벅터벅 걸어갔다.

기요코는 최후의 목소리를 짜내어 나를 불렀다.

"선생님, 한마디만, 진심으로 하고 싶은 말이 있어요."

"뭔데." 나는 등을 돌린 채 대답했다.

"말해서는 안 되지만, 절대로 말해서는 안 되지만, 처음부터 그렇게 정해져 있었던 거지만⋯⋯"

"말해봐. 들어줄 테니까."

기요코는 울먹이고 있었다.

"사실은 선생님 색시가 되고 싶었어요. 안 되는 일인 줄 알지만, 말도 안 되는 일인 줄 알지만, 저는 선생님의 아내가 되고 싶었어요."

나는 엎어지고 뒹굴고 하면서 도망치듯 눈 쌓인 비탈길을 뛰어내려갔다.

나는 도대체 무엇을 버리고 온 것일까. 무엇을 파묻고 온 것일까.

눈 구덩이에 빠져 그대로 엎어진 내 눈앞에 마치 환상처럼 빨간색 비단이 펼쳐졌다.

커다란 숄로 머리를 덮은 어머니가 무릎까지 쌓인 눈 위에 동그마니 서 있었다. 스노모빌에서 뿜겨져 나오는 배기가스가 얼어붙은 얼굴을 녹여주었다.

어머니는 새하얀 입김을 독처럼 뿜어내며, 내 따귀를 내리쳤다.

"너, 도대체 무슨 짓을 한 거니? 무슨 짓을 했어!"

나는 엉거주춤 퍼질러 앉은 채, 되바라지게 말을 받았다.

"보면 몰라?"

뒤돌아보는 설원의 끝 간 데에, 기요코의 얼굴이 힘없이 고개를 숙이고 있었다.

"어머니도 날 버렸잖아. 세상에서 가장 소중한 것을, 목숨과도 바꿀 수 없는 것을, 버려버렸잖아!"

어머니는 새파랗게 질려, 여기까지 데려다준 소년의 어깨에 몸을 기대면서 눈 위에 무릎을 꿇었다.

"그렇게 기요코가 너한테 방해가 되니? 그게 아니잖니. 사실은 그렇지 않잖니?"

"방해가 아냐. 난 어머니의 자식이지만, 자기 행복을 위해서 좋아하는 사람을 버리거나 하지는 않아."

"그럼 저건 뭐니?"

"어쩔 도리가 없어. 기요코가 좋아서, 너무 좋아서, 도대체 어떻게 해야 할지 모르겠단 말이야."

할말을 찾지 못하고 고개를 떨어뜨리는 어머니를 향해, 나는 내가 생각해도 미쳤다 싶을 정도로 큰 소리를 내질렀다.

"우에노 동물원에 갔었어. 먹이를 살 수 없었으니까 화단의 꽃을 따서 내가 좋아하는 사자에게, 코끼리에게, 자, 이거 먹어, 하고 줬어. 내가 이렇게 사랑하고 있는데, 좋아서 너무 좋아서 견딜 수가 없는데, 그놈들은 모두 고개를 돌리더란 말이야. 어떡하면 좋아? 어떡하면 내 기분을 알아주는 거냐고!"

어머니는 보이지도 않는 내 마음을 알아주었다.

"그래, 엄마는 너에게 아무것도 가르쳐주지 못했어…… 그렇지만 아버지는 가르쳐주었잖니?"

"아버지는 계속 재봉틀만 밟고 있었어. 아침부터 밤까지. 아무것도 가르쳐주지 않았어, 아무것도!"

나는 벌떡 일어섰다.

얼어붙은 가슴에 불이 붙었다. 설원의 완만한 경사를 미친 듯이 뛰어올랐다.

가늘게 눈을 뜨고 잠들어가는 기요코를 눈 속에서 파내어 끌어내고는, 나는 아버지가 가르쳐준 사랑의 말을 울면서 외쳤다.

"기요코, 난 널 사랑해. 경멸하지 말아줘. 좋은 걸 어떡해. 어쩔 수 없었어."

"……선생님, 무슨 일이세요."

"나를 좋아해달라는 말은 않겠어. 나는 별볼일 없는 소설밖에 못 쓰는 남자지만, 별다른 취미도 없고, 몸도 건강해. 고생시키지 않을 만한 돈도 있어."

"……왜 그러세요, 갑자기."

"평생 두 번 다시 이런 부끄러운 고백은 하지 않을 거야. 부탁해, 기요코."

"······그러니까, 뭘······ 왜 그러세요······"

나는 기요코의 목덜미에 코를 박고, 아버지가 도미에에게 말했을 때만큼의 용기를 내어, 단호하게 말했다.

"부탁합니다. 나와 결혼해주세요."

기요코의 몸이 손 안에 갇힌 작은 새처럼 바르르 떨렸다. 속눈썹 사이로 가늘게 뜬 눈동자에서 영원히 얼어붙지 않을 눈물이 흘러내렸다.

깊은 잠에서 눈을 떴을 때, 어쩌면 기요코는 이것을 꿈이라고 생각할지도 모른다.

그때, 나는 다시 한번 아버지가 가르쳐준 사랑의 말을 기요코에게 해줄 테다. 두 사람 사이에 가로놓인 감옥을 열어젖히고, 가녀린 몸을 힘껏 끌어안고, 세상에서 최고로, 누구보다 사랑하는, 그 무엇과도 바꿀 수 없는 연인에게.

숲길을 거슬러올라가는 스노모빌을 눈으로 배웅하고, 마리아는 발걸음을 돌려 걷기 시작했다.

히라오카는 애절한 목소리로 마리아를 불러세웠다.

"마리아, 기다려줘. 내 이야기를 들어줘."

"아직 못다 한 이야기가 있어? 당신, 솜씨만 좋아진 게 아니라 말주변도 좋아졌나봐."

아냐, 그렇지 않아. 나의 이 어눌함은 그때 이후로 조금도 변하지 않았어.

호텔을 나서는 마리아를 쫓아 히라오카는 달려갔다. 로비에서 슬쩍해온 장미 다발을 깡마른 등뒤에 감추고, 마리아, 마리아, 하고 이름을 부르며 뒤쫓아갔다.

"우리 다시 한번 시작할 수 없을까? 그날로 돌아갈 수는 없을까?"

히라오카는 그렇게 말하며 새빨간 장미 다발을 마리아의 가슴에 내밀었다.

"멋진 프러포즈네. 그렇지만, 아쉽게도 난 기다리는 사람이 있어."

"뭐? 정말이야?"

"응, 있어. 밤이면 밤마다, 숨도 못 쉬고 피투성이가 되어 나를 만나러 오는 사람들. 아침까지 사랑해주지 않으면 다들 죽어버리지."

"휴, 난 또 깜짝 놀랐네."

히라오카가 안도의 숨을 내쉬기도 전에, 마리아는 장미 다발을 손으로 쳐서 떨어뜨렸다. 얼어붙은 장미는 수많은 사랑의 파편이 되어 흩어지며 허공을 맴돌았다.

허리에 주먹을 대고 사천왕처럼 버티고 서서 마리아는 손가락을 저었다.

"도대체가 똑바로 하는 게 없어! 잘 들어. 해야 할 일을 하나씩, 정확하게 하는 거야. 여기는 전쟁터라고!"

꾸지람을 들은 인턴처럼 히라오카는 등을 곧추세웠다.

"난 네가 필요해. 내 곁에만 있어준다면,"

"더이상 사람 죽일 필요도 없다는 말이야? 한심한 소리 하지 마. 페인 클리닉의 권위자가 무슨 헛소리야? 잘 들어, 닥터. 호스피스 분야에서는 당신이 법이야. 자신을 갖고서 마구 죽이란 말이야."

"잠깐 기다려줘, 마리아. 난 당신을,"

"나를 사랑하는 건 당신 맘이야. 나도 아마 평생 당신을 사랑하면서 살 거야. 그렇지만 그걸 입 밖에 낼 만큼 우리는 한가하지 않아. 당신은 마구 죽여. 난 마구 살려낼 테니까. 그럼 되잖아."

마리아는 빛나는 눈길을 성큼성큼 걸어가기 시작했다.

"자, 재충전은 이 정도면 충분해. 마리아 님이 나가신다. 일하자, 일. 잠깐만 기다리고 있어, 여러분. 내가 갈 때까지 심장만 뛰게 해 둬, 알았어? 멈추지 마. 잠시라도 멈추면 안 돼!"

마리아는 가슴을 활짝 펴고 걸으면서 울었다. 눈물도 닦지 않고 얼굴을 들자, 저 푸른 하늘 한켠에 속절없이 죽어간 소녀의 웃는 얼굴이 둥실 떠올랐다.

'사치코. 이제 편히 쉬렴. 나를 용서해주는 거지?'

사치코는 용서해줄까. 미처 구해내지 못했던, 피투성이 손가락 사이로 떨어져내렸던 그 많은 생명들은 나를 용서해줄까.

끝도 없이 흘러내리는 눈물을 닦으려고 손수건을 찾고 있는데, 갑자기 새파란 하늘에 강철 쐐기 같은 것을 박는 소리가 들렸다.

"뭐야, 저 소리는?"

히라오카는 피로에 지친 눈을 크게 뜨고, 계곡에서 메아리치는 소리를 찾았다.

"뭘까?"

두 사람은 모든 것을 잊고, 그 영문 모를 쐐기 박는 소리에 귀를 기울였다.

바로 그때, 소설가는 연인을 가슴에 품고, 기요코는 깊은 꿈속에서 가슴을 치는 아름다운 소리를 듣고 있었다.

안주인과 시게루는 설원에 선 채, 수국 산악회의 멤버는 일렬로 늘어서서 눈을 가르며 나아가는 낙엽송숲 속에서, 나카조 오야붕과 하나자와 지배인은 로비의 큰 창을 올려다보며, 맑고 힘찬 강철 소리를 듣고 있었다.

구로다는 컴퓨터 키보드를 두드리던 손가락을 멈췄다. 오기와라 미도리는 침대에 드러누운 채 창밖으로 시선을 던졌다.

다로는 웅크리고 있던 몸을 일으켰다.

정자의 젖은 벤치에 앉아 등을 곧추세우고, 우뚝 솟은 오카구라 산의 암벽을 바라보았다.

힘찬 망치 소리는 봉우리를 휘감는 바람을 타고 낭랑하게, 그 소리를 기다리고 있던 소년의 귀를 울렸다.

그때 다로는, 차가운 가슴 한구석에서 울려퍼지는 피통의 노랫소리를 또렷이 들었다.

옮긴이 **양억관**

울산 출생. 현재 전문번역가로 활동하고 있다. 주요 역서로, 『중력 삐에로』 『단테의 신곡』 『그대가 모르는 곳에서 세상은 움직인다』 『러시 라이프』 『달빛의 강』 『조제와 호랑이와 물고기들』 『LAST』 『자정 5분전』 『69』 『나는 공부를 못해』 『스피드』 『인간 동물원』 『교코』 『코인로커 베이비스』 『남자의 후반생』 『바보의 벽』 『성화 이야기』 『흑냉수』 『들돼지를 프로듀스』 『용의자X의 헌신』 『나는 모조인간』 『라라피포』 『모방범』 등이 있다.

문학동네 세계문학
프리즌 호텔 3 겨울

초판인쇄	2007년 8월 31일
초판발행	2007년 9월 7일

지 은 이	아사다 지로
옮 긴 이	양억관
펴 낸 이	강병선
책임편집	양수현 최유미
펴 낸 곳	(주)문학동네
출판등록	1993년 10월 22일 제406-2003-000045호

주 소	413-756 경기도 파주시 교하읍 문발리 파주출판도시 513-8
전자우편	editor@munhak.com
전화번호	031) 955-8888
팩 스	031) 955-8855

ISBN 978-89-546-0380-5 04830
       978-89-546-0377-5 (세트)

www.munhak.com

철도원 양윤옥 옮김

**1997년 나오키 상 수상작
눈 냄새처럼 맑고 깨끗한 슬픔**

아사다 지로의 첫번째 소설집. 본격문학으로는 유례없는 140만 부의
밀리언 셀러를 기록했다. 허무하고도 쓸쓸한 사람살이의 행로를 가슴
뭉클한 감동으로 휘몰아가는 작가의 솜씨는 가히 천의무봉이라 할 만
하다.

은빛 비 김미란 옮김

**영혼을 뒤흔드는 소리없는 기적
애틋한 슬픔을 자아내는 가슴 뭉클한 이야기들**

사랑을 통해 영혼의 상처를 치유해가는 인물들의 이야기는 사막 같은
현대인의 마음에 한 방울 눈물의 정감을 불어넣어준다. 야쿠자 체험
과 옷가게 경영 등 작가 자신의 특이한 이력에 힘입은 생생한 인물 묘
사와 탁월한 이야기 솜씨가 돋보이는 소설집.

낯선 아내에게 박수정 옮김

**사랑이 끝난 자리에서 다시 사랑은 시작된다
눈물과 슬픔의 힘으로**

이루지 못한 사랑, 돌이킬 수 없는 삶의 곤경에 처한 이들의 깊은 슬
픔이 가슴을 울린다. 눈물과 슬픔의 힘으로 다시 삶을 일으키는 다양
한 인간 군상의 이야기가 손에 잡힐 듯 선명한 정경 속에 아름답게 녹
아 있다.

장미 도둑 양윤옥 옮김

말없는 수국, 현란한 장미가 빚어내는 깨끗한 감동
애절한 페이소스와 짙은 향수에 감싸인 편편의 이야기들

탄탄한 구성과 번뜩이는 기교, 단편소설의 매력을 한껏 느낄 수 있는
소설집. 정리해고를 당한 카메라맨, 퇴락한 온천가의 스트리퍼, 가난
한 집안의 야무진 소녀, 영악한 부잣집 도련님, 황혼의 로맨스 그레이
등 다양한 인물들이 인생의 아름다운 실루엣을 보여준다.

산다화 권남희 옮김

잊지 말아요, 누군가가 당신을 지켜보고 있어요
담담한 감동과 함께 전해지는 일상 속의 기적

마치 겨울날의 햇살과도 같은 따뜻한 온기로 마음이 얼어붙은 사람들
에게 구원의 손길을 내밀어주는 작품들. 어디까지나 인간을 향하고
있는 그의 시각은 절대 짓궂거나 염세적이지 않게 현대사회의 여러
군상들을 그려낸다.

사고루 기담 양억관 옮김

희대의 이야기꾼 아사다 지로의 손끝에서 살아나는
기품 있고 매혹적인 일본 기담의 정수

도쿄의 고층 빌딩 펜트하우스에서 열리는 기묘한 이야기 집회 '사고
루'. 이곳에 초대받은 각계의 명사들이, 자신의 목숨과 명예를 위해
지금껏 비밀로 간직해왔던 아름답고도 무서운 비밀 이야기를 털어놓
는다. 각기 다른 다섯 가지의 인생이 펼치는 짧고도 강렬한 드라마.